VAPORPUNK

VAPORPUNK

NOVOS DOCUMENTOS DE UMA PITORESCA ÉPOCA *STEAMPUNK*

Organizado por

FÁBIO FERNANDES

ROMEU MARTINS

1ª EDIÇÃO

Editora Draco

SÃO PAULO

2014

Publisher: Erick Santos Cardoso
Edição: Cirilo S. Lemos
Produção editorial: Janaina Chervezan
Organização: Fábio Fernandes e Romeu Martins
Revisão: Dana Guedes
Ilustração de capa: Ericksama

Dados Internacionais de Catalogação na Publicação (CIP)
Ana Lúcia Merege 4667/CRB7

Vaporpunk : novos documentos de uma pitoresca época steampunk / organizado por Fábio Fernandes, Romeu Martins. – São Paulo : Draco, 2014.

Vários autores.

ISBN 978-85-8243-072-9

1. Contos brasileiros I. Fernandes, Fábio II. Martins, Romeu

CDD 869.93

Índice para catálogo sistemático:

1. Contos : Literatura brasileira 869.93

1ª edição, 2014

Editora Draco
R. César Beccaria, 27 – casa 1
Jd. da Glória – São Paulo – SP
CEP 01547-060
editoradraco@gmail.com
www.editoradraco.com
www.facebook.com/editoradraco
twitter: @editoradraco

Sumário

Introdução

"O Brasil surgiu como um ambiente efervescente do *steampunk*." Esse foi o testemunho que Jeff VanderMeer e S. J. Chambers deixaram registrados sobre nosso país nas páginas da *Steampunk Bible*, o maior, o mais completo e o mais importante registro da cultura *steamer* no mundo já feito. Lançado em maio de 2011, pela prestigiosa editora nova-iorquina Abrams, o livro ainda pegou apenas o começo da efervescência do gênero no Brasil, a produção das obras pioneiras dentro do tema no país, o registro dos primeiros encontros de entusiastas, o início do reconhecimento internacional da produção local. Por exemplo, foi apenas poucos meses antes, ainda em 2010, que a Draco mandou às livrarias *Vaporpunk – Relatos* steampunk *publicados sob as ordens de Suas Majestades*, uma antologia que reunia noveletas de autores brasileiros e portugueses.

Um marco na história do gênero nos dois países, aquela obra foi organizada pelo brasileiro Gerson Lodi-Ribeiro e pelo português Luis Filipe Silva, contando com trabalhos de oito escritores lusófonos. Foi o primeiro tomo de uma trilogia dedicada ao retrofuturismo da editora, sempre tendo o carioca Lodi-Ribeiro, um dos nossos maiores destaques internacionais na produção de ficção científica e história alternativa, na coordenação: os outros livros da série foram *Dieselpunk – Arquivos confidenciais de uma bela época*, de 2011, *e Solarpunk – Histórias ecológicas e fantásticas em um mundo sustentável*, 2013. A editora Draco ainda se consolidou como sendo a casa que mais apostou na cultura *steampunk* nacional pondo seu selo qualidade no na série de romances *O Baronato de Shoah,* de José Roberto Vieira, e na antologia de autor *Homens e Monstros – A Guerra Fria Vitoriana*, de Flávio Medeiros Jr.

Há mais de meio século o Brasil é conhecido como *o país do futuro*, assim como a ficção científica é reconhecida pelo senso comum como um gênero dedicado a contar sobre o porvir. O sucesso da literatura *steampunk* de nossa terra por aqui e sua repercussão no exterior veio jogar novas luzes no assunto. Mostrou o quanto a FC é bem mais complexa que o mero exercício de futurismo e que ela também pode tratar de temas que poderiam ter ocorrido de outras formas no passado, tornando o futuro do pretérito algo tão rico e grandioso quanto as mais loucas aventuras espaciais. Igualmente, o interesse por cenários resgatando nosso período colonial ou de império monárquico provaram o quanto o passado do país do futuro é igualmente atrativo para quem vê de fora.

Vaporpunk – Novos documentos de uma pitoresca época steampunk, o livro que você tem em mãos neste momento, foi incumbido da missão de continuar com este duplo legado, o da efervescência registrada pela Bíblia do gênero e o da tradição no retrofuturismo da editora que o publica. E faz isso de modo bastante agregador, pela intenção da dupla de organizadores que lhes escrevem estas linhas. Pois nestas páginas estão não apenas reunidos novamente os três autores brasileiros citados pela *Steampunk Bible*, Fábio Fernandes, Jacques Barcia e Romeu Martins, como ainda conta com um prefácio exclusivo e gentilmente escrito pela coautora daquela obra, S. J. Chambers (a mesma que chama de triunvirato os autores que se sentem orgulhosos pelo apelido). Igualmente merecedor de registro são os novos criadores que se juntam ao time consagrado da Draco, o maior catálogo de escritores do fantástico do Brasil, agora nesta nova coletânea dedicada à cultura *steamer*. Dana Guedes, Nikelen Witter, Luiz Bras, Sid Castro e Cirilo S. Lemos. São eles que aceitaram o chamamento para dar continuidade a esse projeto histórico de antologias do dragão e que agora passam a contribuir com esse imaginário feito de cobre, chumbo e carvão, levando o *steampunk* nacional para terras cada vez mais distantes.

Obrigado a todos e uma ótima leitura.

Fábio Fernandes
Romeu Martins
Julho de 2014.

PREFÁCIO

Pode parecer incomum para alguém que não fala português dar seu aval a um texto em português, mas apesar de meu problema de só falar em inglês, acabei conhecendo e me apaixonando pelo *steampunk* brasileiro. Ouso dizer que sou a maior fã nos EUA dos organizadores Romeu Martins e Fábio Fernandes e é um prazer apresentar a mais recente empreitada dos dois.

Embora o Steampunk brasileiro já seja uma realidade desde 2007, só fui apresentada a ele no início de 2010. Embora o *steampunk* propriamente dito não me fosse algo desconhecido, eu era nova no movimento – uma *outsider* como pesquisadora assistente e eventual co-autora da *Steampunk Bible*. O que mais me atraía no *steampunk* era a busca pelo seu futuro. Do lado de fora, era fácil resumir o *steampunk* como um movimento nostálgico – romances revisionistas do Império Britânico ou do Oeste Americano. Mas então, como parte de minha pesquisa, comecei a entrevistar escritores e artistas de todo o mundo que estavam indo além das fronteiras encontradas em Verne e Wells, penetrando em território estrangeiro.

Fábio Fernandes era um desses escritores e o *steampunk* brasileiro era o futuro que eu procurava. Além de seu próprio trabalho, Fábio tem trabalhado como embaixador literário do gênero no Brasil, apresentando ao público de língua inglesa figuras como Bruno Accioly (fundador e coordenador do Conselho Steampunk), e escritores soberbos como Romeu Martins e Jacques Barcia, que criaram universos únicos baseados em seu conhecimento e experiências típicas de seu país. Juntamente com Fábio, Romeu e Jacques criam um triunvirato que ilustra a visão brasileira diferente associada à estética *steampunk*. Além de tomar emprestado a história e a tecnologia do século dezenove, usa a geografia local como a praia de Copacabana ou cidades paralelas espelhando Rio de Janeiro e São Paulo. Este triunvirato de escritores também tem um contrato social ao qual estão honrando ao explorar os personagens mais esquecidos daquele século e do seguinte – os escravos libertos e a classe operária – que se encontravam em situação de alta demanda e baixa estima com o *boom* da Revolução Industrial. Assim que fui exposta a estes mundos, os quais você poderá visitar nesta antologia, descobri que a habilidade do triunvirato ao pegar a estética *steampunk* e costurá-la com sua própria história e geografia, cria algo inspirador não somente único dentro da ficção científica e da fantasia, mas dentro da literatura internacional como um todo.

Revisitando a história, revisando-a para contar um conto paralelo do que uma nação poderia ser ou de fato é, torna as possibilidades em uma história *steampunk* infinitas, além de infinitamente interessantes. É isto o que esta antologia, e a literatura *steampunk* brasileira como um todo, está se propondo a realizar, e tem realizado em um espaço de poucos anos.

Enquanto cada um dos autores nesta antologia descreve sua interpretação de uma experiência coletiva – suas próprias forças e visões – juntos eles realizam a profecia que Fábio proferiu na entrevista que nos concedeu em 2010:

"O movimento literário está crescendo rápido, e ouso dizer que os próximos dois ou três anos vão ver o nascimento de um verdadeiro gênero literário steampunk brasileiro."

Desde então, quatro antologias *steampunk* foram publicadas no Brasil[1], demonstrando não só que há muitos autores talentosos de língua portuguesa interessados em explorar esse terreno, como também existem muitos leitores que desejam ser transportados para outros mundos, outras histórias, outras visões. Espero que, além de ajudar a construir e criar um verdadeiro gênero literário no Brasil, como Fábio e Romeu previram e desejaram, esta antologia incentive outros movimentos *steampunks* internacionais, que já possuem

1 Como o primeiro volume dessa série, organizada por Gerson Lodi-Ribeiro e Luis Filipe Silva, *Vaporpunk: relatos steampunk publicados sob as ordens de Suas Majestades* (2010). (N do E).

uma cultura em moda e vestuário, a encontrarem suas próprias vozes literárias.

Eu invejo você, caro leitor, pois você não apenas tem em mãos um volume da revolução *steampunk*, de algumas das ficções mais imaginativas escritas hoje em dia, como também pode de fato lê-las e ajudar a espalhar a palavra Steampunk pela sua terra e mais além.

S. J. Chambers
Tallahassee, Florida, EUA
Maio de 2012

VAPORPUNK

O ALFERES DE FERRO
Fábio Fernandes

Para Paulo Leminski,
que nem desconfiava

Luto para viver, vivo para morrer
Enquanto minha morte não vem
Eu vivo de brigar contra o rei
Milton Nascimento, *Caxangá*

SENTADO À MESA LARGA do escritório, o homem lê. É tarde e só a luz do lampião lhe faz companhia. Não tem mulher e os poucos escravos que possui já se recolheram para dormir.

Manter a atenção na leitura é difícil. Os pensamentos teimam em voar para longe. *Quando a cabeça não obedece, o corpo padece*, costumava lhe dizer o pai já falecido. Ele pensa no pai. E isso fortalece sua vontade. Sua concentração aumenta.

O pai do homem o chamava de Quim. Naquele tempo ele era apenas uma criança que sonhava em ser soldado.

– Vais ser doutor – dizia-lhe o pai. – É para isto que trabalho.

E como o pai de Quim trabalhava. Tinha terras que cultivava, outras que arrendava, umas cabeças de gado e assim ia levando. Dava para viver.

E teria dado mais, mas nem tudo sai como desejamos. Aos nove anos de idade, a mãe de Quim morreu. Seu pai resolveu se mudar de mala e cuia para a Vila de Santo Antônio, a léguas da fazenda do Pombal, e deixar as coisas nas mãos de um agregado.

Não podia dar certo. Naquela época Quim era apenas um menino, e seus irmãos ainda mais novos. Ninguém sabia o que se passava com a fazenda. Só dois anos depois, quando o pai acompanhou a mãe à tumba, os parentes tomaram ciência do péssimo negócio que fora feito: a fazenda estava perdida por conta de tantas dívidas.

– Vais trabalhar – disse-lhe o primo que acabou por ficar com sua tutela. – Aqui todos trabalham, quem não trabalha não come.

O primo do homem o chamava de Joaquim. Não era má pessoa, mas também não era homem de posses. Trabalhava como cirurgião-dentista na Vila de Santo Antônio e punha mulher e todos os seis filhos para trabalhar a fim de complementar os ganhos da casa.

Joaquim começou a trabalhar com onze anos; primeiro como mascate, ajudando uma escrava de ganho da família a vender quitutes, e logo que ganhou confiança pediu para ser tropeiro. Queria ganhar chão, viajar para ver esse mundo de meu deus.

E como viu. Percorreu todas as Minas Geraes, montanhas, picos e vales que não acabavam mais, trilhas em lombo de mula, do sudeste, na divisa com o estado do Rio no extremo sul, até perto do sertão baiano no extremo norte. Mesmo anos depois, já homem feito, trabalhando para o governo no reconhecimento de terrenos e levantamento dos recursos daquela mesma região, nunca deixaria de se impressionar com a miséria da gente e da terra.

Decidiu que não queria uma vida daquelas para si nem para seus descendentes, se um dia viesse a tê-los.

O homem continua lendo noite afora. É preciso e ele sabe. Depois dos acontecimentos recentes, ele precisa de uma luz que não seja somente a dos candeeiros que mal conseguem manter afastados os demônios da noite – e também os fantasmas tão verdadeiros que o assombram.

Além dos tratados de metalurgia, ele tem diante de si um livro que não conhecia e lhe fora recebido por herança. *L'Homme Machine*, de La Mettrie. *O Homem Machina*. Seu francês está um pouco enferrujado mas dá para o gasto.

O tomo é deveras interessante. Seu autor, amigo de Diderot e D'Alembert, compara o funcionamento do corpo humano ao de uma máquina. Ele se recorda de tê-lo achado bom na primeira vez em que o folheara, já fazia um bom tempo, mas não tivera tempo de examiná-lo mais detidamente então. Entretanto, se não fosse agora, não seria nunca mais.

Aos vinte anos, o homem se tornou sócio de uma botica de assistência à pobreza na ponte do Rosário, em Vila Rica. A esta altura, já havia aprendido um tanto de prático de Farmácia, mesmo sem estudos formais. Com o pai tinha aprendido a ler e escrever; com o primo, entre uma viagem e outra da comitiva, os elementos básicos do ofício de dentista, o que lhe valeu o apelido pelo qual passaria a ser conhecido dali por diante.

O povo de Vila Rica o chamava de Tiradentes.

Era no tempo do Rei. O Rei João de Portugal, que tinha como primeiro-ministro o Marquês de Pombal, que de fato era quem mandava lá e cá, mas cá era mais bem (e mais fortemente) representado pelo Visconde de Barbacena.

Antes de o Barbacena chegar ao Brasil, a vida era boa – pelo menos para os bem-nascidos. Quem era nobre ou de posses estava bem com o governo de Lisboa. Afinal, quem não deve não teme, e ninguém devia nada: a produção de ouro dera e sobrara ao longo de décadas para saciar a fome metalista da metrópole d'além-mar. E quando sobra nas minas, não há necessidade de se mexer nos bolsos, pois cada qual ganha o seu e estão todos satisfeitos.

Mas tudo um dia chega ao fim, e o ouro das Minas Geraes também.

Não exatamente o ouro no interior profundo das minas, mas o ouro de aluvião, daqueles que se recolhia de batelada nos inúmeros riachos, rios e boqueirões no território das Geraes. As jazidas que forneciam esse ouro estavam com os dias contados.

Era esgotamento puro e simples – mas não era assim que Dom Luís da Cunha Meneses, o governador da capitania no começo da década de 1780, via a situação. Em suas cartas à Coroa, Dom Luís deixava claro que se tratava de "descaminho" – um nome elegante para a atividade do contrabando. Escravos e até brancos que trabalhavam para donos de minas levavam pepitas e pó de ouro nas dobras das roupas, nos cabelos (os cabelos pixaim dos negros se prestavam sobremaneira a essa atividade, ressaltou o governador em uma de suas cartas) e até mesmo, blasfêmia das blasfêmias!, dentro de santos de pau oco, que alguns tiveram a desfaçatez de carregar nas ruas de Vila Rica durante procissões. Porém (sempre finalizava

Dom Luís em suas missivas) que a Coroa se acalmasse, que as providências devidas estavam sendo tomadas, ainda que o ouro não fosse sempre fácil de se recuperar.

O que o governador da capitania esquecia de acrescentar nas cartas a Portugal era que, apesar de boa parte dos dados serem verdadeiros, havia também um certo descaminho extra-oficial cobrado como propina da parte da própria capitania. E que isto provocava um rombo muito maior nos cofres da Coroa do que o tal contrabando de negros e brancos pobres.

Mas disto outra carta se encarregou de tratar.

Era verão, mas a noite de 8 de setembro de 1787 estava fresca, quase fria. Um sábado ideal para um dos famosos saraus de Alvarenga Peixoto em São João del Rei.

Estavam todos lá: além dos anfitriões, Peixoto e sua esposa, Dona Bárbara Heliodora, seus amigos advogados, Cláudio Manoel da Costa, Tomaz Antônio Gonzaga, o padre Rolim, o cônego Luís Vieira da Silva, e alguns amigos militares: o contratador Domingos de Abreu Vieira, o capitão José de Resende Costa, o coronel Francisco Antônio de Oliveira Lopes. E o alferes Joaquim José da Silva Xavier.

Ao final do jantar, entre cálices de conhaque francês e vinho do Porto, enquanto poetas mais jovens pediam licença para versejar para as moças e os convidados se aproximavam para ouvi-los, os mais velhos formavam discretamente outros círculos. Domingos se aproximou de Gonzaga e perguntou:

– Você enviou a carta?

Cláudio fez que sim com a cabeça.

– Seguiu com a tropa hoje cedo. Deverá partir para Lisboa em uma semana.

Domingos assentiu em aprovação.

– E até o final do ano estaremos livres desta besta humana.

Perto deles, Joaquim ouvia tudo em silêncio, saboreando com moderação seu cálice de Porto. Concordava, mas rezava para que a besta humana do governador da capitania de Minas Geraes não fosse substituído por coisa pior.

A resposta tardou – e não falhou.

A notícia da nomeação do Visconde de Barbacena como governador e capitão-general de Minas Geraes, em 11 de julho de 1788, foi muito bem recebida pelos descontentes que haviam assinado a carta exigindo medidas de Lisboa contra os desmandos e a corrupção do governador da capitania. Tomás Antônio Gonzaga era um dos que apoiavam a decisão da Coroa:

– O Visconde me conhece – ele disse todo orgulhoso aos amigos em sua casa, numa recepção discreta com o único propósito de celebrar a vinda do substituto. – Eu escrevi uns sonetos para celebrar o nascimento de seu filho, fazem uns anos.

– *Uns* sonetos? – Fez Cláudio, jocosamente.

– Dois ou três, não me recordo – Gonzaga respondeu, com visível falsa modéstia.

Os brindes se seguem e a bebida é farta. Todos estão felizes.

Joaquim também. Por ora.

Para ele, acostumado aos rigores das tropas – tanto de comitivas quanto de contingentes militares – um superior é quase sempre igual ao outro. Mudam apenas os nomes.

Enquanto isso, ele tem mais o que fazer.

Desde que retornou a Vila Rica, Joaquim passou anos trabalhando para recuperar a fazenda de seu pai. Também ele fora tentado a participar dos descaminhos tão populares; não aceitou. Ainda que não concordasse com o destino final do ouro (e pelo ditado popular, ladrão que rouba ladrão tem cem anos de perdão, donde, por vias tortas, estaria mais do que perdoado até por Deus Nosso Senhor), sabia o que acontecia com quem era apanhado roubando ouro. Como boticário e alferes, ele era ninguém, e quem há de cuidar dos que ninguém são neste mundo?

A questão da hierarquia sempre foi da mais profunda importância em tempos de guerra, não só pela disciplina militar, mas também no momento da derrota, o homem pensa fechando o livro: alguém tem de sofrer a queda.

Entre coronéis, capitães e sargentos-mores, ou, como se diz o ditado, entre mortos e feridos, salvam-se todos.

À exceção ocasional de um soldado ou outro.

Ou de um alferes.

Como sabem pouco de mim, pensa Joaquim enquanto percorre os túneis sob o Pico do Itabirito. Nas entranhas pequenas e estreitas como os intestinos de uma serpente, ele desce até a forja onde seu escravo, Sebastião, já o espera.

O calor só não é insuportável porque ele já está acostumado. Seria um absurdo reclamar. Joaquim sabe que Sebastião, filho de africana, por exemplo, sofreu muito mais em sua vida inteira do que ele, filho de português e que motivos não tinha para pôr-se aos berros por causa de um calorzinho à toa. (E não obstante, sabia que sofreria horrores piores se a Conjuração, ou Inconfidência, como já estava sendo chamada de modo deletério pelas bestas – como se o movimento revolucionário que tentaram insuflar fosse coisa de comadres! – caísse feito castelo de cartas e todos fossem presos.)

– Sebastião! – ele vai dizendo enquanto tira a casaca e a camisa. – Está tudo pronto?

– Está – o negro diz sem tirar os olhos do que está fazendo. Desce o martelo sobre uma placa de ferro que a outra mão segura firme com um par de alicates cuja diferença para com seu boticão de tirar dentes está apenas no tamanho. O ferro está vermelho, incandescente.

Sob a luz baça dos candeeiros de sebo, ele se põe a trabalhar ao lado de Sebastião. O tempo morde-lhes os calcanhares como um bando de cães raivosos. E o Tiradentes não vai deixar que isso lhe aconteça.

A verdade era que Joaquim era um homem insatisfeito. E esse descontentamento que tomava conta de sua vida não era coisa nova.

Quando deixara de ser tropeiro, tanto para deixar de lado os desmandos do primo, que, ainda tutor, lhe arrancava o couro ficando com a maior parte do muito pouco que auferia com as vendas de produtos da comitiva, tanto para ganhar independência financeira e – sonho de sua juventude – recuperar a fazenda do pai e ter uma vida digna, Joaquim tratou de se arrumar como pôde; além da botica que abrira em Vila Rica, começou a trabalhar com mineração, o que lhe valeu a contratação do governo para voltar a trabalhar na divisa com a Bahia.

Foram anos trabalhando sob a tutela do velho engenheiro de minas Antônio Eustáquio, um homem bom porém severo, taciturno mas que sempre tinha a palavra certa na hora adequada, para seus empregados e para seus amigos. No correr do tempo Joaquim se transformara de um em outro.

Mas nem mesmo a amizade de Antônio Eustáquio, que queria que Joaquim continuasse trabalhando com minas, foi suficiente para impedi-lo de se alistar na tropa da Capitania de Minas Geraes; era 1780, ele contava trinta e quatro anos e ainda não tinha posses. Por mais que gostasse do velho engenheiro, sabia que a função de militar lhe proveria melhor, e além disso havia a possibilidade de ascensão na carreira – e com isso mais proventos para melhorar sua condição de vida.

No começo, as coisas transcorreram conforme o esperado. Um ano depois, Joaquim foi nomeado comandante do destacamento dos Dragões na patrulha do Caminho Novo, a ferrovia que servia como rota de escoamento da produção de minério da capitania até o porto do Rio de Janeiro.

Foi um período difícil. O destacamento de Joaquim era pouco numeroso e mal armado. Não foram poucos os ofícios que o comandante precisou enviar à capital solicitando mais soldados, armamento, munição e até mesmo alimentos.

Não bastasse a falta de soldados, Joaquim ainda tinha de lidar volta e meia com deserções. Desertores normalmente eram punidos com a morte, mas como não estavam em guerra Joaquim simplesmente mandava um grupo (os poucos gatos pingados de que podia dispor) capturar o fujão e pô-lo a ferros. As condições dos presos não diferiam muito daquela sob a qual viviam os esquálidos e maltrapilhos soldados de Joaquim.

Foi então que se deu conta de que não era o único a achar a miséria do interior do Brasil algo tão injusto. Estava muito longe de ser o único, na verdade. Da Ilha do Governador até Vila Rica, passando pelo porto de Pilar do Iguaçu, a vila de Xerém, a freguesia de Conceição do Alferes e outros curatos e vilarejos, Joaquim sempre encontrava homens dispostos a ter um dedo de prosa sobre como o Brasil deveria se separar da metrópole, ou no mínimo conquistar uma certa independência financeira, tendo em vista o quanto de riqueza era levado para Portugal e o quão pouco sobrava para os próprios brasileiros, que não saíam da condição de miseráveis. Joaquim, como militar, não podia opinar, ao contrário; se instado a falar, sentia-se na obrigação ética de defender o Rei, mas como cidadão, não tinha como não concordar com os que reclamavam. Também ele e seu bolso sentiam o peso da mão gananciosa de Portugal.

Seu único confessor durante este período foi o velho Antônio Eustáquio, a quem fazia breves comentários sobre o estado das coisas ao longo do Caminho Novo e dentro do destacamento (sempre sem entrar em muitos detalhes, que o comandante era discreto) e dava a entender que um dia as coisas haveriam de melhorar, porque piorar não podiam.

Pioraram.

Durante anos de serviço na tropa, anos de muito servir e pouco receber, tendo chegado apenas ao posto de alferes, mera patente inicial do oficialato, e vendo outros de mesmo posto mas bem menos experiência (mas pais nobres, portugueses ou as duas coisas) subirem na carreira militar, Joaquim perdeu a função de marechal da patrulha do Caminho Novo, que lhe era devida há pelo menos dois anos. Foi para o quartel-general no Rio e deu baixa da cavalaria em 1787, após quase sete anos de serviço militar.

"'Sete anos de pastor Jacob servia'", escreveu para Antônio Eustáquio em seguida, começando a carta com o célebre soneto de Camões. "'Labão, pai de Raquel, serrana bela; Mas não servia ao pai, servia a ela, E a ela só por prémio pretendia.'"

Era orgulhoso demais para dizer que havia se arrependido do projeto militar, mas os versos do vate português foram o bastante para o velho mestre. Recebeu dele uma resposta curta e simples: "Não será mais o triste pastor que com enganos lhe fora assim negada a sua pastora, como se a não tivera merecida. Venha cá me ver e hás de ter Raquel, não Lia."

Sem entender a resposta ainda mais críptica do engenheiro, Joaquim voltou para as Minas.

A casa da fazenda de Antônio Eustáquio ficava a cerca de quatro léguas de Vila Rica, perto do Pico do Itabirito. Quando apeou do cavalo, o sol ia se pondo. Tudo era silêncio. Recebeu-o na entrada um escravo, que dirigiu a palavra a ele ao tomar-lhe as rédeas:

– Seo Antônio está acamado – disse o homem, um negro alto e forte, cuja camisa parecia que ia rebentar de tão pequena no corpo ou de tão grandes os músculos. – Senhor pode entrar que ele está no quarto dos fundos. Qualquer coisa, o meu nome é Sebastião.

Joaquim fez um gesto de assentimento com a cabeça e entrou na casa. Estava escuro e o cheiro não lhe agradou. Era um cheiro de coisa meio adocicada, meio apodrecida. O alferes já havia sentido esse cheiro algumas vezes na vida.

Ao entrar no quarto dos fundos, levou um tempo para se acostumar à pouca luminosidade que apenas os postigos abertos das janelas traziam de fora. Pela vidraça quase não passava mais claridade. O corpo magro do velho engenheiro sobre a cama assumia assim um caráter de cadáver antecipado. Só não era pior porque o velho ainda dava sinais de vida; falava baixo e gesticulava para uma mucama com uma bacia nas mãos ao pé da cama. Ao se aproximar, sem fazer barulho, Joaquim viu as cobertas levantadas na altura das pernas do velho; a perna direita estava coberta por um quadrado fino de algodão, semelhante a um lenço, mas com diversas manchas amarronzadas. E era dali que o cheiro vinha.

Gangrena.

Ao perceber sua presença, Antônio Eustáquio estendeu as mãos já recurvas em forma de garras – *meu Deus, como ele envelheceu*, pensou o alferes, sem se dar conta da enormidade de anos sem ver o velho mestre – e pegou Joaquim pelas lapelas do casaco:

– Eu caí dentro da mina – ele disse, a voz bem baixinha e rouca. – Cuidado quando for descer lá.

– Que mina, Doutor Eustáquio? – mesmo com a amizade, nunca deixara de chamar o engenheiro respeitosamente pelo título.

O velho tossiu, uma tosse fina de quem está perdendo o fôlego. *E a alma*, pensou Joaquim sem querer. Mas prosseguiu depois de um tempo:

– Sebastião vai lhe mostrar. Conceição, leve o Joaquim lá no terreiro e diga pro Sebastião que já está na hora.

A mucama, que só agora Joaquim percebeu que já tinha saído do quarto e voltado, respondeu apenas com um aceno de cabeça e saiu novamente.

– Vá com ela – o velho disse. – Não se preocupe que ainda não é a minha hora. Você tem uma coisa muito importante que ver. Sebastião levará você até lá. – E ele completou. – Sua Raquel.

Seguiram montados em duas mulas do próprio Antônio Eustáquio. Segundo o próprio engenheiro, a entrada da mina ficava a menos de duas léguas de distância, mas para evitar olhares curiosos, ele e Sebastião tomavam sempre um caminho mais torto, que dava a volta num morrete cercado de arbustos e mato rasteiro, para enfim, depois de uns vinte minutos – a noite já deixando tudo escuro e só a lua cheia impedindo que tudo se tornasse um breu completo – chegarem ao seu destino.

A entrada estava bem coberta por pedras, mas quando terminaram de tirá-las do caminho, Joaquim percebeu que mesmo assim ela mal chegava a bater em sua cintura. Curvou-se e seguiu Sebastião interior adentro.

Era um túnel comprido e estreito, mais até do que aqueles que havia se acostumado a percorrer em suas explorações no passado. Coisa feita por uma ou duas pessoas no máximo. E que levou muito tempo. Com muito esforço.

– A perna dele...? – Joaquim começou.

Sebastião soltou um muxoxo.

– Velho teimoso – ele disse. – Mandei ele ficar em casa, mas ele fazia questão de trabalhar. Quando a pedra desabou em cima dele, eu estava na outra câmara. Custei pra levantar a danada.

Joaquim olhou para baixo, mas não viu nenhum vestígio de desabamento. Ou o túnel a que Sebastião se referia ficava em outra parte da mina ou então o trabalho de limpeza havia sido impecável. Mas Antônio Eustáquio não exigia menos de seus homens.

De repente um brilho ofuscou a vista de Joaquim por um segundo. Teve que levar a mão ao rosto.

À luz do candeeiro, a câmara ao seu redor faiscava. Como um céu estrelado do lado de dentro, ou pelo menos era o que ele pensava quando começara a trabalhar em mineração anos antes. Mas, olhando bem para a pedra preta raiada de vermelho-escuro, a imagem que lhe vinha à cabeça agora era bem outra.

Entranhas de um animal ensanguentado.

– Hematita – ele disse baixinho.

– Então? – perguntou o velho, com um sorriso repuxando o rosto que mais parecia uma caveira. Uma caveira mais bem-disposta, mas ainda assim uma lembrança da morte que se anunciava. – Gostou do que viu?

– Muito, Doutor Eustáquio.

– Este veio de hematita tem uma peculiaridade – o velho disse com dificuldade. – Contém uma porcentagem de ilmenita acima do normal.

Ilmenita. Joaquim havia lido recentemente a respeito num *journal* inglês. Também conhecida como titânio.

– Os papéis já foram encaminhados para a comarca. A propriedade da mina agora é sua; não diga nada. Não tive filhos. Você foi meu melhor aluno.

Joaquim não sabia o que dizer. Não achava que tivesse feito por merecer. Mas o pior de tudo não era isso; era a pergunta que queria sair de sua garganta e ele não tinha coragem de fazer.

Antônio Eustáquio tossiu e agarrou febrilmente a manga de seu casaco. Como se soubesse o que Joaquim iria perguntar, disse, a voz rouca, quase sem energia:

– Não é ouro, eu bem sei. Mas não o enganei; não é Lia no lugar de Raquel. Esse metal é mais precioso que o ouro que os imbecis da metrópole tanto desejam.

Aí Joaquim perguntou: – Por quê?

– Porque com ouro não se faz canhões – ele disse.

Antônio Eustáquio morreu ao amanhecer.

Joaquim e Sebastião o enterraram no quintal, à sombra de uma amendoeira cuja sombra o velho muito apreciava. E que agora, juntamente com a casa, o terreno da fazenda, e os dois escravos, era de Joaquim.

Não era a fazenda de sua infância, mas por ora serviria.

Joaquim sabia bem que a produção de minério de ferro das Minas Geraes era bem maior que a de ouro. O ouro um dia acabaria; o ferro, só se todos os morros fossem nivelados ao rés-do-chão e transformados em imensas crateras. Só se toda a capitania deixasse de existir.

Outra coisa que o alferes (ou melhor, ex-alferes, embora as pessoas ainda o tratassem pela patente em Vila Rica, coisa que Joaquim nunca sabia dizer se o deixava envaidecido ou irritado), também sabia muito bem era que mineração de ferro não faltava na região. Um dos maiores mineradores era um conhecido seu de anos atrás, Inácio José de Alvarenga Peixoto, que havia começado com ferro mas que agora estava metido num projeto maluco em São Gonçalo do Sapucaí: abrir um canal para escoamento da produção das minas de ouro do arraial e ao mesmo tempo fazer a lavagem das terras. Era um projeto ambicioso, mas diziam as más línguas que isso, mais os saraus poéticos que ele dava semanalmente em sua casa, estava a lhe torrar todo o seu dinheiro.

Todos com quem assuntava, tanto na botica quanto nos saraus, estavam passando pela mesma situação constrangedora: afundamento em dívidas. As conversas assumiam um tom ainda mais sombrio e ameaçador que aquelas que tivera durante seu período no Caminho Novo: naqueles vilarejos, as pessoas mal sabiam do que falavam além da pobreza dos próprios bolsos. Em São João del Rei e Vila Rica, falava-se muito também da independência das colônias norte-americanas e da formação do novo país, os Estados Unidos. A questão da separação da metrópole começou a se tornar cada vez mais falada nas rodas do clero e da elite mineira.

– Se Bahia e Pernambuco conseguiram, por que não nós havemos de? – perguntava um na botica.

– Alto lá, que eles ainda não conseguiram – dizia outro.

– Mas como não, homem? Se eles têm até um governo e uma bandeira!

– Mas continuam lutando contra os portugueses há décadas.

– Não se esqueçam – interrompia um terceiro à espera do boticão de Joaquim – de que são holandeses, e não brasileiros, por trás dessa tal independência lá deles.

Aí todos se calavam. Porque era verdade.

– Sem contar aqueles soldados – o primeiro quebrou o silêncio, baixinho.

– Os cartésios? – perguntou o segundo, quase como quem tinha vergonha de pronunciar o nome.

O terceiro se benzeu.

– Minha Nossa Senhora, nem me diga esse nome!

Porque se havia algo de estranho e assustador naquela terra dividida eram os cartésios.

Um tropeiro paulista com quem Joaquim cavalgou pelos caminhos das Geraes os viu uma só vez e nunca mais esqueceu.

– Como havera de? – ele disse, pitando seu cigarrinho de palha à beira do fogo depois de terminada a refeição humilde de farinha e charque. – Era coisa terrível de se ver. Parecia tudo um bando de saúva. Senhor já viu saúva, seo Joaquim?

Joaquim balançou a cabeça. Conhecia formiga preta, pequena, comum, dessas que se via por toda parte, nas frestas das paredes, no chão, enfileiradas. Mas saúva, só de ouvir dizer.

– A saúva se passar por cima do bicho, o bicho tá perdido – continuou o tropeiro. – Cobre tudinho, entra por todos os buracos, come por fora e por dentro. Come rápido mas come devagar, porque o bicho fica doido. Se der pra se mexer, ele ainda tenta dar no pinote, mas nem adianta de nada, porque aí o bicho já foi se encontrar com seu criador, isso se é que o bicho tem alma, o senhor até me perdoe falar um troço desses.

Joaquim não podia estar menos preocupado em saber se bicho lá tinha alma. Estava mais preocupado com a alma dos seus companheiros homens.

Os cartésios existiam fazia quase um século. Eram o resultado de uma lógica disciplinar criada por um militar francês a serviço do Príncipe Maurício de Nassau. Durante o longo período de Nassau no Brasil, uma pequena guarnição foi treinada segundo princípios rígidos de modo a que todos funcionassem como um só – era o que diziam quem os havia visto. Mas eles quase nunca eram vistos. Uns diziam que seus uniformes eram do mais puro branco, outros laranja, da casa de Orange, outros ainda que eram negros como a noite, e que havia inclusive africanos entre eles, recrutados com a promessa de serem libertos se aceitassem entrar para a ordem dos cartésios. Pois os cartésios (apelidados jocosamente pelos baianos de *castésios*, pois não se deitavam com mulher nem bebiam álcool nem jogavam) eram praticamente uma ordem religiosa. Só lhes faltava o reconhecimento do Vaticano. Mas diziam que Renatus Cartesius, seu criador, era um homem sem fé, e que de religião o pensamento desses soldados, chamado de cartesiano, nada tinha. Regia-se pela lógica.

– E a tal lógica cartesiana lhes ordena não deixar nunca ninguém vivo no rastro de sua passagem?

– Parece que não, seo Joaquim.

– Como as saúvas.

– Pois é.

Fosse como fosse, os tais cartésios estavam muito distantes no rol de preocupações de Joaquim. Primeiro, que até onde se sabia eles eram poucos, não chegavam a um exército; segundo o que se dizia popularmente (e até alguns jornais velhos da capital que seu primo tinha guardado numa canastra, e que ele lera e relera avidamente quando mais novo), bastara um pelotão de cinquenta homens para derrotar a tropa do governador-geral Antônio Teles da Silva e ganhar o controle de Salvador para evitar a insurreição contra os holandeses. Com a Bahia ganha, o resto do Nordeste se abrira ao controle de Nassau. Quando ele partiu em 1648, após a execução dos traidores André Vidal de Negreiros, Filipe Camarão e Henrique Dias, a Nova Neerlândia, composta pelas antigas capitanias de Pernambuco, Sergipe, Bahia, Ceará, Maranhão e Grão-Pará, estava definitivamente consolidada como nação. O resto do Brasil, portanto, teve de ser vigiado com força ainda maior por Portugal.

Joaquim, entretanto, não podia estar menos preocupado com a história do país ao lado. Tudo o que lhe interessa neste instante, malhando em ferro quente, moldando com lentidão e muito suor o metal que aos poucos vai terminando de ganhar a forma tão desejada em seus planos e nos projetos iniciais de Antônio Eustáquio, é defender sua vida. Pois ele sabe que todos os seus colegas de conspiração neste momento estão sendo presos, e se ele também for tudo estará terminado, pois não é abastado e não tem quem lhe defenda.

Tudo o que lhe resta é seu nome.

Joaquim José da Silva Xavier.

Quim.

Tiradentes.

Alferes.

Homem.

Durante os mais de cem anos de domínio holandês do Nordeste, a sede do governo brasileiro se deslocara primeiro para o Rio de Janeiro, e depois para as Minas Geraes, de onde seria mais fácil defender o ouro brasileiro. Ouro que não fazia canhões, mas que pagava muito bem os portugueses que ainda os tinham como colonos: assim dizia o alvará de 1750.

Segundo o documento real, a capitania de Minas Geraes deveria enviar para a metrópole cem arrobas de ouro por ano: mil e quinhentos quilos desse metal. A pena caso a cota não fosse cumprida era a taxa da Derrama: a população de homens-bons era obrigada a completar o que faltasse dessa cota dos seus próprios bolsos.

Por muitos anos, os homens-bons (ou seja, os nobres, os proprietários de terras, os advogados e ouvidores, homens de posses, homens de bom dinheiro) não se preocuparam, pois ouro havia a brotar do chão.

Quando Dom Luís começou a escrever as missivas para o Rei dando conta da escassez aurífera, a questão da Derrama ainda não havia sido levantada – nisto era preciso ser justo para com o antigo governador da capitania. Era corrupto, mas sabia o seu lugar. O

Visconde de Barbacena, infelizmente, não estava nem um pouco preocupado com os homens-bons.

E já havia anunciado a cobrança da Derrama para fevereiro de 1789.

Joaquim passou o ano de 1788 enfurnado dentro da mina do velho Antônio Eustáquio. Tinha dificuldade de considerá-la sua, mas os papéis que fora buscar na ouvidoria da comarca não dava dúvidas: a mina era sua de fato. Bem como Sebastião e a esposa, a mucama Conceição, únicos escravos do velho engenheiro, que o acompanhavam havia anos. Eles moravam numa tapera atrás da casa da fazenda, com sua própria horta e até umas galinhas; deviam estar felizes, pois não haviam fugido. Joaquim também não lhes ofereceu a liberdade. Precisava de alguém para tocar a propriedade enquanto ele trabalhava na cidade e cuidava da mina. Aquela fazenda só o era de nome; não passava de um sitiozinho reles, menor que a propriedade onde crescera – e que ainda queria recuperar.

Mas recuperar como? O dinheiro da botica não seria suficiente, e o que se plantava na fazenda só lhes garantia o sustento próprio, às vezes nem isso.

Antônio Eustáquio não havia explorado a mina para fins comerciais, mas havia deixado planos para algo mais ambicioso. Nas poucas horas da madrugada que tiveram para conversar, o velho engenheiro lhe indicou uma gaveta da cômoda ao lado da cama onde Joaquim encontrou um maço de papeis, todos cobertos por anotações e desenhos. E alguns livros, a maioria de metalurgia e um de filosofia. *L'Homme Machine.*

Foi o começo de uma obsessão para o ex-alferes.

A hematita fundida acabara por produzir um metal ao mesmo tempo duro e maleável, e os grandes depósitos de titânio acumulados tornavam a liga resultante um pouco mais leve que o ferro tradicional. A ideia contida nos projetos do velho engenheiro consistia num retorno às armaduras clássicas do tempo dos conquistadores espanhóis, mas que proporcionassem mais mobilidade aos soldados.

Durante meses ele fabricou e testou diferentes versões da armadura. As placas que cobriam o peito, costas, antebraços e parte das pernas não eram suficientes para protegê-lo de um ataque a faca ou espada – afinal, numa escaramuça, um golpe bem dado no pescoço ou nas juntas e o metal de nada adiantaria – mas serviria para repelir a maior parte dos disparos de mosquetes, e era nisso o que Antônio Eustáquio havia pensado ao desenhar os primeiros esboços.

Joaquim experimentara as braçadeiras e caneleiras e não as achara lá muito confortáveis nem leves. Era preciso fazer placas mais finas.

Não conseguiu fazer nada com relação aos pés, mas Sebastião veio com a ideia de pegar ferraduras de mulas e cortá-las para que elas pudessem ser pregadas como uma espécie de ponteiras nos bicos de suas botas. Isso traria um peso extra no caminhar, mas em compensação lhe forneceria uma proteção adicional e talvez até uma forma inusitada de ataque, pois um chute com tal ponteira poderia quebrar uma canela desprotegida. Sebastião ainda sugeriu reforçar as esporas nos calcanhares de modo a servirem de contrapeso, o que Joaquim não achou má ideia.

Aos poucos, o conjunto da armadura ia sendo montado. Todas as noites, ao voltar de Vila Rica, Joaquim se juntava a Sebastião no trabalho de forja e a cada duas noites testava as placas. No final de 1788, tinha já o suficiente para três armaduras completas. Uma para si; outra de reserva, mas que a pedido de Sebastião e pelos seus serviços, o deixara experimentar e não lhe caíra mal (mas que Joaquim guardava consigo, em um baú na casa da fazenda). E uma terceira, que pretendia exibir para fins de venda às forças armadas no Rio de Janeiro.

O trabalho levara tanto tempo porque Joaquim procurava fazer as coisas com o máximo de vagareza, rigor e capricho possíveis. Tarefa difícil para um homem de quarenta e um anos, quase sem posses, sem mulher e sem filhos. Bem que já estava na hora de se assentar de vez, ele pensava enquanto martelava o ferro na mina ou arrancava os dentes dos pacientes com o boticão; até que havia umas moças de família muito bonitas e em idade de casar nos saraus do Alvarenga. Quem sabe no próximo?

Foi com o espírito elevado que adentrou o salão de Alvarenga e Bárbara Heliodora na noite de Ano Novo. Os negócios iam bem na medida do possível, e agora ele poderia tomar uma boa moça como esposa e constituir família. Se a venda da armadura para o Exército desse certo, então, quem haveria de dizer qual o limite dos seus sonhos?

– Chegou o nosso alferes! – exclamou Tomás Antônio Gonzaga, taça de vinho na mão, com jeito de quem já havia tomado outras antes.

– Cá estou – disse Joaquim, apertando a mão do amigo.

– Qual alferes o quê – corrigiu-o Alvarenga, se aproximando de braço dado com Bárbara Heliodora, que completou:

– Joaquim José agora é dono de mina!

Joaquim ficou um pouco envergonhado. A mina não chegava a ser um segredo, mas pouca gente sabia daquilo, e ele não gostava de falar a respeito.

– Não esperava que eu, tendo sido ouvidor da comarca – disse Tomás – não fosse ficar sabendo disso, Joaquim. Anda, vamos brindar ao mais novo proprietário de mina de Vila Rica!

– Imagine, não há necessidade...

– É por luto ao Eustáquio? – emendou Alvarenga. – Então brindemos também à saúde dele, homem!

– Bebamos ao morto! – disse Cláudio Manuel da Costa.

– Mas bebamos também à vida! – disse Tomás. – Olhe que há aqui umas moçoilas bastante interessadas na sua figura...

– Decerto que há – interrompeu-o o Alvarenga – e eu mesmo faço questão de apresentar-lhe os pais de algumas delas. Mas por ora vamos à saleta que temos muito o que conversar.

Ao entrarem na saleta, Joaquim vê várias outras pessoas, a maioria delas seus conhecidos de Vila Rica, São João Del Rei e mesmo do Rio de Janeiro. O contratador Domingos de Abreu Vieira, o padre Rolim, o cônego Luís Vieira, o Coronel Francisco Lopes, seu primo, o coronel de milícias Joaquim Silvério dos Reis, o Capitão José de Resende Costa, o Sargento-Mor Toledo Pisa e vários outros.

A bem da verdade, quase todos ali naquele grupo já se reuniam periodicamente há alguns anos, movidos não só pelos desmandos da metrópole e do governador da capitania (e agora do Visconde de Barbacena) como também pelos ideais do iluminismo francês e da Independência dos Estados Unidos. Muitos, como Tomás, Claudio, os padres e alguns militares (e ex-militares, entre os quais o próprio Joaquim), estavam no movimento nascente por razões puramente idealísticas. Já os proprietários de terras se juntaram por motivos mais práticos: a falência completa devido à escassez do ouro de aluvião na área e a obrigatoriedade de colaborar com uma cota de seu próprio bolso para encher os cofres de Portugal.

– Quanto tempo temos? – perguntou Alvarenga.

– Pouco mais de um mês. O Visconde pretende fazer valer a derrama em meados de fevereiro. Ainda não estipulou data.

– O que torna tudo ainda mais perigoso – disse o Padre Rolim. – De homens sem palavra não se confia nem no fio do cabelo, que dirá se não houver contrato assinado.

– Então está decidido – disse Tomás. – Derrubamos o Barbacena e instauramos a República!

– De acordo – disse Claudio. – Mas e quanto aos soldados?

– Quanto milicianos o senhor é capaz de reunir, coronel Silvério? – perguntou Joaquim.

– Assim sem demora, trezentos – o outro respondeu sem hesitar.

– É pouco.

– É suficiente – Silvério disse com cara muito séria.

– Mas os homens do Barbacena têm canhões. Os senhor os têm?

– Tenho dois que pertenceram ao meu avô. Funcionam.

Joaquim pensou em falar das armaduras naquele instante, mas achou melhor calar. Três armaduras não acrescentariam nada nesse momento.

– Quando? – ele perguntou.

– O quanto antes – disse Tomás.

– Não consigo reunir meus milicianos e treiná-los em menos de vinte dias. Se conseguirmos reunir mais de trezentos, então...

– Não podemos esperar até depois de declarada a Derrama – disse Alvarenga.

– Que seja no dia da declaração – falou Silvério. – Eles não estarão esperando por isso.

O coronel Francisco assentiu.

– Faz sentido – disse. – Tentarei reunir alguns homens de minha confiança para engrossar o caldo.

Depois que os acertos iniciais haviam sido feitos, passaram o resto da noite comemorando a entrada do ano de 1789. Beberam, comeram, versejaram. Se foram felizes, isso estava tão somente na consciência de cada um. Joaquim só sabia que nada mais havia a ser feito por enquanto.

No dia de Ano-Bom, Joaquim não saiu da casa da fazenda. Ficou descansando e lendo, deitado numa rede na varanda. Tentando não pensar na conversa da noite anterior.

E foi da rede na varanda que viu os cartésios se aproximarem.

A bem da verdade, não tinha como saber se eram mesmo os afamados soldados neerlandeses ou não. Mas ao ver o minúsculo grupamento de seis homens, vestidos com roupas sem cor, marchando em compasso militar, em pares, um à retaguarda e um à dianteira, lembrou-se do que o tropeiro havia lhe dito anos antes.

Saúvas.

E vinham em sua direção.

Joaquim se levantou devagar. Seu mosquete estava dentro da casa. Chamou Sebastião. Não houve resposta.

Os homens continuaram a marchar até ultrapassar a cerca que marcava o limite da fazenda. Joaquim saiu da varanda na direção deles.

– Quem vem lá? É de paz?

Os homens continuaram a marchar. Joaquim começou a ficar nervoso. *Cadê esse negro com meu mosquete?*, pensou. O que estava acontecendo? Iriam roubá-lo pela mina? Por tão pouco? Era assim que sua vida ia se acabar?

Então o homem à dianteira levantou a mão e parou. O resto do grupamento o obedeceu.

– Joaquim José da Silva Xavier? – perguntou o homem, o tom de voz estranho, quase metálico, o rosto sem expressão.

– Está falando com ele. Qual é o motivo desta invasão?

Subitamente o homem tinha uma carta na mão. Joaquim nem viu de onde o sujeito havia retirado o envelope.

Aceitou-o. Conferiu o lacre de cera. Não tinha marca reconhecível de sinete ou selo de casa real.

Quebrou-o e tirou logo a carta.

Seu conteúdo era simples mas não dava margem a dúvidas.

– Para quando? – perguntou ao homem.

– Trinta dias – foi a resposta.

– E se eu me recusar?

– O contrato foi assinado – o homem disse, na mesma voz sem timbre.

– Que contrato? – Desde a morte de Antônio Eustáquio, Joaquim havia examinado toda a documentação referente a mina. O velho engenheiro não havia deixado nenhuma pendência.

– Trinta dias – repetiu o homem, levantando novamente a mão. Como se fossem um só corpo, todos os membros do grupamento deram meia-volta e retomaram a marcha no mesmo ritmo de antes, com a diferença de que o homem voltou a ocupar a dianteira, trocando de lugar com o da retaguarda. Joaquim ficou ali parado, carta na mão, sem arma e sem resposta.

A reação seguinte, depois que os cartésios desapareceram no pó da estrada, foi correr para a tapera atrás de Sebastião. Encontrou o negro caído, braços e pernas bem amarrados com corda de ráfia, nariz e queixo cobertos de sangue seco. Ao redor, peças do mosquete, cuidadosamente desmontadas.

– Era um bando – Sebastião dizia, a voz ofegante e anasalada, enquanto Joaquim lhe cortava as cordas. – Quando vi, já tinham caído em cima de mim.

– Feito um enxame de saúvas – disse Joaquim, que não havia ouvido um ruído sequer do terreiro de trás da casa.

– Feito um bando de urubus caindo na carniça – retrucou Sebastião, esfregando os braços bastante machucados. – A diferença é que não estavam vestidos de preto.

– Eu sei. Vestiam roupas cor de terra, não é?

– Cor de terra e cor de mato. Se misturaram com as árvores e a capoeira de um jeito que nem eu percebi.

Joaquim respirou fundo. A diferença dos cartésios para com os urubus não estava somente na cor de seus uniformes. Estava no fato de que eles podiam ter matado os dois se quisessem. Trucidado, estraçalhado, aniquilado completamente. A presença deles ali foi uma simples demonstração de poder.

E a carta, uma manifestação de sua vontade.

Joaquim passou duas semanas visitando o cartório da comarca em Vila Rica procurando entre os contratos antigos alguma coisa que pudesse lhe dar uma pista, qualquer coisa. Não encontrava nada. Chegou a pensar em ir ao Rio, mas todos os documentos da mina estavam em Vila Rica, e ademais tinha muito o que fazer ali.

Ao final de cada dia, ele voltava para sua casa e de lá se dirigia para a mina. Trabalhava, ora sozinho, ora com Sebastião, nos esboços deixados por Antônio Eustáquio. Em novas placas para peito, costas, pernas, braços. Em alguns implementos que o velho engenheiro não havia imaginado, mas que Joaquim considerou de interesse acrescentar. Enfim, novas armaduras para novos tempos.

Esse era todo o problema. Tempo.

No começo de fevereiro, recebeu uma visita na botica.

– Salve, Senhor Joaquim – disse o homem de queixo quadrado.

– Como vai, Coronel? – respondeu Joaquim. – Veio arrancar um dente?

O outro riu e balançou a cabeça. – Valha-me Deus! Que ainda não preciso. Este corpo é forte e tenho todos os dentes, com a graça de Nosso Senhor Jesus Cristo. Vim apenas ter um dedo de prosa com vosmecê, se tiver algum tempo.

– Pois estou precisando mesmo fazer uma pausa. O que o senhor manda?

– Imagine, Senhor Joaquim. Este humilde servo de Deus não manda nada, apenas pede. É uma coisa simples e que não vai lhe demandar muito. Na verdade, penso até que é o contrário: há de lhe tirar um peso das costas.

– E que peso seria esse?

– O senhor sabe, coisas que andam se dizendo por aí. O senhor, como boticário e dentista, deve ouvir muita conversa...

– Conversa à-toa...

Então Silvério se virou para ele num rompante que o surpreendeu:

– Pois isso quem decide é a autoridade, Senhor Joaquim! Ou não é?

– Decerto que sim – Joaquim respondeu sem medo, mas com muita desconfiança. – Mas de que autoridade o coronel está falando?

Então Silvério dos Reis abriu um sorriso de orelha a orelha. Um sorriso perturbador para Joaquim.

– A autoridade em mim investida pelo Visconde de Barbacena. Ou o senhor não está sabendo que eu sou o novo comandante dos milicianos de Vila Rica?

Joaquim ergueu as sobrancelhas.

– Com que então o senhor tem agora bem mais que trezentos homens?

– Todos os homens que o Vice-Rei houver por bem me conceder, Senhor Joaquim. Homens melhores que os homens-bons que ficam por aí fazendo inconfidências em saraus...

– O senhor quer dizer logo o que *manda*, comandante?

Silvério não tirava o sorriso da cara. Isso irritava Joaquim, que não conseguia disfarçar e se amaldiçoava por tamanha transparência.

– Pois muito bem. Eu mando que o senhor compareça amanhã à Casa dos Contos para uma conversa oficial.

Joaquim olhou bem nos olhos de Silvério.

– Por que tudo isso, coronel?

Silvério pôs uma mão pesada e cheia de dedos grossos no ombro de Joaquim.

– Acorde, homem. Essa revoluçãozinha de vocês não vai dar em nada. Está todo mundo caindo em si. O Domingos, o Francisco Lopes, o Malheiro do Lago, todo mundo já foi depor em troca do perdão das dívidas. Se você for amanhã e fizer sua denúncia formal, eu lhe garanto pessoalmente que qualquer dívida que você tenha será perdoada.

– Eu não tenho dívida nenhuma com Portugal, coronel.

Foi a vez de Silvério olhar bem nos olhos de Joaquim.

– Ah, tem, Senhor Joaquim. Todo traidor tem dívida com a Pátria que abandona.

Mais não foi dito, nem foi preciso. Naquela tarde, Joaquim encarregou o sócio de fechar a botica, pegou o cavalo e partiu para a fazenda. Escoltado por dois soldados a mando de Silvério dos Reis, que não queria arriscar uma possível fuga de um dos principais conspiradores. Os soldados deveriam montar guarda na fazenda a noite toda e conduzir Joaquim até a Casa dos Contos na manhã seguinte.

E seria exatamente isso o que teria acontecido, não fosse a nuvem de gafanhotos no meio do caminho.

Foi tão rápido que só depois Joaquim seria capaz de estabelecer tal comparação, e mesmo assim, a cada vez que se recordava do acontecido, metáforas diferentes tomavam o lugar da praga bíblica: redemoinho, bando de lagartos, não faltaram nem assombrações do outro mundo num pesadelo ou noutro, ele que não era de acreditar nessas coisas.

Mas ninguém que presenciasse os cartésios em ação e vivesse para contar a história voltava a ser a mesma pessoa.

Certamente os dois soldados não voltaram: em poucos segundos o pó da estrada subiu ao redor de Joaquim, uma confusão de mãos, pés e gritos abafados, um relincho ou dois dos cavalos que cercavam o seu. Não mais que isso, não mais que alguns segundos de uma balbúrdia que nem isso chegou a ser, de tão estranhamente silenciosa.

E os dois homens estavam caídos ao chão, as gargantas cortadas. Seus cavalos não estavam mais lá. Apenas Joaquim, ainda montado no seu.

Dominou o arrepio que lhe começava a subir pela espinha e meteu as esporas no cavalo. Agora não havia mais volta.

Quando chegou à casa da fazenda, seu objetivo era um só: recolher as armaduras e fugir para o Rio de Janeiro. Lá procuraria ajuda. Se ficasse, só conseguiria ser acusado de assassinar os dois soldados. Não haveria mais qualquer esperança de perdão para ele, se é que tinha havido desde o começo.

Mas alguém o esperava na varanda.

Cláudio.

Estranhou a figura do amigo ali. O mais calado dos colegas revolucionários, Cláudio Manoel da Costa era um dos mais velhos do grupo. Contava quase já sessenta anos, e era um fazendeiro abastado. Demonstrava tanta insatisfação quanto os demais, mas seus proventos davam e sobravam mesmo pagando sua cota da derrama. Joaquim sempre achou curiosa a participação de Cláudio na tentativa de revolução.

Um pensamento sombrio se abateu sobre ele no instante em que apeou do cavalo. Estaria ali a soldo do Vice Rei? Seria Cláudio Manoel da Costa um dos denunciantes?

Antes, porém, que pudesse colocar em palavras qualquer uma de suas dúvidas, Cláudio levantou a mão direita e lhe disse duas simples palavras, num tom de voz sério, quase mecânico:

– Cinquenta armaduras.

Eram as mesmas palavras que estavam escritas na carta que o líder do grupamento dos cartésios havia lhe entregue semanas antes.

– Você, Cláudio? – perguntou pasmo.

O colega abaixou a mão e respondeu:

– Soluções desesperadas para tempos difíceis.

– Mas um pacto com os cartésios?

Cláudio balançou a cabeça em negativa.

– Um *contrato*, Joaquim. Um contrato firmado entre Antônio Eustáquio e a República de Nova Neerlândia, e cuja cobrança lhe foi entregue há três semanas por uma patrulha avançada do Regimento dos Cartesianos.

– E qual a sua parte nisso?

– A mesma que sempre tive, Joaquim. Assim como você, um homem-bom, um homem de caráter, revoltado com o rumo que este país vem tomando e disposto a fazer tudo o que estiver ao meu alcance para salvá-lo das mãos da metrópole.

– Inclusive entregá-lo de bandeja aos neerlandeses?

Cláudio respirou fundo e começou a entoar, quase em tom professoral:

– Considere isto uma espécie de Grande Jogo, Joaquim, um xadrez político em que se entrega a rainha para que o rei não tombe. A metáfora monarquista é ruim num momento destes, bem sei, mas o xadrez é o melhor exemplo.

– Vila Rica é a rainha então.

– Afirmativo.

– Mas o resto do Brasil, como fica?

– Livre de Portugal. Este é o novo contrato com Nova Neerlândia.

– E quem o assinou?

– Isto, meu velho amigo – ele enunciou num tom mais sombrio – eu não posso lhe dizer.

– E se eu não tiver as cinquenta armaduras?

– Isto será lamentável, mas não constituirá entrave à nossa empreitada. Você pode compensar a falta das armaduras.

– Como?

Só então Cláudio sorriu. Um sorriso parecido demais com o de Silvério dos Reis. Joaquim temeu o que viria pela frente.

Veio pela frente, por trás e pelos flancos.

A Tomada de Vila Rica aconteceu na noite de 13 de fevereiro de 1789. As ruas da cidade estavam em silêncio e em silêncio permaneceram por toda a madrugada. Nas sombras dos becos e das ruas sem lampiões, as saúvas invadiam a cidade. Seus passos não eram marciais como o do grupamento que encontrara Joaquim naquele dia há semanas na entrada da fazenda: aquilo era uma demonstração de disciplina militar para civis, nobres e clero.

Isto, entretanto, era o que o Regimento dos Cartesianos, herdeiros do treinamento militar de Renatus Cartesius, nome latinizado do coronel francês René Descartes, realmente fazia de melhor: ataques invisíveis.

Diziam uns que Descartes inventara essas técnicas inteiramente sozinho; outras fontes, aparentemente mais confiáveis, davam conta de que ele se valera não só de seu próprio treinamento marcial como também aprendera, durante uma estada diplomática no Japão, uma metodologia especial baseada em controle do corpo e da mente, estratégias de dissimulação e uso da força do inimigo contra ele próprio. Seu pequeno tratado **Discurso Sobre o Método da Guerra**, que no começo era de uso exclusivo dos cartésios, circulava agora livremente por Nova Neerlândia – como ferramenta de recrutamento, comentavam os mais cínicos. Mas o fato é que o Regimento dos Cartesianos crescia e era respeitado.

Na noite da Tomada, os passos dos cartésios eram tão silenciosos que Joaquim se sentia um sino ambulante. Por medida de segurança, apeara do cavalo na entrada da cidade e o amarrara numa pequena fonte no caminho para a Praça. Cobrira as placas do tronco com um gibão de couro e retirara as esporas das botas. Encaixou com todo o cuidado os implementos nas braçadeiras, testou-os a fim de ver se não fariam barulho durante sua caminhada, deu-se por satisfeito e seguiu.

Não estava só. Cláudio o convencera de que seria melhor levar pelo menos dois cartésios não só como proteção mas também como auxílio. No calor da refrega, toda ajuda era pouca. Mas Joaquim não estava muito certo se eles estavam ali para protegê-lo, ou exercer a mesma função que os soldados de Silvério.

Fosse como fosse, a sua parte ele faria. Como homem-bom.

Homem.

Alferes.

Tiradentes.

Quim.

Joaquim José da Silva Xavier.

Na entrada da mina, Sebastião terminava de vestir sua armadura. Não se dera ao trabalho de colocar gibão nem de tirar esporas – e só calçara botas para o corpo não perder o equilíbrio com a quantidade de metal. Sempre preferira andar de pé no chão, ou no máximo usando alpercatas em dia de festa.

Mas naquela noite é que o barulho ia ser bom.

Mandara Conceição para a Irmandade dos Pretos, nos arredores da cidade. Em momentos como esse é bom ser invisível, ele pensa. Escravo só é bom pro eito ou pro leito, dizem os brancos.

Todos uns bons filhos da puta.

Joaquim não era mau senhor, tanto quanto pode se dizer que um senhor seja bom para seu escravo, e Sebastião aprendera a duras penas, tanto com seus pais quanto com as marcas de chibatadas antigas no seu próprio lombo, que senhor nenhum é bom. Bom é ser livre.

Terminou de encaixar a baioneta de alvado na braçadeira direita. Sebastião tinha uma última tarefa a realizar para Joaquim, e iria realizá-la com gosto – porque aí poderia cobrar sua liberdade.

Quando Joaquim chegou na proximidade da Casa dos Contos, o cartésio à sua esquerda fez-lhe um gesto para que olhasse para o telhado do prédio.

Só com muito esforço conseguiu perceber que a parte de cima da Casa dos Contos estava coalhada de cartésios, encolhidos e encarapitados como gárgulas de alguma catedral europeia da Idade Média. Logo abaixo, em cada esquina da casa, um soldado armado com fuzil ao ombro montava guarda, sem se dar conta do que estava imediatamente sobre sua cabeça.

Joaquim assistiu assombrado os minutos seguintes. Como se fossem marionetes puxadas por cordéis invisíveis, os dois soldados que ele podia ver de onde estava foram subitamente puxados para o alto pelos pescoços. Antes que seus fuzis caíssem no chão, a mesma coisa aconteceu com eles: as armas subiram aos céus como pássaros. Durante toda essa ação, não se ouviu um só ruído.

Sem disparar um só tiro, Joaquim pensou, se sentindo literalmente um peso morto.

O cartésio à sua direita lhe fez um gesto. O caminho estava livre. Podiam entrar na Casa dos Contos.

Até onde Sebastião podia ver, eram seis. Mas desta vez ele estava preparado.

As tochas que havia deixado acesas ao longo do caminho começaram a se apagar subitamente, sem um sopro de vento sequer. De onde estava, agachado na entrada na mina também escurecida, esperou que os cartésios se aproximassem.

Quando dissera a Joaquim que tudo havia acontecido muito rápido da vez em que os soldados neerlandeses o atacaram, não mentira – mas também não contara toda a verdade. Os cartésios eram surpreendentemente rápidos, ou talvez isso nem devesse surpreender tanto assim, uma vez que Sebastião pôde ver mulatos e indígenas no meio da maioria branquela e loira. Por muitos dias ficou matutando: como conseguiram se aproximar dele sem fazer barulho? e concluiu que aquilo havia sido a soma de duas coisas: um conhecimento muito bom de luta e a sua própria distração.

Pois muito bem, pensou Sebastião enquanto esperava os cartésios darem o ar de sua graça. *Eles são muitos mas eu também sei lutar.*

No instante em que a primeira dupla partiu para cima da entrada da mina – outra coisa que Sebastião havia percebido era que eles sempre atacavam em duplas – o negro não hesitou: disparou as duas pistolas a ele confiadas por Joaquim e levadas para a mina.

Ouviu um grito abafado de surpresa. Agora era a hora.

Saiu correndo da boca da mina e tomou o rumo da direita. No mesmo instante sentiu uma corda no pescoço e uma pancada seca no abdômen. O cartésio que desferira o golpe soltou um urro de dor ao atingir a placa de ferro com a mão nua, mas Sebastião não pôde aproveitar o instante para atacá-lo: levantou a mão direita e, girando a baioneta encaixada na braçadeira, começou a cortar a corda ao mesmo tempo em que recuava para evitar o puxão que o enforcaria.

Isso deu tempo à dupla de cartésios que estava atrás dele para agarrá-lo.

Mas não antes que ele jogasse a perna esquerda para trás e desse um rabo-de-arraia em um deles. A gravidade fez o resto: perdendo o ponto de apoio, o outro cartésio se desequilibrou por uma fração de segundo, e para um mestre capoeirista como Sebastião isso bastava. Ele estendeu a perna e atingiu o neerlandês no peito com o golpe do martelo. Ouviu o som de costelas quebrando.

Foi aí que os outros doze cartésios o cercaram.

Sebastião deu um sorriso debochado. Ele tinha certeza de que havia mais soldados escondidos no mato, só esperando.

– Podem vir vocês todos – ele desafiou. – Ainda nem comecei a suar.

Um dos cartésios deu um passo à frente e levantou a mão, entoando numa voz de tom mecânico:

– A mina já nos pertence. Esta luta é desnecessária.

– A cidade pode ser de vocês; a mina não.

– Por que defende uma terra que não é sua?

– E quem lhe disse que esta terra não é minha? – Sebastião retrucou indignado. – Vivo aqui desde que nasci. Meu pai veio para cá da África ainda criança. Este chão e este minério são mais meus do que dos brancos.

O cartésio parou por alguns segundos. Inclinou a cabeça, sem tirar os olhos de Sebastião.

– Você pode ser útil para nós.

Sebastião riu.

– Eu quero ser livre. Na minha terra, não na dos outros. Eu sei bem o que aconteceu com meu pai quando ele saiu da terra dele para vir para cá.

– Você pode ter a mina.

– Como?

– Um contrato – disse o cartésio. – Você pode ter a propriedade da fazenda. A mina é sua, mas você não pode trabalhar nela sozinho. Arrendamento. Pagamos bem. Você compra sua alforria.

– E o Senhor Joaquim? – Sebastião não acreditou que estava preocupado com o homem que comprara sua posse do velho Antônio Eustáquio, mas quando deu por si as palavras já haviam lhe saído da boca.

– Temos outra proposta para o Senhor Joaquim – respondeu o cartésio. – Ele não irá recusar.

Joaquim entrou na Casa dos Contos acompanhado de oito cartésios: os dois de sua escolta e mais seis que desceram sem fazer barulho pelas paredes do prédio.

Logo no pátio de entrada havia quase vinte soldados armados da guarnição do Vice Rei. Joaquim respirou fundo.

– Vocês deviam ter trazido armas – disse ao cartésio da direita.

– Não precisamos de armas – o outro respondeu.

Então a batalha começou.

Joaquim sentiu os impactos dos tiros bem no peito. Perdeu o fôlego, mas não parou para verificar se a placa peitoral havia sofrido algum dano. Se ele estava de pé, era porque havia funcionado. Correu na direção do soldado mais próximo e ergueu o braço direito. A pistola que a muito custo havia conseguido adaptar à braçadeira pesava mais de um quilo, mas Joaquim havia treinado muito todos os dias para aquele momento.

O tiro foi certeiro na cara do soldado.

Quando se virou para seguir na direção do próximo, o chão estava coalhado de soldados mortos. Apenas um cartésio jazia no chão, vítima de um tiro à queima-roupa na cabeça. Os demais já estavam pegando o corpo e vasculhando o local o mais rapidamente possível. Porque agora o sinal de alerta havia sido dado.

– O que em nome de Deus é isso? – foi o grito que ele ouviu do outro lado do pátio.

Silvério dos Reis se aproximava a passos largos, pistola numa das mãos, sabre na outra. Atrás dele, um pelotão de soldados se derramava pátio adentro. Quando olhou bem para o homem coberto com placas de ferro à sua frente, não conteve a fúria.

– Você! Como você teve a coragem de vir aqui armado? – Silvério gritou. – E com esses soldados neerlandeses?

– Coronel Joaquim Silvério dos Reis – disse Joaquim, seguindo o roteiro prévio combinado na véspera com Cláudio. – Considere-se preso em nome do Governo Provisório da República do Brasil.

– República do Brasil? Você veio tomar Vila Rica para os holandeses, seu traidor covarde! – Silvério urrou, jogando a pistola no chão e erguendo o sabre. – Quero ver me enfrentar de homem pra homem.

Joaquim simplesmente ergueu a braçadeira esquerda. A baioneta encaixada nela reluziu à luz das tochas.

Então partiram para cima um do outro.

Joaquim tinha a vantagem da arma curta e mais fácil de manobrar. Em compensação, Silvério não tinha sobre seu corpo o peso de uma armadura.

O primeiro sangue saiu do rosto de Joaquim, que só então pensou que devia ter fabricado também o elmo e a máscara que estavam no projeto original de Antônio Eustáquio. Mas foi um corte superficial, e com isso Joaquim estava acostumado; avançou e estendeu a baioneta na direção da barriga de Silvério, que defletiu o golpe com a guarda do sabre.

Joaquim recuou um passo, e sentiu a bota balançar hesitante com a falta das esporas. Foi aí que Silvério viu uma vantagem. Avançou com tudo para cima de Joaquim e empurrou-o.

Joaquim caiu de costas. O impacto foi tão forte que o chacoalhou dos dentes às costelas. E outra coisa que ele percebeu e não havia treinado em todo esse tempo. Como se levantar com todo esse peso após uma queda.

Silvério arremeteu com o sabre para cima de Joaquim. Mirou no pescoço. Joaquim conseguiu levantar as braçadeiras cruzadas; o sabre ainda passou riscando faísca num pequeno espaço entre as braçadeiras e só não se fincou no pescoço de Joaquim porque ele virou a cabeça com um grande esforço no último instante. Mas sentiu a orelha direita pegar fogo.

Silvério puxou o sabre para o golpe de misericórdia. Joaquim reuniu todas as forças para um golpe que lhe pudesse dar um momento de descanso. O suor queimava seus olhos; estava difícil enxergar.

Meteu a baioneta na cintura de Silvério quase sem querer.

Silvério ainda tentou se esquivar, mas seu peso foi sua ruína. Caiu sobre Joaquim, e a baioneta enterrou-se até o fundo. Silvério estremeceu. Joaquim puxou a baioneta; quando conseguiu sair de baixo do corpo do coronel, estava empapado de sangue e fezes.

Levantou-se a muito custo, zonzo, os ouvidos zunindo. Puxou o ar com dificuldade, e tentou – em vão – se limpar com torrões de terra. Ao seu redor, não era preciso fazer mais nada.

Os soldados do Vice Rei estavam todos mortos.

O pátio estava estranhamente vazio. Um cartésio ou outro ainda vasculhava o território, mas os demais haviam desaparecido. Só uma pessoa não se encaixava naquele cenário sangrento.

Cláudio Manoel da Costa.

Ele se aproximou de Joaquim e pôs a mão em seu ombro. – Você está bem?

– Estou – ele respondeu. – Nenhum ferimento grave.

– Ótimo. Temos muito o que fazer.

– E o Barbacena?

– Dele já estamos cuidando. O importante é que estamos independentes. Finalmente.

– Mesmo? – Joaquim olhou ao redor. Para os cartésios que não estavam lá.

– Não se preocupe com isso, *Comandante* Joaquim José. Você agora é o símbolo de uma nova Vila Rica. De um novo Brasil, liberto da metrópole portuguesa. E isto é só o começo.

Joaquim ficou em silêncio. Se aquilo era só o começo, Deus lhe poupasse de ver como iria terminar.

Quando amanheceu, as ruas de Vila Rica continuavam silenciosas. Mas desta vez o silêncio era diferente.

Os milicianos que andavam nos últimos dias amedrontando os moradores não estavam mais à vista em lugar nenhum da cidade. Na verdade, não havia soldado nenhum em Vila Rica. Não que os habitantes pudessem ver.

Os cartésios andavam pela cidade, vestidos como cidadãos comuns. Os mais aloirados ou arruivados atraíam um ou outro olhar, mas a trégua entre o Brasil e a Nova Neerlândia já existia há anos, e ninguém que se parecesse com um holandês era hostilizado: o comércio entre as duas nações não era incentivado mas existia, e Vila Rica era uma das capitanias brasileiras mais abertas ao livre-comércio.

No mesmo dia, foi afixado um aviso à porta da Casa dos Contos, fazendo saber à toda a população de Vila Rica que Joaquim Silvério dos Reis havia sido executado por traição, bem como o Visconde de Barbacena, em São João Del Rei. E que se instalava, a partir daquela data, o Governo Provisório da República do Brasil, tendo como Presidente Alvarenga Peixoto, seu Vice Tomás Antônio Gonzaga, e Ouvidor-Geral Cláudio Manoel da Costa.

Mas os boatos que corriam pela cidade não falavam dos novos governantes, e sim do estranho homem coberto por uma armadura de metal, que vingara sozinho o povo brasileiro da Vila Rica e das Minas Geraes do jugo português – embora os detalhes de como isso acontecera exatamente não fossem conhecidos do populacho, e cada um desse sua versão particular dos eventos – e fora por isso indicado para o posto de Comandante-em-Chefe da Guarda Republicana. Joaquim José da Silva Xavier.

O antigo dono de botica já recebera outro nome da boca da própria população, que gritava seu novo nome nas ruas e lhe dava vivas. De Tiradentes nunca mais se ouvira falar. O protetor supremo de Vila Rica agora era o Alferes de Ferro.

V.E.R.N.E. e o Farol de Dover

Dana Guedes

SUANDO, ACORDOU.

Sentou-se no colchão fino onde dormia e olhou ao redor. A noite ainda estava calada. A luz da lua entrava pelas frestas das placas de madeira que tampavam as janelas. Beatrice gostaria de pensar que tivera apenas um pesadelo, mas eram memórias. Lembranças de uma noite sombria, do ano anterior, quando o cheiro do sangue e o calor do fogo estavam por todo lugar. Lembrava-se dos gritos misturados ao som dos disparos, em uma cacofonia de horror. Guerra. Alguns homens ainda bradavam hinos de encorajamento, chamando outros à luta mesmo sob a derrota iminente. Se fossem cair, que o fizessem com honra, acreditando em seu ideal na esperança de um futuro melhor. No entanto, uma a uma, as palavras de força tombavam como os seus corpos. Pisoteadas pelos cavalos de crina longa, patas fortes e pinos metálicos nas juntas.

A garota correu a mão pelo rosto, tentando apagar as imagens ainda tão vívidas em sua mente. Podia sentir o pânico e o desespero dos combatentes enquanto tentavam fugir. Eram homens e mulheres de diferentes idades, da classe trabalhadora, caçados pelos militares como animais. As temíveis fardas azuis e botões dourados brilhavam sob a luz da pólvora que explodia. Tiros certeiros contra os operários rebeldes. Os que não morriam eram presos, jogados em uma carruagem cercada por barras de ferro, amontoados feito lixo.

Recordava-se tão bem porque estava lá. Corria pela Ponte com o medo dominando seu coração e suas lágrimas. Encontrou o pai vivo, mas ferido gravemente na batalha. Junto da mãe, tentava tirá-lo da zona de guerra para que tivessem alguma esperança de curá-lo. Ao mesmo tempo, Beatrice procurava o parceiro que desaparecera na cortina de fumaça de pólvora. Não enxergava nada além de corpos caindo. A garota via cada detalhe do momento em que a vida deixava aquelas pessoas. A cor se dissipando de seus rostos, sobrando apenas o vermelho.

– Ainda não consegue dormir? – uma voz grave, bonita e de sotaque peculiar rompeu a cadeia de memórias de Beatrice.

Ela ergueu o rosto e lhe ofereceu um sorriso suave, juntando com as mãos seus longos cabelos negros, cacheados na ponta.

– Tive um sonho ruim. E você, Dimitri? – perguntou, virando o rosto na direção da voz. A iluminação azulada permitiu-lhe ver o companheiro. Estava sentado como ela, com as costas apoiadas na parede. Sobre um dos ombros escorregava o rabo de cavalo, preso despretensiosamente por uma fita. Bebia um gole do que ela sabia ser *vodka*, a bebida favorita dele, provinda de sua terra natal.

– Não consegui fechar os olhos. Sei que Aidan disse que aqui é seguro, mas ainda não consegui relaxar – Dimitri respondeu num tom baixo, para que não acordassem os outros.

Havia muitos dormindo ali. Apertados naquele espaço pequeno, um andar do farol abandonado no porto de Dover, no Reino Unido da Grã-Bretanha e Irlanda. Estavam ali há dois dias, escondidos dos trabalhadores que carregavam e descarregavam os navios. Entraram graças a uma chave antiga que Aidan O'Farrell e seu irmão Liam ainda possuíam. Os dois homens, profundamente adormecidos, eram familiarizados com o local. Não apenas moraram nos arredores do porto, mas também trabalharam ali com os pais, antes de se mudarem para a capital. O farol era utilizado por sua família e porventura mantiveram a chave mesmo depois de sua desativação. Agora o usavam para propósitos bem diferentes dos de sua infância.

– Vamos lá para cima antes que alguém acorde – Dimitri disse, se levantando com cautela e seguindo até a porta, fazendo o máximo para abri-la sem barulho. Beatrice seguiu logo atrás, subindo as escadas em espiral, só de meias para não emitir nenhum som.

No topo da construção, todas as luzes também estavam desligadas. Mesmo assim, para não serem vistos através das grandes janelas, sentaram-se apoiados no farolete. Diziam que, quando ativo, a luz dali alcançava 30 milhas, três vezes mais que o normal. Agora não parecia sequer funcionar, de tão empoeirado. Beatrice descansou a cabeça contra o metal, sem se importar com a sujeira, olhando para cima. Todo o céu se abria diante dela. O bom tempo lhe revelava as estrelas que brilhavam, salpicando o manto azul profundo. Era diferente de Londres, onde viviam. Por lá, a cortina de fumaça das fábricas impedia que vissem o céu com clareza. A lua estava sempre ofuscada, esforçando-se a aparecer através da poluição, que tornava sem brilho a "Cidade de Ferro", alcunha recebida após a Revolução Industrial. Mas onde estavam a lua quase lhe sorria, desejando boa noite.

– Você acha que vai dar certo? – Beatrice perguntou de súbito, quebrando o silêncio.

– Se eu não achasse, não estaríamos aqui... – Dimitri respondeu com um sorriso calmo, voltando seu olhar para ela. Seu olho verde cintilou. Apenas um. O outro permanecia coberto sob um tapa-olho feito de couro.

– Quando você fala parece simples – ela sorriu.– Eu sei que passamos por muitas coisas antes de chegarmos aqui, mas não consigo deixar de sentir essa ansiedade. Era diferente quando tudo estava apenas no papel. Podíamos desistir se as coisas ficassem perigosas. Mas agora não há mais volta. Nossas escolhas não vão mudar apenas as nossas vidas, mas também a de todos lá embaixo.

– Bea, todos nós estamos fazendo isso por vontade própria. Cada um que se juntou a nós está aqui porque acredita no mesmo ideal. Nem eu, nem você somos responsáveis por essas escolhas. Somos todos culpados pelo que acontecer daqui pra frente, para o bem ou para o mal. Precisamos estar confiantes. O navio irá ancorar no porto amanhã, temos muito a fazer se queremos ter sucesso, nossas vidas dependem disso – ele suspirou, bebendo mais um gole de *vodka*.

– Você tem razão. Temos que fazer dar certo. Tudo isso é tão estranho e assustador, mas vai valer a pena. E...

– E? – Dimitri perguntou, olhando para a garota, que havia adormecido. Riu balançando a cabeça, tirou o próprio casaco e o colocou por cima de Beatrice. Ela parecia muito mais nova que seus 17 anos enquanto dormia. Talvez porque escondesse toda a sagacidade do olhar e a genialidade de suas invenções. É verdade que a ideia de formar a organização foi dele, mas nada teria acontecido sem ela.

Beatrice era inventora desde que se conhecia por gente, quando suas obras ainda eram sinônimo de traquinagem e malcriação. Cresceu fazendo testes e projetando maquinários, realizando estudos próprios baseados nos poucos livros que possuía – especialmente uma cópia dos rascunhos de Da Vinci. As bibliotecas de todas as cidades comandadas pelo regente do Reino Unido, Lorde Beckins, haviam sido fechadas para o público, tornando-se patrimônio da monarquia e da realeza. As páginas de conhecimento valiam uma fortuna e os operários que conseguiram salvar antigos livros os contrabandeavam por mais alimentos e um punhado extra de dinheiro. Uma época onde a sabedoria era trocada pela sobrevivência.

Contudo, Beatrice usava todo seu conhecimento para melhorar a qualidade de vida das pessoas que conhecia. E, agora, também para fazer armas e bombas.

O sol se ergueu no horizonte, invadindo a cúpula do farol, obrigando-os a despertar. A garota acordou primeiro, um tanto desnorteada. Seus olhos se arregalaram e as bochechas coraram ao perceber que, em algum momento da noite, havia se inclinado na direção de Dimitri, deitando a cabeça em seu ombro. Com sorte o rapaz não teria percebido, pois estava dormindo também. Depressa ela se ergueu, batendo no vestido cor de chocolate para tirar o pó. Dimitri acordou logo em seguida. Desceram as escadas e encontraram todos já de pé.

– Bom dia! – Aidan os recebeu com um sorriso caloroso. Era sempre assim. O espírito tão jovial quanto o rosto, bem-humorado não importasse a ocasião. Oposto de seu irmão mais velho, Liam, que mesmo na aparência era mais sério, de poucas palavras. Porém, ambos sofriam da mesma forma com a morte dos pais, no ano anterior. Partilhavam com Beatrice as memórias daquela noite de outono em 1821, o evento repetido nos sonhos da garota. A "Revolta da Ponte de Westminster", quando operários de toda a cidade de Londres decidiram reivindicar seus direitos contra a opressão do governo e do trabalho excessivo. Contra as jornadas injustas de trabalho, falta de remuneração e proibição do comércio autônomo entre a sociedade trabalhadora. Após o surgimento das fábricas, a parte mais pobre da população perdeu todos seus bens e moradias, e foram obrigados a viver na região sul da cidade, conhecida como Gueto. Imigrantes iludidos com a maravilhosa proposta de trabalho no berço da tecnologia sofriam ainda mais, por vezes vivendo nas ruas, sem ter para onde ir.

O fim da manifestação fora ainda mais opressivo. Centenas de pessoas mortas, incluindo os pais de Liam e Aidan O' Farrell. Os militares não mediram forças para enclausurar toda uma classe social e o resultado foi disciplina baseada em medo. Operários que aprenderam a se calar. Ao mesmo tempo, gerou também um novo ideal nos que sobreviveram e não perderam as esperanças. Essa ideia ganhou o nome V.E.R.N.E. Uma organização que não desistiu.

A V.E.R.N.E.se reuniu depois do café-da-manhã, dividindo a comida que tinha. Tiraram os colchões do centro da sala circular, preenchendo o espaço com mapas e planilhas. Todo o rascunho da missão que concluiriam no começo daquela noite. Na parede foi pregado um desenho, esboço da estrutura do navio, de acordo com os conhecimentos de Liam.

– Muito bem! – Beatrice começou. – Essa é a ideia que temos sobre o *HMS Guardador*. O navio não é muito grande, já que é usado somente para o transporte de peças fabricadas no território da Escócia. Para quem não se lembra, as peças primordiais das fábricas de Londres são produzidas na Zona Industrial de Glasgow, sob o domínio do conde Henry Desmond. O mesmo homem que é o responsável por toda a Zona Industrial Oeste de Londres. – Fez uma pausa.

Henry Desmond era um dos grandes nomes da nobreza escocesa. Descendente de uma família que tradicionalmente prestava serviços de cavalaria à Coroa, o atual conde ganhou seu título e o respeito de Lorde Beckins após desapropriar muitas famílias ciganas das terras britânicas. Por sua lealdade e influência em Glasgow, se tornou o líder nas iniciativas industriais na cidade, fabricando as peças que seriam essenciais para o desenvolvimento em Londres. Seu método de trabalho, considerado por Beckins muito eficiente, já que ambos compartilhavam as mesmas ideias a respeito das obrigações dos operários, fez com que ele se tornasse o comandante das fábricas do oeste da capital inglesa, ligadas diretamente à sua própria produção.

– Como nos foi informado – Bea continuou –, sem esse carregamento as fábricas serão obrigadas a parar por pelo menos duas semanas. Talvez mais, dependendo do estrago que conseguirmos hoje. Com isso, não apenas chamaremos atenção do governo, como poderemos garantir um descanso remunerado para os trabalhadores.

– Eu sei que isso parece pequeno diante do problema que enfrentamos – Dimitri emendou –, mas acredito que seja o melhor jeito de começar. Precisamos mostrar a Beckins que existem pessoas dispostas a permanecer contra ele. A intenção é que, passo a passo, com cada missão, consigamos mais recursos e mais direitos a todos os operários. Não temos condições de viver naquele gueto para sempre, não existe futuro ali.

– Além disso, será um jeito de testar se o que planejamos há tantos meses dará certo – disse a inventora, sorrindo singelamente.

– De acordo com Liam, a carga do navio deve ocupar toda a popa – Dimitri disse, apontando para as estruturas traseiras da embarcação. – Logo abaixo estão as salas da caldeira. Pelo ano em que o *Guardador* foi construído, não devemos ter problema em acessar esta área. O plano é posicionarmos bombas potentes aqui e aqui – mostrou duas regiões na base central da carga – e detoná-las. Os dormitórios da tripulação são nos deques superiores, mas esperaremos o desembarque de todos antes de explodir.

– Aidan, por favor, passe as instruções de onde devemos ficar antes de tomar o navio – Beatrice disse, dando licença para que o rapaz tomasse seu lugar ao lado dos mapas do porto de Dover. Afinal, ele e o irmão eram os mais experientes na área.

Levou mais de uma hora para o mais novo dos O'Farrell esclarecer toda e qualquer dúvida. No final da tarde, todos já estavam prontos e em seus lugares.

Quando o sol mergulhou no oceano, tingindo o céu em um crepúsculo de azul, o *HMS Guardador* se aproximou do porto. Ouviram a buzina do navio anunciar sua chegada. Dimitri ergueu o rosto, deixando o cigarro pender entre seus lábios. Tinha nas mãos um jogo de cartas e sentava numa roda de trabalhadores do cais, apostando qualquer coisa que tinha ali, desde latas de comida até moedas sem valor. Ao lado, Liam bebia com alguns carregadores. Fingiam que não se conheciam, claro, alegando serem novos ajudantes.

Beatrice os observava de longe. Escondida atrás de uma pilha de barris próxima do cais, ofuscada pela escuridão da noite que caía, a garota vestia roupas masculinas, com o cabelo escondido sob uma boina. No ombro, uma bolsa repleta de explosivos. Aidan estava por perto, puxando uma rede de pesca, sem pressa. O rosto coberto pela sombra do chapéu, incógnito.

Em outros locais do porto, membros da V.E.R.N.E. se espalhavam. Em um dos galpões de armazenamento de carga estavam Sebastian e Dietrich, ex-soldados da Prússia. Mais ao longe, na ponte que ligava as docas à cidade portuária de Dover, o casal Teodor e Catrine fingiam observar a paisagem. Por serem mais velhos, na faixa dos 35 anos, eles se pareciam com os turistas que circulavam pelas ruas da cidade, apesar de não se vestirem bem o suficiente para serem hóspedes do aclamado hotel *Queen Mary*.

Do lado leste do porto, próximos ao ancoradouro, se encontravam Isidore, seu irmão Corbin e o sobrinho Darell. Eram uma família de agricultores antes de serem desapropriados sem indenização. Sua fazenda deu lugar a novas fábricas.

Atrás da torre do relógio, estava Jaelle. A mulher de cabelos vermelhos e mais de 60 anos de idade era a matriarca do clã Baillie, o mais tradicional dos ciganos da Escócia, os mesmos desalojados por conde Desmond – o que por si só justificava sua presença na missão. Diferente de Beatrice, ela carregava o que conhecia de melhor: armas. Ao redor do corpo levava um extenso suporte de munição. Tinha rifles nas costas e pistolas sob a primeira camada da saia. Cuidava também das armas dos companheiros, inclusive algumas de Dimitri. Afinal, ele era o melhor atirador da organização.

O céu já estava escuro quando o navio ancorou. Os trabalhadores deixaram de lado seus passatempos, ajudando a amarrar as pesadas cordas da embarcação. Depois, esperaram descer a escada de ferro, para que pudessem começar o trabalho. Dimitri e Liam tomaram a dianteira, subindo depressa ao convés. Encontraram ali os marinheiros do *Guardador* já a postos para o descarregamento.

Cumprimentaram-nos com um aceno de cabeça e rumaram para os fundos do navio. Havia mais tripulantes ao redor das grandes caixas de madeira que continham as peças da fábrica.

– Homens, o que estão fazendo aqui? – Liam perguntou, com firmeza na voz. Foi a melhor saída que pôde pensar. Era o único jeito de conseguirem desembarcar todos os marinheiros do navio e atrasar a descarga o máximo que podiam.

– Senhor, estamos esperando as ordens para o desembarque – disse um dos marujos, pensando estar respondendo ao chefe encarregado do porto.

– As ordens chegaram. Precisamos de ajuda lá embaixo para preparar as cordas e ganchos. Meus homens vão cuidar de tudo aqui, temos muita experiência e o patrão não quer nenhum dano na carga. Você sabe como ele é. – Liam manteve sua postura. Dimitri fez um leve aceno com a cabeça e Aidan, Corbin e Darell se juntaram a eles. Seguraram a respiração por um segundo. – Vamos, depressa! – Liam ordenou.

Os tripulantes obedeceram sem hesitar, deixando apenas os membros da V.E.R.N.E. na popa do *Guardador*. Porém, ainda precisavam se livrar dos verdadeiros trabalhadores do porto, que se aproximavam. Aidan caminhou até eles mais que depressa.

– Ainda bem que chegaram! – disse em tom alto para que todos pudessem ouvir. A mentira crescia brilhantemente, mas os deixava com cada vez menos tempo para agir antes de serem descobertos. – O capitão do navio acabou de dar as ordens. Vocês devem descer aos deques para chamar o resto da tripulação. Ele não quer ninguém nos dormitórios, todos precisam ajudar na descida das caixas e preparar o galpão de armazenamento. Tudo tem que ser feito muito rápido, porque o navio precisa retornar ainda hoje.

– Mas fomos designados para cuidar da carga aqui no deque – o carregador pareceu intrigado.

– Pois é, vai entender esses caras... – Aidan respondeu com um sorriso alegre no rosto, repousando a mão sobre o ombro do outro. – Aproveite que ficou com o trabalho fácil, leve seus homens com você, se precisarmos de ajuda, gritaremos.

O homem ergueu uma sobrancelha, mas concordou sem maiores discussões sobre as supostas ordens recebidas. O grupo de trabalhadores desapareceu pela porta da cabine, que dava acesso aos deques inferiores.

Era o momento esperado.

Dimitri acenou para Beatrice pela borda do navio, vendo a garota sair de trás dos barris e subir a escada. Sem encarar ninguém, ela chegou com êxito junto aos companheiros. Enquanto Darell montava guarda, a inventora distribuiu os explosivos. Não tinham muito tempo.

– Certo. Corbin e Darell irão até as caldeiras – Aidan falou, voltando-se a eles. – Vocês memorizaram o mapa, correto?

– Cada detalhe – Corbin disse, limpando o suor da testa.

– Tenham cuidado – Beatrice assentiu com a cabeça. Os dois desceram logo em seguida

– Vamos ao trabalho – Liam chamou o irmão mais novo com um toque no ombro. Os dois estavam encarregados de implantar as bombas no deque inferior.

Na teoria era simples. Os explosivos funcionariam em efeito dominó – ideia de Dimitri após ter visto o jogo tantas vezes na Zona Proibida. Assim que o navio fosse evacuado, o grupo detonaria as bombas da carga, que por sua vez ativariam as bombas dos deques inferiores até chegarem às das caldeiras, comprometendo a embarcação por completo. De cima para baixo, para se certificar que todos estariam seguros antes das explosões.

Os O'Farrell atravessaram a portinhola que levava ao andar de baixo, onde se localizava o resto da carga. Mais pilhas de caixas, amarradas com as cordas que iriam ajudar no desembarque através de uma larga escotilha. Era mesmo muita sorte que o *HMS Guardador* fosse tão antigo e sua estrutura ainda de madeira. Os navios mais novos da frota real já haviam migrado para o metal e seria muito mais difícil explodir os diferentes níveis da embarcação.

Sem delongas, Aidan e Liam começaram o preparo dos explosivos.

No deque superior, Beatrice já estava adiantada. Uma coisa deveria ser dita: era bem mais fácil usar calças em situações como aquela. De joelhos, tirou da bolsa pequenos tambores de ferro, colocando-os em lugares estratégicos entre a carga. As bombas, vistas de fora, pareciam inofensivas e se camuflavam entre a parafernália de caixotes. Seu conteúdo, no entanto, era eficiente e mortal. Um grande punhado de Nitrato de Potássio, Enxofre e Carvão – a melhor pólvora negra que o comércio proibido da Zona poderia oferecer. Cada uma daquelas embalagens era suficiente para detonar metade do convés do *Guardador*, mesmo assim usaram muitos. Quanto mais destruído, melhor.

Porém, quando Bea se levantou, após alojar seus explosivos, ouviu um clique atrás de si. Uma arma engatilhada em sua direção.

– Coloque as mãos para cima e não tente nada estúpido – disse a voz próxima à sua nuca. O coração da inventora parou por um segundo e ela sentiu o sangue gelado percorrendo suas veias. Suas pernas e braços formigaram e, lentamente, ergueu os punhos se mostrando desarmada. – Vire-se.

Ela fez o ordenado. Seus olhos cor-de-mel encontraram um homem alto, robusto e de barba espessa. Deveria estar beirando os 60 anos, uma vez que quase todo o seu cabelo era grisalho, trazia rugas ao redor dos olhos e marcas profundas na testa.

– Menina? – A sobrancelha dele subiu em surpresa. – Quem é você?

Mas não houve tempo para a resposta. Por detrás dos cabelos acinzentados do desconhecido, Dimitri apontou sua pistola. O homem abriu um sorriso de dentes amarelados, notando a presença do jovem russo, e virou o rosto para encará-lo.

– Não seja ingênuo, garoto – o velho desdenhou. – Abaixe sua arma ou irei atirar na moça.

Dimitri riu. Da cintura puxou outra pistola, e a apontou na direção dos tambores entre as caixas.

– Não seja você o ingênuo – retrucou. – Se atirar nela, eu atirarei em você e nas bombas. Não sobrará navio, tripulantes, nem ninguém para contar história.

O homem hesitou por segundos, mas percebeu que o rapaz falava sério. Rendeu-se e entregou-lhe a arma. Não arriscaria tantas almas a troco de nada.

Dimitri logo reconheceu a pistola, depois de trabalhar tantos anos como servente do quartel general de Londres. *Light Dragoon Flintlock*, uma das favoritas da Marinha Real Britânica. O velho, no entanto, não se parecia em nada com os pomposos capitães ou os arrogantes *Royal Marines* que conhecia. Seu casaco estava surrado e seus lábios rachados exalavam cheiro de álcool barato. Além disso, notara que um de seus braços era uma prótese enferrujada.

– Você é o capitão do *Guardador*? – O russo perguntou. – Não sabia que os marinheiros reais eram encarregados de um serviço como esse.

– Olhe bem para mim, meu jovem. O que te faz pensar que pertenço à Marinha Real? – a risada do homem era de escárnio. – Mas sim, sou o comandante do *Guardador*. Me chamo Merill, se faz questão de saber o nome de um homem antes de matá-lo.

– Matar? Essas balas não são destinadas a você, a menos que se torne uma ameaça para mim. – Dimitri baixou as armas e Beatrice tomou seu lado.

– Não queremos machucar ninguém. Ordene que todos os seus homens desembarquem o mais rápido possível. – A inventora disse, pronta para partir. Olhou para a portinhola aguardando o regresso dos companheiros, mas ninguém apareceu.

A suspeita de que algo errado acontecera se concretizou quando ouviram disparos de armas de fogo vindos de algum lugar nos deques inferiores. Dois tiros puderam ser ouvidos com mais clareza. Estavam próximos. Segundos depois, Aidan saiu pela porta dos fundos da cabine central. Seu rosto estava vermelho e coberto de suor. A urgência em sua expressão mostrava que haviam sido descobertos.

– Precisamos ir agora! – ele gritou para Beatrice e Dimitri. Tudo estava por um fio e a missão comprometida. Afinal, não podiam explodir o navio com tantos tripulantes e os próprios membros da organização ainda a bordo.

Outro disparo.

Do lado oposto do convés, marujos do *HMS Guardador* vieram correndo. Alguns trabalhadores do porto, encarregados da descarga, deixaram suas cordas e tornaram a subir as escadas para averiguar o que acontecia. Cercaram todo o convés portando facas e pistolas, buscando os culpados da desordem e a origem do tiroteio. A resposta não demorou a vir.

–Estão tentando explodir o navio! – berrou um dos marinheiros, trazendo Darell arrastado pelo colarinho. Ambos traziam na face sinais visíveis de luta. Lábios inchados e sangue úmido na região do nariz. Por sorte nenhum ferimento de bala.

O momento pareceu curto demais para ser tão crítico. Em um piscar de olhos, Aidan se esquivou do ataque do tripulante que estava ao seu lado. Liam saiu pela portinhola, derrubando o homem em seu caminho com um empurrão. Corbin apareceu por detrás do marinheiro que segurava seu filho, nocauteando-o e ajudando Darell a ficar de pé.

Beatrice notou alguns caixotes soltos no alto da pilha de carga e escalou os degraus que se formavam com as tampas. Com força, conseguiu derrubá-los no meio do convés, apartando as lutas e distraindo outros marujos e carregadores. Dimitri a pegou pela cintura, puxando-a para baixo depressa. Segurando a mão da inventora, correu pela lateral do navio. A missão fora abortada. Não iriam condenar a vida de tantos inocentes que sequer saberiam o motivo de sua morte.

Os tripulantes tampouco sabiam contra quem estavam lutando. A V.E.R.N.E. não era sua inimiga, mas não havia tempo ou ocasião para explicar. O objetivo era apenas fugir.

Entre os gritos dos homens e o barulho das botinas pesadas contra a madeira do deque, um som agudo chamou a atenção de todos. Alto, estridente e penetrante. Um apito. Os militares haviam chegado.

De todas as coisas que poderiam dar errado, aquela era a pior.

Um grupo de soldados se aproximava do navio e era questão de tempo até que a infantaria também juntasse suas forças.

A chegada dos militares não era um alívio nem mesmo para os marinheiros do *HMS Guardador*. As fardas azuis eram a doença mais cruel que assolava a classe trabalhadora. Se o regente Beckins era a personificação da tirania, sua guarda era a voz que conversava com a população. Impiedosa e violenta.

Porém, aquele não era um cenário inesperado para a V.E.R.N.E., motivo pelo qual os outros membros permaneceram em terra. Os soldados teriam um pouco de trabalho, antes de tomar o navio. Dos esconderijos, saíram Sebastian e Dietrich, os melhores lutadores da organização, seguidos por Isidore e sua bengala de ferro. Catrine se manteve à distância em um primeiro momento. Desatou o *bonnet* da cabeça e retirou um revólver dentre os babados. Abriu fogo contra os guardas enquanto o marido entrava no combate.

Do outro lado do porto, Jaelle Baillie furtivamente alcançou o *Guardador*. Subiu o mais rápido que pôde e, assim que atingiu o deque, distribuiu armas aos companheiros. Ali, o caos não havia se dissipado mesmo com a ameaça maior que chegara.

– Vocês estão mirando nas pessoas erradas! – Dimitri gritou. Recebeu da cigana seus dois rifles preferidos. Deixou um pendurado às costas, guardou as pistolas de volta na cintura e engatilhou seu *Baker*, apontando-o para o porto, pelo balaústre da embarcação, atirando contra os soldados recém-chegados.

O fogo cruzado com os militares era brasa quente sob os pés descalços dos que estavam a bordo do navio. Os tripulantes ainda tentavam capturar os membros da organização, ao mesmo tempo em que trocavam tiros com a tropa no cais. Acabou por se tornar óbvio para eles que não havia na V.E.R.N.E. a intenção em atirar em nenhum marinheiro, uma vez que seu alvo de fogo se tornou o mesmo.

O perigo, no entanto, era maior do que aparentava. Toda a embarcação estava repleta de pólvora e bastava uma bala mal direcionada para que tudo fosse pelos ares. Precisavam evacuar o *Guardador* o mais depressa possível, antes que o inevitável acontecesse.

Beatrice se recusou a desembarcar primeiro. Ajudou Corbin e Darrell a atravessar o convés, alcançando as escadas, e os observou enquanto desciam, chegando ao solo em segurança. Um trovão retumbou e a inventora olhou para o céu. Estranho. As estrelas ainda brilhavam e não havia sinal de chuva.

Era uma tempestade diferente que se aproximava.

As trotadas vieram pelas ruas da cidadela, logo alcançando o porto de Dover. Com melhores munições, atiraram contra o navio a uma distância impressionante. Os cavalos derrubaram tudo em seu caminho, sem diminuir a velocidade, nem mesmo ao chegar ao núcleo das lutas em terra. Com a infantaria, o número de soldados havia triplicado e foi simples invadir o *Guardador*.

"Traidores do Reino!", gritavam enquanto abriam fogo contra todos os desfardados.

A briga da tripulação contra a V.E.R.N.E. cessou por completo quando um dos marujos caiu no chão, morto com um tiro no peito.

Seu sangue escorreu pelo vão entre as placas de madeira do convés e nem um minuto lhe foi concedido em silêncio.

– Para a cabine! – Bea chamou, puxando Dimitri pelo colete para que se refugiassem entre as únicas paredes de metal no centro da embarcação. Teriam alguma chance, se pudessem combater os soldados dali.

Dimitri novamente trocara o rifle pelas pistolas, correndo atrás de Beatrice, com o olhar vidrado nos soldados, acertando os que estavam ao alcance de sua mira. Seu olho cego, no entanto, lhe trazia uma desvantagem no combate corpo-a-corpo. A falta da visão periférica no lado esquerdo não permitia prever um ataque a tempo de ativar seus reflexos. Dali, foi acertado no ombro com o punho de um rifle. Cambaleou, mas manteve o equilíbrio, virando-se depressa para contra-atacar seu agressor.

No entanto, não foi necessário. Com um soco do punho forte, o Capitão Merill derrubou o soldado e juntou-se a Dimitri na corrida. O russo, então, devolveu a ele sua *Flintlock*. Um pouco de ajuda certamente não cairia mal.

Chegando ao seu destino, Merill recebeu de Jaelle uma garrucha e um tapa no ombro.

–Bem vindo à resistência, "Papa". – Disse ela com um sorriso de canto.

Os vidros se estilhaçaram em questão de segundos e os cacos se espalharam tanto para dentro quanto para fora da cabine. A escuridão era uma aliada no fogo cruzado, protegendo os membros da V.E.R.N.E. e impedindo que as bombas fossem acertadas acidentalmente pelos militares.

No entanto, vez ou outra, fachos de luz saíam da cabine, voando em direção aos soldados. Eram as bombas menos potentes de Beatrice, outros dos frascos que carregava na bolsa. A pequena garrafa trazia um pedaço de tecido no gargalo, que servia de pavio. Ao acendê-lo, levava alguns momentos para o fogo encontrar o líquido inflamável no recipiente, causando uma explosão moderada onde quer que atingisse. Ela mirava locais estratégicos, pretendendo manter os militares o mais distante possível. Mesmo assim eles eram muitos e a munição e explosivos estavam para terminar.

Dimitri escondeu-se atrás de uma das paredes, recarregando seu rifle com um último punhado de balas. Merill sentou-se no chão logo abaixo da janela quebrada.

– Vocês precisam explodir o navio ou não sairão vivos daqui – o capitão disse, olhando para os outros – Eu vou desancorar o *Guardador* e levá-lo para longe do porto, para impedir que mais soldados subam a bordo. Evacuem rápido. Vamos acabar logo com isso.

Parecia um bom plano. O fato de Merill se juntar a eles foi um vento de sorte soprando em suas velas. O homem desapareceu pelo alçapão da cabine. Chegaria mais fácil na proa se fosse pelo deque inferior. Os outros continuaram ali, atirando contra os militares e desviando de suas balas.

Não demorou muito para que sentissem um leve tremor sob o convés. A gigantesca corrente da âncora estava sendo recolhida pelo cabrestante, movido pelo vapor do navio. Por ser o capitão, Merill conhecia bem a quantidade de carvão restante nas caldeiras, sabendo que acender apenas duas era suficiente para o trabalho que precisava fazer.

O navio se moveu surpreendendo todos os soldados. Alguns que estavam próximos ao baixo balaústre se desequilibraram, caindo no mar. As cordas que amarravam a embarcação se esticaram, até que os ganchos fossem arrancados à força da costeira. O *HMS Guardador* lentamente se moveu para longe do porto, em direção à escuridão sem fim do horizonte noturno.

– Dimitri e eu ficaremos para ativar as bombas – Beatrice disse aos outros. –Vocês precisam pular do navio agora. Voltem para o porto e sigam para o esconderijo, conforme planejamos. Assim que terminarmos, nos uniremos a vocês.

Aidan e Liam hesitaram por um segundo. Temiam o futuro que aguardava os dois quando se separassem daquela forma.

–Não se preocupem, vai dar tudo certo – a inventora reiterou, lançando-lhes um olhar confiante. Todas as dúvidas que se apossavam do coração de Beatrice antes de entrar na missão haviam desaparecido. Ela sabia agora, não apenas que tinham chances, mas que possuíam a força necessária para lutar até o fim. Não iriam morrer tão facilmente.

Jaelle uniu-se aos O'Farrell e abriu a porta da cabine. Dimitri voltou a disparar contra os soldados, desviando a atenção do grupo que escapava furtivamente, ofuscados pela fumaça da pólvora que cobria o convés. Ao alcançarem a popa, a cigana e os irmãos agarraram-se às cordas, deslizando para baixo e se atirando no oceano.

O desfecho finalmente se aproximava.

–Só tenho mais três balas, Bea! Precisamos ir agora! – Dimitri escondeu-se mais uma vez atrás da parede da cabine, ouvindo a bala acertar o metal logo atrás de sua cabeça.

– Deixe comigo, mas teremos que ser muito rápidos – ela disse, tirando da bolsa sua última garrafa de vidro.

Puxou a rolha com o dente, socando um pedaço de tecido para dentro. Acendeu a ponta externa e ergueu-se, encontrando rapidamente o centro da concentração dos soldados restantes. Atirou a garrafa e correu. A porta da cabine já estava aberta e Dimitri a puxou, ajudando-a a sair.

A bomba engarrafada seguraria os militares por mais um tempo, se não os eliminasse de vez. Ainda correndo, Beatrice alcançou a grade da popa e empoleirou-se, segurando com força em uma das cordas acima de sua cabeça. Estavam penduradas, as pontas soltas para o lado de fora do navio, uma vez que serviam para desembarcar a carga, mas que não foram amarradas no cais.

Por um segundo, a inventora mirou a extensão do oceano que se abria de frente a ela. Era assustador. As águas negras agitadas pareciam ansiosas para devorá-la. No entanto, as sombras do Atlântico não eram o que ela deveria temer agora. Olhou para trás e viu o parceiro subindo ao seu lado, segurando-se com a mão esquerda na extensão de outra das cordas soltas.

– No "três" – Dimitri disse, sacando a pistola da cintura e apontando para um dos tambores no centro dos caixotes de madeira.

Ele contou "um" e o coração de Beatrice saltou. Seu corpo inteiro foi tomado por uma ansiedade que a fazia tremer. "Dois". As palmas de suas mãos suavam. Porém, ao mesmo tempo, sentia-se pronta. Esperava apenas que Merill também já estivesse a salvo, fora do navio.

– Três.

A arma de Dimitri disparou duas vezes. Quando acertou a bomba, não houve tempo para mais nada senão saltar. Beatrice viu em um instante, antes de fechar os olhos, quando a pólvora negra explodiu. Os caixotes transformados em lascas projetadas para todos os lados em direção ao céu. Alguns soldados chegavam à popa e a inventora apenas vislumbrou suas expressões atônitas, as bocas abertas e o pânico ao tentarem fugir.

Depois não enxergou mais nada. Sentiu apenas o vazio sob seus pés quando pulou da embarcação. A explosão se intensificou quase que instantaneamente, conforme as bombas se ativavam, e uma grande nuvem de fogo se ergueu sobre o convés, tão forte que impulsionou as cordas, jogando-as para longe em um movimento pendular.

Beatrice sentiu ar pesado e quente em suas costas quase a sufocando, e soltou-se. Seu corpo caiu por mais de cinco metros e atingiu a água com força. Estava tão fria que era como se facas atravessassem seus braços e rosto. As pernas formigaram, adormecidas. Seus olhos estavam abertos, mas ela não podia ver nada, como se estivesse afundando em um imenso vazio.

Porém, a escuridão logo perdeu a vez, pois o plano da V.E.R.N.E. havia dado certo. As explosões no convés atingiram as bombas até as caldeiras e em questão de segundos tudo se partia em pedaços, envolvido pela grande bola de fogo. O barulho era estrondoso e se espalhou por toda a cidade portuária.

Sob o oceano, Beatrice sentiu a onda de calor enturvecer as águas. Esqueceu-se do frio perante a grandiosidade do feito e nadou com força, temendo não conseguir mais sair dali. Não restava quase nada do *HMS Guardador* e o pouco que havia da proa começava a ir a pique. O peso do navio criava uma corrente para baixo e a inventora bateu os pés e as mãos freneticamente para alcançar a superfície.

O ar voltou em um sorvo quando a cabeça saiu do mar. Ela encheu os pulmões e a boca soltou uma fumaça fina de frio. A pele estava pálida e seus lábios tremiam. Ainda bem que não era inverno, ou talvez não sobrevivesse.

Virando a cabeça, olhou os pedaços enormes de madeira que flutuavam na água. Conseguiram. Destruíram todo o carregamento de peças industriais e impossibilitaram novas produções. Garantiram um descanso, mesmo que breve, para os operários de Londres e suas opressoras cargas horárias de trabalho. Consumaram o primeiro ato, o início do caminho que trilhariam para a libertação.

– Beatrice! – Dimitri estava a poucos metros dela. Sua boca também estava arroxeada, mas ele não parecia tão afetado pelo frio. Ele era russo, afinal. – Você está bem?

– Vou ficar melhor quando sairmos dessa água. Algum sinal do capitão? – ela perguntou e o rapaz negou com a cabeça. Havia esperança, no entanto, que o capitão tivesse deixado o navio antes de todas as explosões.

A inventora procurou por algum sinal dele pela última vez, mas não havia nada senão destroços e os corpos de alguns soldados, flutuando. Apesar dos militares serem tão egoístas e cruéis, Bea lamentou mesmo assim ver cadáveres em seu rastro. Aquela vitória tinha o gosto um tanto amargo.

– Vamos antes que nos encontrem aqui. – Dimitri chamou e, juntos, nadaram de volta até o porto.

O retorno até o cais era mais cansativo do que parecia. A temperatura da água não permitia que os membros de Beatrice mantivessem sua mobilidade habitual e, quando finalmente chegaram à beirada da construção do píer, ela não conseguiu se erguer dali.

Dimitri, então, propôs-se a subir primeiro. Segurou com força na haste de madeira e suspendeu o corpo inteiro com certa dificuldade. As roupas molhadas pesavam. Quando ergueu o tronco quase que completamente, encontrou um apoio para os pés, o que foi sua salvação. Rolou pelo chão antes de ficar de pé.

–Agora me puxe, Dimitri! – A inventora chamou de um jeito assobiado, discreto. De onde estava, na água, não conseguia enxergar muito sobre o cais. No entanto, logo uma mão estendeu-se em sua direção e ela a agarrou instintivamente.

Demorou alguns segundos para perceber que, ao invés do punho desgastado do casaco do russo, a mão que a segurava trazia uma insígnia e belíssimos botões dourados, reluzentes.

Beatrice tentou se soltar, mas era tarde. Seu corpo foi puxado do mar e, caindo de joelhos, viu o companheiro à frente, tomado por um militar. A lâmina do sabre rente ao seu pescoço, pronta para degolá-lo se dessem qualquer passo em falso.

Ao erguer os olhos para encarar seu captor, sua boca se abriu em espanto. Conhecia bem aquele rosto das páginas da Gazeta Real, impressas por todo o Reino Unido. Seria impossível não reconhecer o conde Henry Desmond em pessoa.

Seu nariz fino recebia mais a luz da lua, e apesar da aba do quepe sombrear seus olhos, Beatrice tinha certeza que o conde a olhava. Podia senti-lo tentar penetrar sua alma. Logo ele a pôs em pé, agarrando seu braço e a jogando contra outro soldado, que amarrou suas mãos para trás.

– Então... São vocês os ratos imundos que destruíram meses do meu trabalho. – O conde falava entre os dentes com um ódio contido – Quase não acreditei quando vi o caos pela janela do hotel. Pensei ser um motim, mas vejam só, são ratos de rua, saídos do esgoto – disse, tocando os cabelos de Beatrice com nojo. – Não sei como meus homens não esmagaram vocês e ainda deixaram tantos fugirem. No entanto, alguns pagaram o preço.

A inventora sentiu o sangue gelar ao ver o sorriso de escárnio de Desmond. Ao olhar mais adiante no porto, viu os corpos caídos de Teodor e Catrine. Suas vestes estavam ensopadas de sangue e as peles já traziam a palidez da morte.

– Não! – Beatrice tentou se soltar do guarda e correr até a direção deles. O que ela iria dizer aos filhos do casal?

Depois pensou se iria ter a chance de dizer alguma coisa. O punho do soldado esmagou o dela, segurando-a ali, enquanto o conde ainda a encarava.

– Não se preocupe. Você e o rapazote logo irão encontrá-los no inferno. Mas antes irá responder as minhas perguntas. Para quem vocês trabalham? – perguntou, o seu rosto chegando muito próximo ao da garota.

Ela pôde ver detalhes de sua aparência agora. Olhos azuis, cabelos castanhos, pouco mais de 30 anos. E a arrogância, claro, que podia ser vista tanto quanto qualquer atributo físico. Beatrice continuou a encará-lo sem dizer nada.

– Me responda, vagabunda insolente! – Desmond se alterou, falando tão alto que a saliva espirrava de seus lábios.

Para a ira do conde, a inventora moveu a boca apenas para lhe dar um sorriso. Ela descobriu, naquele ponto, que o medo se esvanecia quando o precipício estava à distância de uma respiração.

Com as costas da mão, Desmond bateu com força no rosto de Beatrice. Os ossos duros cortaram internamente suas bochechas e ela cuspiu um pouco de sangue. O inchaço ficou visível em sua maçã do rosto, perto do olho, e ela tentou recuperar o equilíbrio. A dor era pulsante. Seu corpo arqueou para frente e os cabelos soltaram-se na frente do rosto.

– PARE! – Dimitri gritou. – Solte-a e eu responderei as perguntas que quiser.

– Acha mesmo que cairei nesse velho truque? Ou responderá as minhas perguntas, ou a matarei agora mesmo – o conde puxou Beatrice do soldado pela manga da blusa, colocando-a de frente para o russo.

– E qual é sua primeira pergunta? – Dimitri questionou, fixado no olhar de Desmond.

– Quem são vocês? – O homem perguntou pausado, medindo a extensão de cada uma de suas palavras.

– Essa é fácil – Beatrice sorriu, olhando para Dimitri. – Nós somos a Voz, a Esperança, a Revolução... E o início de uma Nova Era. – O companheiro lhe sorriu de volta.

Henry Desmond engatilhou a arma e a inventora sentiu o cano gelado do metal tocar sua têmpora. Estava pronta. O precipício se abriu sob seus pés e, de certa forma, ela pôde sentir a liberdade da queda. Os segundos que antecipavam a escuridão do sono eterno. Bea nunca pensou que aquela experiência pudesse lhe trazer tanto alívio. Sua morte teria um motivo e ela não seria mais um corpo abatido pela inanição, como muitos pelos quais lutava. Sua vida, apesar de curta, fora plena e ela contava agora com os que ficavam para continuar a batalha.

Porém, uma luz se acendeu no ínfimo instante entre o dedo do conde e o gatilho. Não uma luz metafórica. Uma imensa e brilhante rajada incandescente diretamente sobre eles. Era tão forte, especialmente pela iluminação escassa do porto, que Beatrice levou o braço ao rosto, cobrindo os olhos por reflexo.

Atordoados pelo clarão repentino, o conde e os soldados procuraram sua origem, mas Bea e Dimitri sabiam exatamente de onde vinha. O farol dos O'Farrell.

Da mesma forma súbita com que se acendeu, a luz mais uma vez se apagou. Foi a melhor tática que puderam improvisar. A cegueira momentânea.

Enquanto as pupilas de Desmond e seus guardas estavam confusas, Dimitri aproveitou a deixa para soltar-se, acotovelando a boca do estômago do soldado que o prendia, abaixando-se e puxando Beatrice para longe do conde.

– Onde você pensa que vai? – bradou o soldado. Seu reflexo era rápido e no momento em que sentiu a esquiva do prisioneiro, agarrou no ar a gola de seu casaco. Em um movimento certeiro, cravou a lâmina do sabre no que julgou ser seu peito, ouvindo o grunhido de dor.

Quando o farol foi aceso mais uma vez, o horror se estampou, vívido, no olhar dos militares. O atingido não havia sido o rebelde, mas sim Henry Desmond, que foi ao chão, sobre a poça do próprio sangue.

Até mesmo Beatrice ficou espantada. Seus olhos se arregalaram e os lábios entreabriram, vendo o conde agonizar. Sua bela farda adquirindo um tom púrpura na altura do coração. Nem mesmo os sonhos mais distantes da inventora haviam previsto esse desfecho. A morte do segundo nome mais importante das indústrias do Reino Unido da Grã-Bretanha e Irlanda. Certamente a mais memorável manchete da "Gazeta Real" dos últimos tempos.

Enquanto corriam para o local mais distante e seguro que pudessem arrumar, os pensamentos de Beatrice giravam em um turbilhão. Teriam sobrevivido todos, à exceção de Teodor e Catrine? Conseguiriam voltar juntos para Londres conforme o planejado? E, o mais importante, o que os esperaria lá ao retornarem?

A inventora olhou para Dimitri, encontrando mais dúvidas do que respostas. Ao mesmo tempo viu nele um espelho que refletia o próprio fogo. A fagulha de esperança havia se tornado uma tocha flamejante, pronta para iluminar uma cidade inteira de proscritos e incendiar uma horda de opressores.

Tridente de Cristo
Romeu Martins

Largo da Carioca, na esquina das ruas do Necrotério com a do Padeiro. Início de fevereiro de 1868.

– Chegou uma carta, João – gritou a voz de mulher por trás da porta ainda trancada com a cancela, de cujo vão lateral se viu expelir um retângulo branco, como se fosse a língua de um paciente muito doente. – E, pelo amor de Santa Edwiges, não se esqueça do dia do vencimento do aluguel.

Havia um envelope dentro de outro. O primeiro bem simples, sujeito a se sujar e a ser amassado pelo trato não muito cuidadoso do serviço de Correios do Brasil, instituição que estava para completar meio século de existência dali a um par de anos, mas que não era reconhecida pela fineza de seus funcionários. Tanto que, de início, o Imperador nem permitia o uso de sua efígie para ornar os selos pátrios, com o receio de ter a imagem vilipendiada com carimbos e outras mundanices. Passada essa fase de desconfiança inicial, era justamente a face imperial de Dom Pedro II, impressa em vermelho, a fitar como se fosse um irmão mais velho o homem que juntou do chão aquele intruso retangular. Estava endereçado a João Octavio Ribeiro, morador de um quarto alugado naquele casarão a meio caminho do necrotério do Hospital da Ordem Terceira da Penitência e de uma padaria afamada pelos doces na região. Foi ele mesmo, um ainda jovem agente da Polícia dos Caminhos de Ferro, apesar dos cabelos e da barba acinzentadas nas vésperas dos trinta anos, quem abriu este primeiro e ordinário pedaço de papel antes de responder ao grito de sua senhoria. Ainda estava em roupas de baixo, ou seja, de cuecas cinza e camisa branca.

– Meus agradecimentos, dona Marta. E fique tranquila, assim que me for pago o soldo porei em dia minhas obrigações com a senhora. Tenha um bom dia.

Já o segundo envelope era coisa bem outra. Resistente, alvíssimo por natureza e sem máculas externas, como carimbos e selos. Ali, o nome grafado em uma caligrafia apurada e com o uso de uma poderosa tinta preta era João Fumaça. A alcunha que o agente da lei carregava desde que sua mãe lhe dera à luz em uma pequena cidade inglesa estando de carona em uma locomotiva a vapor. Os dotes de investigador do policial não chegaram a ser exigidos para descobrir quem lhe havia enviado a dupla de envelopes. Bastou desvendar as curvas, volteios e rococós do nome dos remetentes escrito com caligrafia ainda mais caprichada no papel da carta. Ou não propriamente carta, tratava-se, para ser o mais exato possível, de um convite.

O convite para o casamento do multimilionário americano J. Neil Gibson, Rei do Ouro, com a manauense Maria Pinto. João Fumaça conheceu os noivos dois anos antes, em uma aventura que quase custou a vida do trio ali mesmo, no Rio de Janeiro, a dita Cidade Fantástica, às margens da praia de Copacabana. Alguns ossos do policial ainda doíam nos raros meses mais frios do ano em decorrência dos ferimentos obtidos naquela oportunidade. Segurando os papeis, ele procurou se escorar em sua melhor cadeira – na verdade, a única disponível naquele quarto –, cuspiu em direção à escarradeira talhada em madeira grossa e escura, ganhando fôlego para continuar a leitura.

Relembrar os eventos de dois novembros atrás não lhe era fácil. Afinal, foram momentos de tensão que quase levaram o Império à guerra com as nações vizinhas. Por isso mesmo, o caso havia sido parcialmente encoberto, bem poucos detalhes chegaram ao público, sempre escamoteadas as partes mais sensíveis às relações internacionais. Na verdade, só o que havia para ele se recordar daquela ocasião balançava em seu pescoço: uma medalha dourada, mas não de ouro, também com a imagem severa do Imperador e com os dizeres: "Em reconhecimento ao mérito no cumprimento do dever para com o Império do Brasil". O agraciado sempre a usava, dia e noite, amarrada em uma fita vermelha, simbolizando os ferimentos que seu portador sofrera na ocasião. Mas o hábito de colocar tal ornamento havia se tornado mecânico; com o decorrer dos dias, a medalha tornou-se tão parte dele quanto as cicatrizes espalhadas pelo corpo.

Valeu mesmo a pena tudo o que passou? Durante meses ele fez o possível para levar sua vida e não pensar nisso. Afinal, após tão pouco tempo, não estava seu país metido em um conflito com uma potência europeia pelo controle econômico de uma ilha caribenha?

Pois relembrar agora seria inevitável. Não era nada comum que alguém de sua posição social fosse convidado para o evento que pararia a capital do Império. Todas as pessoas de importância na corte e entre o meio industrial certamente tomariam lugar na festividade que marcaria ainda a inauguração da nova Catedral do Rio de Janeiro. A corte e a indústria, simbolizadas por seus expoentes máximos, o Imperador Dom Pedro II e o recém-nomeado Visconde de Mauá, padrinhos dos noivos como podia ler nos jornais, alguns dos quais espalhados pelo chão daquele quarto de solteiro.

E entre todos os nobres e empresários, estaria ele, o tal solteiro, o policial encarregado da segurança dos comboios a transportar a riqueza do país pelas estradas de ferro. João Fumaça. Uma gentileza talvez da jovem Maria, a mestiça de pai português e mãe índia peruana que tanto o havia impressionado com sua coragem mesmo quando esteve com a cabeça na mira de armas. Ou poderia ser uma distinção do empresário americano, apesar de parecer frio e pragmático, típico aventureiro com a missão auto-imposta de se tornar milionário o mais cedo possível, ele lhe pareceu bem capaz do gesto por trás daquele convite.

Fosse por um, fosse por outro, fossem por ambos, agora estava o agente da lei na obrigação de atender ao chamado do papel que ainda segurava. Faltava cerca de um mês. Ele que já penava para se manter em dia com o aluguel tinha agora nova preocupação, materializada à sua frente no momento em que se levantou para abrir as portas do único outro móvel daquele cômodo, além da cadeira; da escarradeira, de uma mesa de cabeceira, onde jazia uma Bíblia e sua arma automatizada; e da cama ainda por fazer: o guarda-roupas.

– E agora, com que roupa eu vou? – a pergunta parecia ingênua diante da resposta prática. Umas minguadas peças invariavelmente cinzentas e puídas de calças e paletós; dois pares de sapatos e um de botas.

Outro dia, outro lugar.

O erro do jovem com o uniforme preto foi não ter usado sua arma de fogo quando teve a chance, por medo de atingir o equipamento precioso à sua frente. Por culpa da hesitação do soldado, o homem que manuseava a pá acabara de morrer com o pescoço partido em um estalo seco e jazia agora sobre uma pilha de carvão. Disposto a enfrentar o invasor, o uniformizado saca da espada na cintura e prepara um golpe que – ele sabe, de acordo com seu treinamento militar – deve ser fulminante, tendo como alvo a cabeça do oponente. Em sua defesa, o assassino ergue o antebraço e, para surpresa do espadachim, a lâmina que deveria cortar o obstáculo com facilidade fica presa, imobilizada. Maior surpresa é constatar que não há sangue saindo do corte, nem gritos de dor de quem recebeu o ferimento. Antes de poder fazer algo além de tentar puxar novamente sua arma, o homem de negro, agora de guarda aberta, recebe um único soco daquele braço que deveria ter sido decepado. Forte o suficiente para esmagar a mandíbula e o jogar contra uma parede de tijolos aparentes. O som do impacto é úmido. Calmamente, o invasor retira com a mão canhota a espada ainda fixada no braço direito, caminha a passos lentos de encontro ao soldado e, diante dele, se ajoelha para terminar o serviço. De modo bastante profissional, rompe a garganta do rapaz de um lado a outro, cuidando para não sujar o traje negro. Pronto. Agora é hora de começar os preparativos para uma vingança ansiada há dois anos.

Catedral de São Patrício, centro do Rio de Janeiro. Dia 17 de março.

A escolha do santo a que foi dedicada a nova Catedral do Rio de Janeiro motivou algum debate nos meios religiosos, políticos e jornalísticos. Mas a decisão do Imperador de prestar uma distinção aos migrantes que vieram em massa ao Brasil – muitos deles depois de breve passagem pelos Estados Unidos – foi, como não haveria de deixar de ser, soberana. Sem oportunidades no Velho Continente, desiludidos com o que encontraram na república norte-americana, uma multidão de irlandeses passou a aportar diariamente no Brasil, para substituir, em troca de salários, o trabalho dos escravos negros, libertados no país em 1850, contribuindo assim para a construção da infraestrutra que serve de base para o Império dos Trópicos.

Ao contrário do que ocorreu com outros grupos de trabalhadores estrangeiros – como os chineses que, excetuando-se alguns indivíduos que começaram lucrativos negócios de importação e exportação, jamais se integraram de fato à sociedade brasileira –, os irlandeses em boa parte prosperaram na nova terra. Muitos se tornaram comerciantes, industriais, autoridades religiosas. Alguns enriqueceram. Caso notável do noivo desta noite, que mesmo nascido nos Estados Unidos, tem avós paternos ingleses, de Hampshire, e maternos irlandeses, de Dublin. J. Neil Gibson e muitos outros católicos de mesma origem tornaram-se benquistos pela família real brasileira e foram os principais financiadores de inúmeros projetos na capital da monarquia sulista. Entre eles a mais nova igreja da chamada Cidade Fantástica.

Dessa forma, o padroeiro da Irlanda, aquele que, segundo o mito, expulsara as serpentes e o próprio diabo da ilha europeia tinha, no exato dia que lhe era dedicado pelos católicos, um novo templo sendo inaugurado. Ademais, para desgosto dos carmelitas, o lugar ocuparia a função da Igreja de Nossa Senhora do Carmo como a Sede Episcopal da Diocese. Mais desgosto ainda causava entre outras congregações o porte deste novo templo, um verdadeiro monumento da arte gótica revestido em mármore de carrara branco. Alimentado pelo pecado capital da inveja, um apelido maldoso, quase herético, foi dado à nova igreja com seus chamativos detalhes urbanísticos.

Como a fachada dela é marcada por duas torres laterais espigadas, com 100 metros de altura cada, e por uma entrada também pontiaguda, encimada por uma cruz da mesma cor do mármore das paredes, a pena da galhofa carioca intitulou sua Catedral como Tridente de Cristo. E há que se concordar: ela parece mesmo um enorme garfo de pedra brotado do solo, com os dentes destro e canhoto bem maiores que o do meio.

Como seria o esperado, tal acunha só é sussurrada à boca pequena ou, caso apareça por escrito, naqueles pasquins anônimos que circulam entre a boemia intelectualizada. Atribuir a arma predileta do seu eterno inimigo ao filho de Deus já seria blasfêmia capaz de atrair a Ira Santa para quem propagasse a gaiatice. Mas usar isso para desmerecer a ereção de um projeto supervisionado pessoalmente por Pedro de Alcântara é pedir por algo ainda mais medonho e de aplicação mais certeira: a Ira Imperial. Isso porque Sua Majestade se empenhou na viabilização da ideia que deveria ter sido posta em prática no gigante do Norte, na cidade de Nova Iorque. Contudo, ela foi sucessivamente sendo adiada, primeiramente pela baixa presença de católicos naquele país de maioria protestante; em seguida pelo início da Guerra Civil, que praticamente devastou o território; mais tarde, pelo desastre econômico decorrente e, por fim, pela migração do projetista da igreja, James Renwick Jr., ao Brasil, em busca de melhores condições de exercer sua profissão.

Ver triunfar em seus domínios uma obra de tal sorte grandiosa a ponto de não ter sido bancada pelos outrora arrogantes americanos foi uma ironia cultivada com capricho pelo vingativo Imperador brasileiro. Até mesmo a chegada dos sinos principais – doação de uma agradecida Irlanda pelo que a monarquia brasileira havia feito por seus filhos repatriados – com suas mais de 150 toneladas de peso e cinco metros de diâmetro cada, ele fez questão de acompanhar desde o desembarque no porto do Rio de Janeiro até a instalação nas torres laterais. Fato narrado em detalhes pela crônica impressa, aquela séria, que cobre o monarca de elogios e recebe reclames oficiais em suas páginas mais nobres.

É diante deste monumento, com traje de festa completo – escolhido a dedo pela cor acinzentada, sua favorita –, cartola na cabeça, barba aparada, medalha no pescoço, mãos cobertas por grossas luvas de couro marrom, faixa azul amarrada na cintura que se encontra neste momento João Fumaça.

Em verdade, ele e uma multidão de plebeus, curiosos com a festa de casamento, porém apartados do convívio com os ricos por cercas de proteção e por homens armados. A segurança do casamento é feita pelos Dragões do Império. Força criada por D. Pedro II – que simbolicamente se alistou como o primeiro dos Dragões – ela é a principal fornecedora de soldados para a guerra que o Brasil, aliado ao Paraguai, mantém na América Central naqueles dias que corriam.

Na noite de hoje, alguns de seus homens garantem a proteção da corte, trajando o uniforme de gala, idêntico ao dos Dragões da Independência, conforme foi criado pelo pintor francês Jean Baptiste Debret a pedido do pai do atual Imperador. A diferença marcante entre o fardamento das duas tropas de Dragões é que no dos mais antigos predomina a cor branca; no dos que se encontram perfilados do lado de fora da Catedral de São Patrício o preto contrasta com o vermelho dos detalhes da gola, dos punhos e da faixa da cintura, além do dourado dos capacetes. Acima desses, penachos coloridos sinalizam a patente de cada militar e fazem companhia às esculturas do animal mítico que empresta seu nome àqueles militares. Os sabres na cintura dos alferes são mero enfeite, o poder de fogo deles pode ser medido na realidade pelos fuzis mecanizados do tipo Guarany que portam: armas capazes de disparar as dezenas de balas de suas câmaras com um único apertar de gatilho.

Um desses homens de preto, com penacho amarelo de oficial na cabeça, reconhece o policial à paisana e berra seu apelido enquanto o mede de alto a baixo:

– João Fumaça? O que fazes aqui? E com esse luxo todo? Essas botas valem mais que o meu soldo – a ponta da arma dele mira os pés do policial. – Vai dizer que o senhor agora está recebendo dinheiro dos chinas traficantes de ópio?

Sem saber se o homem está falando a sério, João puxa o convite do bolso interno da casaca com dedos trêmulos e o exibe à altura dos olhos do Dragão: – Nada disso, Emílio, conheci os noivos em um caso antigo e eles me convidaram. Tive que pedir essa roupa emprestada do meu oficial superior para poder comparecer à cerimônia.

– Bem notei! – uma gargalhada diminui a tensão, mas não o constrangimento da cena. – A roupa é boa, mas o defunto era maior, fica larga em ti. Calma, estás com medinho? – ainda rindo, o soldado sinaliza com a cabeça para um de seus homens, um praça de penacho vermelho, fazer a revista enquanto apanha o convite para ler.

– Conheço a tua fama em relação a policiais corruptos – João evita pensar no que aconteceu na última vez que o revistaram em busca de armas escondidas. – Achei melhor não arriscar que pensasse o mesmo de mim.

– É bom mesmo! – o oficial passa o dedo nas suíças encaracoladas, enquanto lê o convite de casamento apresentado – Conheces o meu lema, nesta cidade o policial tem três opções: ou se corrompe, ou se omite, ou vai pra guerra.

– Ele está sem armas, capitão – informa o soldado encarregado da tarefa, o que faz o oficial dispensá-lo para que reviste outros passantes, antes de devolver o convite a um cada vez mais envergonhado João Fumaça.

– Por falar nisso – o policial franzino tenta segurar o nervosismo e a tosse que lhe ataca –, como estavam as coisas na frente de batalha em Cuba? Soube que estás servindo com as forças do tenente-coronel Floriano Peixoto, no Nono Batalhão de Caçadores do Rio de Janeiro. Algumas das batalhas que vocês travaram por lá ganharam fama nas ruas da Capital. Muito falam da tua participação, ao lado daquele mercenário americano, John Carter, no ataque à Baía dos Porcos.

– Tu bem sabes, não digo que não seja como todas as guerras. Os homens fazem merda e nós temos que ir lá em cima limpar. No princípio, mesmo depois que afundaram o Marquês de Olinda, eu disse que nem que me fizessem coronel eu me alistava. Agora eis que sou um capitão de Dragões.

Neste momento, o capitão olha em volta para certificar-se que nenhum dos soldados a seu comando esteja suficientemente perto para ouvir o que ele vai falar em tom de desencantado desabafo para o soldado da Polícia dos Caminhos de Ferro.

– As verdadeiras histórias do que fazemos naquela ilhota não chegam aos jornais, João. És um afortunado por servires aqui, entre a civilização, mesmo que simulada, da Corte. O que eu vi, ao que eu tive de obedecer nos meses em que estive no campo de batalha, jamais irei esquecer. Crianças, João, lançamos carga contra crianças, tropas inteiras formadas por meninotes que deveriam estar protegidos nas barras das saias das mães. E o pior, nem é isso – mais uma vez, ele corre o olhar pelos flancos, antes de sussurrar –, nossos comandantes deram-nos a ordem de jogar os corpos daqueles que caíam mortos das piores doenças, como o cólera, nos rios que cortam as cidades cubanas, para contaminar a água que eles bebem... Esta foi uma das proezas que fiz ao lado do tal John Carter, o ex-confederado que mencionas.

De súbito, o vento quente que circula pela Cidade Imperial não é capaz de impedir a sensação gélida na coluna do soldado que ouve aquele testemunho feito por um participante das frentes de batalha. Histórias tão cruéis quanto as que acabou de escutar, João Fumaça tomara conhecimento anteriormente, sendo comentadas em terceira mão, com fontes não muito confiáveis citando supostos massacres cometidos ao Norte. Pela primeira vez ele confirma os boatos com alguém que realmente esteve nos locais onde a História vem acontecendo, distante do olhar dos poucos críticos em relação aos rumos imperialistas que o Brasil vem tomado nos últimos meses.

Ele iria comentar algo com o capitão, no mesmo tom de voz baixo usado para lhe fazer as confidências, porém o oficial parece ter se dado conta de que falara demais. O Dragão do Império reassume a postura enérgica e brusca de antes, evitando cruzar os olhos com o policial.

– Vai entrando, vai entrando, que tenho muita gente para revistar por aqui – o veterano da Guerra de Cuba sinaliza em direção ao portal de entrada e já parte para abordar outras pessoas na longa fila à sua frente.

Sem opção para continuar a conversa, ainda surpreendido pela recepção pouco usual a um evento de gala, o policial pisa no tapete de flores que se estende em paralelo à guarda e à cerca divisória. Durante o percurso, ele não deixa de pensar em quão pouco adequada é sua presença ali. Pensamento interrompido por um homem que lhe oferece um trevo, a planta de três folhas que São Patrício usou, no século V, para explicar aos convertidos irlandeses os mistérios da Santíssima Trindade.

– Muitas boas-vindas aos que aqui chegam – recepciona o padre de cabelo vermelho e usando vestes cerimoniais verdes, cor tanto do santo do dia quanto da casa imperial de Bragança. – Que São Patrício o proteja onde quer que você vá e em tudo o que você faça, e que sua amada proteção seja sempre uma bênção para você.

João Fumaça pega o trevo e faz o sinal da cruz, segurando, não sem esforço, a vontade de tossir que o ar poluído da região central da cidade sempre lhe provoca. Quase tão altas quanto as torres da Igreja são as chaminés das indústrias que se avistam dali, vomitando fumaça negra aos céus. O homem ruivo a seu lado ainda tem mais palavras a entoar.

– Que possa a estrada estender-se para encontrar-te. Que o vento esteja sempre às tuas costas. Que o sol brilhe cálido sobre os teus campos, e até que nos encontremos novamente, que te sustente Deus na palma de Sua mão.

– Amém – quando passa pela comitiva religiosa e atravessa os portões de madeira, ele já não consegue mais conter o acesso de tosse, bem pouco aristocrático.

Cobrindo parte do rosto com seu lenço, o policial pode sentir, mais do que ver, os olhares de reprovação que lhe foram lançados. Algo nada condizente com as regras protocolares de etiqueta em solenidades como aquela, ainda mais porque a acústica do lugar fez parecer que ele soltava detonações de canhão saídas diretamente do peito.

A acústica do lugar! A amplidão da nave da Catedral de São Patrício impressiona os sentidos. O primeiro é o da visão, com seus detalhes dourados, colunas imensas, esculturas e vitrais, bancos de madeira decorados com coroas de flores amazônicas – infinidades multicolores de orquídeas e bromélias –, instalados ao longo dos mais de cem metros de extensão e capazes de acomodar cerca de dois mil e quinhentos fiéis sentados à espera da salvação de suas almas. Mas ela também tem agrados para a audição, pois o esperto James Renwick Jr.criou a estrutura de forma a valorizar e ampliar o som da voz dos padres e da música dos órgãos instalados no fundo do altar.

E para a sorte de João Fumaça o seu sentido de olfato, tão castigado pela poluição da cidade mais industrializada do mundo, também percebera diferenças. Na verdade, o ar no interior da igreja era não só mais limpo, era muito mais fresco que o do lado de fora. Informado pelos jornais, o homem da Polícia dos Caminhos de Ferro sabia que não se tratava de milagre de São Patrício, mas de obra da tecnologia.

Quando ia se acomodar em um bom lugar, ao lado de onde a

noiva entraria acompanhada do pai para encontrar o noivo, próximo a um arranjo vermelho e rosa de castanha-do-macaco, João percebe um rapaz de verde diante de si. Um dos coroinhas sardentos que auxiliam os padres nos afazeres dos ritos católicos.

– Senhor João Octavio Ribeiro? Descreveram sua figura para mim e me pediram que lhe entregasse este bilhete quando o visse entrar. Com sua licença.

O papel tinha poucas palavras e uma assinatura rabiscada: "*My good friend John Steam, meet me now at the boiler's room, please. J. Neil Gibson*".

Sala da Caldeira. Alguns minutos depois.

João Fumaça estava profundamente desconfortável. Por conta do bilhete, trocara o espaço amplo e arejado que o acolhera por um ambiente apertado e escaldante. O quarto em si era um quadrado de tijolos crus – nada de mármore de carrara nas paredes ou no piso, por ali – próximo à entrada da Catedral, encostada em uma das torres dos sinos. Mesmo com a presença de janelas e com a amplidão da altura do teto, a sala se mantinha em uma temperatura bem superior a dos mais infernais verões cariocas. E o cheiro não era nada bom. A crise de tosse do policial voltara com tudo. A responsabilidade era de uma grande caldeira fumegante e do belo monte de carvão que serve para alimentar aquele monstro cuspidor de fogo.

O projeto original do Tridente de Cristo ganhou melhorias na migração da república dos Estados Unidos para o Império do Brasil. E o coração e os músculos da construção estavam localizados no quarto da caldeira. Oculta do olhar dos fieis pelas grossas paredes que a cercam, era possível entrar lá por duas vias: uma delas era a que João usou, após passar por um corredor estreito atrás de um conjunto de estátuas trazidas da província de Minas Gerais onde haviam sido esculpidas por Antônio Francisco Lisboa, o Aleijadinho, em sua fase de influência gótica e bizantina, já próximo da morte. Já a outra dava para a torre oeste da Catedral, que se encontrava trancada como pôde verificar o quase asfixiado homem da lei ao forçar a grossa porta de acesso.

Entre as duas entradas havia a bocarra comedora de carvão, para a qual chegam e donde partem canos metálicos que trazem litros de água e conduzem o vapor. É esse jato aquecido e sob pressão que se transforma em movimento por meio de polias, correntes e engrenagens, acionando inúmeras máquinas discretamente instaladas no templo religioso. Entre elas, o mecanismo que faz badalarem os sinos dublinenses; elevadores que permitem a manutenção dos pontos mais altos da igreja; e as pás dos ventiladores que criam a brisa artificial a limpar o ar sujo e a refrescar centenas de convidados do outro lado da parede, exatamente onde João Fumaça teria por gosto se sentado enquanto aguardava o início da cerimônia.

Todavia, como ele havia atendido ao pedido do dono da festa só lhe restava esperar a chegada de Neil Gibson, mesmo com todo aquele desconforto. Os instintos do policial não poderiam deixar de estranhar que um local tão estratégico estivesse abandonado pela tão bem treinada guarda dos Dragões do Império. Deveria haver pelo menos o operador da caldeira e, levando-se em conta a importância da festa, um dos soldados de negro para garantir a segurança do equipamento.

Foi com essa desconfiança profissional em mente que ele passou a fazer uma inspeção no cenário. Além da passagem para a torre trancada, verificou, numa rápida olhada pelas válvulas e mostradores, que estava tudo bem com a pressão da caldeira. Chamas escapuliam da abertura do forno, sinal de que combustível não faltava lá dentro. Seja lá onde estivesse agora, o operador da caldeira certamente havia trabalhado ali até pouco tempo atrás. Talvez tivesse ele sido dispensado do serviço momentaneamente pelo mesmo homem que lhe chamara para aquele encontro. A pilha de carvão seria investigada a seguir, não fosse o barulho da porta se abrindo atrás do policial logo seguida por uma voz grossa e explosiva:

– Mr. Ribeiro, como vai meu bom amigo? – era o anfitrião daquela noite quem surgia pela mesma porta usada por João Fumaça. Estava vestido com ainda mais rigor e bem mais luxo que o policial, com roupas feitas sob medida para sua estatura incomumente alta. Quando os dois se aproximam para trocar discreto abraço, percebe-se que, mesmo com sua cartola, o homem da lei não alcança sequer o queixo barbudo do milionário americano.

– Mr. Gibson, que honra a minha poder lhe dar os parabéns em uma data tão importante. Desejo muita felicidade ao senhor e à sinhá Maria.

– Você tem que ver como ela está linda. Deve chegar logo – o americano puxa de um relógio do bolso de seu colete, verde como o restante de sua indumentária a rigor –, ainda deve estar se preparando na minha residência de São Cristóvão. Maria e o pai vão vir de lá na mesma carruagem que trará meu sócio e vizinho, o Visconde de Mauá, e May, sua esposa. Minha noiva fez questão de seguir a tradição iniciada por Vitória da Inglaterra e escolheu um vestido branco para esta noite.

– Na minha condição de nascido nas ilhas britânicas, antes de meus pais voltarem a se estabelecer por definitivo nestas terras, posso dar a certeza pessoal de que sua noiva estará muito mais linda do que a rainha jamais esteve.

O milionário nem tenta esconder o sorriso sarcástico.

– Estás me saindo um bajulador mais eficiente que os nobres reunidos no salão, meu caro. Mas me diga, como tens passado? Muitas aventuras em tua vida?

– Não sei se digo com alegria ou se lamento o fato, mas não, nada que se compare ao que passamos juntos. Minhas funções nestes últimos meses têm sido mais no sentido de garantir o horário dos trens que impedir conspirações internacionais como aquele que acabou por destruir o edifício que o senhor e seu sócio erguiam na orla de Copacabana. Porém, pelo que leio na imprensa, sua vida tem sido intensa desde a última vez que nos avistamos.

– Deveras! Tempos de guerra são tempos de lucros, e bem que o Visconde e eu precisávamos, após a perda do Cidade Phantástica, como bem lembrastes. Investi naquele projeto muito do ouro que descobri nestas terras, precisava recuperar o capital perdido. Havia rometido a Maria que iríamos deixar o Brasil e viver no meu país, para dar início à minha carreira política, como almejo. Contudo, o início deste conflito entre o Império do Brasil e a Espanha adiou meus planos – ele enxuga o suor da testa, demonstrando ainda mais desconforto com o calor da sala que o do próprio policial. – Um dia desses vou convidá-lo a ir a Manaus, onde montamos um verdadeiro pólo industrial na selva para abastecer o Exército e a

Marinha Imperiais. Até o fim do mês, despachamos para o Caribe um colosso chamado Rio de Janeiro, um navio porta-balões que deve ajudar a arrasar a frota espanhola, que ainda teima em usar madeira em suas naves contra os blindados a vapor sob o comando do Imperador D. Pedro II.

O rosto agrisalhado de João Fumaça fica ainda mais sombrio ao ouvir aquilo. Mesmo que não pudesse repetir as histórias que ouvira do lado de fora daquele templo, ele não conseguiria disfarçar sua insatisfação em relação às aventuras bélicas do país que adotara como lar ainda criança.

– Só lastimo que uma guerra dessas tenha começado para o Imperador dar satisfação aos donos de terras que, quase vinte anos depois, ainda não se conformaram com a libertação dos escravos. Usando a desculpa dos navios que teriam sido afundados na região, invadimos uma colônia espanhola que, na verdade, ameaçava nos tirar parte do mercado de cana-de-açúcar. Cuba paga o preço por essa ousadia, pois os relatos que me chegam dizem que Floriano Peixoto e outros militares promovem um verdadeiro massacre na ilha.

O policial percebe que falou demais pelo silêncio provocado por suas palavras. Durante alguns instantes, naquela sala, é possível se ouvir o crepitar no interior da caldeira sem concorrência nem mesmo do ruído da respiração dos dois homens. Quem põe fim na situação de constrangimento é o dono da festa.

– *Well, my friend.* Não deve ter sido para discutir a política externa de seu Imperador que você me chamou. Diga logo o que quer, por favor, afinal, não estamos adequadamente trajados para continuarmos aqui, de pé, neste calor.

– Mas como assim? Estou aqui porque recebi um bilhete seu pedindo para encontrá-lo na sala da caldeira – o policial entrega o pedaço de papel ao americano.

– Que maçada, como dizem vocês. Fomos vítimas de alguma brincadeira tola. Também recebi um bilhete em seu nome. Esta não é minha assinatura, nem se parece com ela. Seja quem for o responsável por essa gaiatice deveria saber que só deixaria meus afazeres desta noite para atender a um chamado seu...

Desta vez é a porta que dá acesso à torre que se abre. De lá sai um homem com a farda preta de Dragão do Império empunhando, com o braço esquerdo anormalmente esticado, uma das mortais Guaranys de fabricação paraguaia.

– *It's true, Gibson.* – ele fala na língua em que se darão os próximos diálogos. – Eu sabia que o melhor meio de reunir vocês dois aqui, separados dos outros convidados, seria simular que um estava chamando o outro para uma conversa – a arma é ostensivamente apontada para a dupla que teve a conversa interrompida. – Mas você está totalmente iludido se acha que minha intenção em trazê-los aqui é fazer uma brincadeira.

O intruso não era figura conhecida de João ou de Neil Gibson, como ficava evidente pelo ar aparvalhado dos dois. Mas havia algo de familiar no rosto daquele jovem que, apesar de possuir um inconfundível porte militar, não era um soldado brasileiro. Talvez fosse algum dos tais mercenários americanos que lutavam pelas cores do Brasil e do Paraguai na frente Caribenha. Por outro lado, nenhum deles receberia autorização para envergar o uniforme da elite da tropa Imperial, como fazia aquele estrangeiro.

– O que significa isso, soldado? – Gibson procura impor o máximo de autoridade ao se dirigir ao sujeito armado. – Por que nos aponta esse fuzil?

– Não sabem quem sou eu? – o homem de preto avança na direção da dupla; ele os empurra até os fazer quase esbarrar na caldeira, ficando entre eles e a porta. Seu rosto está bem iluminado pela luz das chamas, os olhos brilham de forma assustadora, refletindo aquela luminosidade bruxuleante. – Nenhum dos dois reconhece em mim os traços do homem que vocês mataram, dois anos atrás?

– Você é o filho do Coronel Blomsberry? – é João Fumaça quem arrisca o palpite. – Ele falou de um filho que era tenente do exército, nos Estados Unidos.

– Ora, muito bem! Isso mesmo. Sou representante de uma família que serve aos interesses de meu país desde antes da luta pela Independência. Da mesma forma que fizeram meu pai e o pai do meu pai e um dia vão fazer meu filho e o filho de meu filho.

– Olhe, rapaz, também sou americano, também quero bem ao meu país – Gibson faz um gesto de paz, tentando acalmar aquele que lhe aponta um fuzil mecanizado. – Não sei o quanto você conhece da história de seu pai, mas o que ele tentou fazer foi iniciar uma guerra entre o Brasil e a república do Paraguai, com o objetivo declarado de acabar com a aliança entre D. Pedro e Solano López. Ele traiu minha confiança, se infiltrou em minhas empresas e conspirou com o pior tipo de gente deste país para...

– Cale a boca, seu traidor nojento! – o ódio do tenente é tamanho que ele parece preste a disparar: chega a fazer a mira na cabeça do milionário e só no último momento volta a baixar a arma. – Meu pai era um visionário, percebeu antes que todos o perigo que representava esta monarquia de bugres. Ela se aproveitou para crescer num momento de fraqueza dos Estados Unidos, com a ajuda de traidores como você, Gibson. O Coronel sabia que era preciso pôr um basta nisso antes que fôssemos roubados em nosso destino manifesto. Só não pôde concluir seu trabalho, por culpa de vocês dois e da bugra com quem você quer se juntar, dando bem a ideia de quanta estima tem pelo país que traiu.

Para enfatizar o nojo que sente daquilo, o rapaz escarra entre os pés do compatriota.

– E é por isso que estou aqui esta noite. Para terminar a obra de meu pai e vingar o assassinato dele, acabando com vocês primeiro e depois com este Império ridículo.

O silêncio volta a pesar na sala. Nem palavras, nem movimentos por parte de ninguém. A única indicação de que não foi o tempo que se congelou é a sombra lançada na parede oposta à caldeira, três colunas negras que aumentam e diminuem o tamanho de acordo com a vontade do fogo.

– Ficaram mudos? Acabou a coragem? Onde está a petulância de vocês, agora?

– Muito fácil falar de coragem com uma arma apontada para pessoas indefesas. – João Fumaça aproveita um ataque de tosse para responder à provocação. – De onde saiu essa Guarany e o uniforme de Dragão, afinal?

– Não consegue deduzir nem o óbvio, investigador? – o tenente não esconde o prazer em dominar a situação. – Entrei na igreja com documentos e um convite falsos, então abri caminho até esta sala. Aqui, encontrei e matei tanto o sujeito da caldeira quanto o antigo dono desta arma. Joguei os dois ali – com um gesto do queixo quadrado ele indica a pilha de carvão à esquerda de seus ouvintes.

– Vou usar este rifle para matar vocês e a fantasia de soldado para escapar daqui quando terminar o que vim fazer nesta terra imunda.

Com as cabeças envolvidas em sombras, os dois homens seguem em silêncio.

– Minha única dúvida é qual dos dois devo matar primeiro? O americano que traiu nosso país ou o policial intrometido? – neste momento o homem armado nota pela primeira vez um detalhe no pescoço do homem vestido de cinza. – Isso é uma medalha? Deve ter sido seu prêmio por ter matado meu pai, não? Nada mais justo que eu a use para decidir a sorte de vocês, como se fosse uma moeda. Passe pra cá, vamos!

O tenente estende a mão direita, na esquerda, o fuzil sempre apontado para a dupla. Diante da ameaça, o policial arranca a fita rubra do pescoço, rasgando-a com força, mas não entrega a medalha, ao invés disso, leva o braço para trás, como para ocultá-la da visão do homem armado. Para aumentar a provocação ele diz:

– Você está mentindo, Blomsberry. Fala que vai terminar o trabalho de seu pai e derrubar o Império, mas como pretende fazer isso? Estamos no lugar mais seguro do mundo, há dezenas de soldados lá fora para proteger as pessoas reunidas na Catedral.

Os dentes do invasor brilham em um sorriso aberto assim que ele ouve aquelas palavras de desafio. Ele poderia apertar o gatilho da Guarany e acabar logo com tudo, mas parece não querer findar tão rapidamente assim com a agonia de suas vítimas.

– Acha que estou blefando, idiota? Saiba que além de seguir a tradição de meu pai no exército também faço parte do grupo que ele ajudou a fundar durante a Guerra Civil, o Gun Club de Baltimore. E o que eu trouxe para cá é nosso melhor projeto, nossa maior criação.

– Não acredito em você, Blomsberry – João continua em sua posição desafiadora. – Você não passaria com uma arma pela revista dos Dragões do Império.

A gargalhada do jovem tenente é um escárnio puro.

– Você parece ter em muito alta conta os soldadinhos brasileiros, *John Steam* – as duas últimas palavras dão ditas com desprezo evidente, ao mesmo tempo em que lentamente ele começa a arregaçar, com a mão direita, a manga que cobre seu braço esquerdo. – Além disso, parece não conhecer muita bem a história do Gun Club, meu caro. Certa vez um estatístico chamado Pitcairn fez um estudo sobre nós, sabe? Ele levantou muitos dados sobre o grupo. Por exemplo, fez anotações sobre as marcas que cada um de nós carrega no corpo pela dedicação que temos às guerras que enfrentamos. Ele calculou que, entre nossos sócios, havia menos de um braço para cada quatro pessoas e duas pernas para cada seis homens.

Dito isso, ele termina de puxar o tecido da túnica e vira o braço agora exposto de lado, iluminado pela luz que vem da caldeira à sua frente e nas costas de suas vítimas. O que os dois cativos podem enxergar com clareza não é um membro de carne e osso, mas sim, uma peça feita de madeira e metal. Na altura da metade do antebraço, um talho na madeira expõe um bloco de ferro que permite os movimentos dos dedos e do pulso, por meio de engrenagens e correias.

– Como podem ver, não fugi à essa regra, também deixei parte de mim nos campos de batalha. Só que eu soube tirar vantagem disso e graças a esta beleza que eu mesmo criei – Blomsberry bate com os nós dos dedos naquilo que seriam os bíceps de seu braço canhoto, provocando um som ecoante, como se houvesse um espaço vazio – pude trazer ao Brasil um presente a seu Imperador barbudo e a corte de bajuladores de J. Neil Gibson.

O oficial americano volta a gargalhar, com ainda mais gosto que da outra vez.

– Acabo de me lembrar de outra estatística feita por Pitcairn. O homem dividiu o número de mortos por armas de fogo durante a Guerra Civil pelo total de membros do Gun Club e chegou à conclusão de que cada um de nós seria responsável pelo tombamento de, se não me falha a memória e ela nunca falha, dois mil trezentos e setenta e cinco homens e uma fração. Não é um achado? Esta noite, dobrarei minha marca, então, já que matarei os mais de dois mil convidados que você reuniu em sua festa, Gibson.

– Você é louco como seu pai, rapaz! – o milionário resolve responder. – Como espera matar todas essas pessoas? Com que meios? Acaso tens uma bomba oculta ai, neste simulacro de braço?

– Não, traidor, nada tão prosaico. Nos últimos tempos, uma parte do Gun Club resolveu investir secretamente em novas áreas, em novos tipos de armas. E a pesquisa que se mostrou mais promissora foi a que chamamos de *Alternative Guns*. Tenho aqui comigo o melhor exemplo dessa nova era, armazenada em um frasco lacrado. Vou espalhar entre a corte e os empresários deste país uma doença criada por meus sócios, uma nova peste que vai fazer as pragas da Idade Média serem esquecidas. Já a testamos, lá nos Estados Unidos, em territórios indígenas, e posso garantir: em uma semana, tal como ocorreu entre apaches, moicanos, comanches e lakotas, não vai restar de pé nenhum dos nobres, militares, padres e empresários que estão aqui hoje.

Apesar do calor sufocante daquele quarto, do fogo que queima atrás deles, o sangue dos homens rendidos parece congelar em suas veias ao ouvirem aquilo.

– E quanto à sua acusação, Gibson, eu não sou louco. Sei o que estou fazendo e serei muito bem recompensado por tudo – a voz de Blomsberry de fato transmite calma e frieza. – Depois que eu retirar o frasco do meu braço mecânico, terei quinze minutos para deixar esta igreja antes que ele espalhe no ar os agentes causadores da nova peste. Então embarcarei num vapor à minha espera rumo ao México, onde encontrarei meu amigo, o general Enrique Monastério, oficial que lidera as forças espanholas que combatem o Brasil e o Paraguai no Caribe. Com os líderes desses países às portas da morte, a vitória da Espanha estará assegurada. Vai ser tão somente o trabalho de desembarcar por aqui e repartir os novos territórios entre os que apoiaram esta causa.

– Então esse é o seu jogo? Você não passa de um espião da Coroa Espanhola – Gibson ergue o punho como se pudesse atingir à distância seu conterrâneo.

– Não tente diminuir meus motivos, amante de índia! Atravessei os mares e arrisquei minha vida para honrar a memória de meu pai, para destruir este país amaldiçoado e ainda para ter o prazer de acabar com vocês assim, olhando na cara de cada um dos dois. O que nos devolve ao início desta conversa – ele aponta a arma para o peito do policial. – Jogue agora aquela medalha ou eu considero o caso decidido e você leva os primeiros tiros, depois farei o mesmo com o noivo que nunca mais verá sua mestiça novamente.

O Castelo de São Cristóvão. Naquele mesmo momento.

Foi um cliente do então ainda apenas Barão de Mauá que, sem ter como saldar em dinheiro as dívidas contraídas, se viu obrigado a ceder ao industrial, banqueiro e político uma portentosa mansão de dois andares. O nome pelo qual a casa passou a ser conhecida depois que o atual Visconde e sua família se mudaram para lá se devia, obviamente, pela vizinhança. Do terraço dos fundos, a vista que se tinha era nada menos que a do Palácio Imperial, também chamado de Paço de São Cristóvão, a residência oficial do D. Pedro II e de dona Tereza Cristina.

Mas essa explicação não diz tudo, afinal, a casa já fazia fronteira com o palácio antes de Irineu Evangelista de Souza, sua esposa – e sobrinha –, sua mãe e sua irmã – e sogra –, além dos muitos filhos, terem firmado moradia por lá. E aquela mansão não é a única da vizinhança a contar com o porte luxuoso e a privilegiada vista. Mesmo assim, é somente ela a ostentar o título.

É a presença de Mauá que tornou o casarão, que antes era somente mais um no bairro, no Palacete de São Cristóvão.

Tal é o peso que seu morador, um dos homens mais ricos e influentes do mundo, para o Império do Brasil. Além de tudo o mais, ele tem como principal sócio em seus negócios aquele mesmo americano que é mantido sob a mira de uma arma na Catedral de São Patrício. E foi em vista desta sociedade, que Neil Gibson mandou erguer ao lado do Palacete uma construção totalmente feita com pedras sólidas, históricas, trazidas das terras de seus ancestrais, na Inglaterra.

Tão ou mais imponente que a de seus ilustres vizinhos, a residência do americano de origens britânicas seguiu o mesmo caminho lógico na hora de receber o batismo informal. Desde que a nova construção foi inaugurada, ela foi nomeada de Castelo de São Cristóvão.

Era lá que a noiva do milionário estava se preparando para a cerimônia daquela noite. Maria Pinto vestia as muitas camadas do vestido que encomendara, tão branco quanto o que a Rainha Vitória da Inglaterra usara quando se casou com Albert, 28 anos antes daquele dia. A única quebra na monocromia do vestido eram as penas douradas que decoravam o colo da jovem e a corrente da mesma cor que as prendiam. Simbolizavam respectivamente as origens indígenas dela e a fonte da fortuna de seu futuro esposo, o Rei do Ouro. A base do vestido era a seda, cultivada no Brasil graças aos bichos comedores de folhas de amoreira trazidos ao país pelos chineses. A qualidade dos fios extraídos dos casulos daqueles insetos em terras imperiais era reconhecida em todo o mundo, e davam uma leveza diáfana àquela noiva de pele acobreada, mesmo coberta por tamanha quantidade de panos.

Acima da delicadeza da seda, igualmente alvo era o tecido bordado com minuciosos motivos de inspiração religiosa e tropical – como cruzes, flores e animais silvestres – saído das peças de madeira conhecidas como bilros, vindas da cidade de Nossa Senhora do Desterro, na província de Santa Catarina. O véu que cobriria o rosto de feições típicas dos índios Iquitos, do Peru, dos quais ela descendia por parte de mãe. Porém, aquele ornamento transparente só seria colocado sobre a cabeça de cabelos tão negros quanto os olhos apertados de Maria Pinto, quando tudo o mais estivesse em seu lugar, incluindo a maquiagem que estava sendo finalizada naquele momento. O véu seria o ponto final na poesia que era a montagem da personagem principal do grande evento daquele 17 de março histórico.

Toda essa preparação era feita em um dos muitos quartos do Castelo de São Cristóvão, sem que ela pudesse saber do perigo que seu noivo corria naquela mesma hora, algumas poucas milhas distante dali. A garota é auxiliada nas tarefas que antecipam suas bodas – e que podem se tornar inúteis a qualquer momento, a depender apenas do apertar de um gatilho – por uma mulher vinda da mesma região amazônica que ela própria.

Pouco mais alta do que Maria Pinto, com a pele muito mais clara e com grandes olhos azuis, a mulher em questão tem pelo menos vinte anos a mais do que a noiva daquela noite. Quando ela passou pela mesma experiência, a mestiça ainda era apenas um projeto: a mãe de Maria Pinto era uma jovem índia que viera com ela do Peru para acompanhá-la na viagem até o Brasil, em 1852. Naquela ocasião, a índia peruana conheceu um migrante português em

Manaus e da união se deu a origem da jovem que agora se vira bruscamente para falar rapidamente, em um único fôlego:

– Sabe, Minha, ouço as histórias de seu casamento desde que nasci. Sempre me impressionei cada vez que mamãe me contava sobre a verdadeira odisseia a que vocês se entregaram para cruzar 800 léguas pelo Amazonas, desde Iquitos até chegar a Belém, na província do Pará, viajando em uma jangada que era uma autêntica cidade flutuante.

Usando um vestido algo menos portentoso, feito de cetim com um tom levemente marrom, lembrando café misturado com leite, a mulher chamada Minha para de mexer no pincel de maquiagem para prestar atenção àquelas palavras ditas por uma garota com olhos umedecidos, quase chorosos.

– Mas acho que você vai me compreender quando digo que anseio por muito menos emoções para mim esta noite.

As duas caem na gargalhada juntas, abraçadas, como duas crianças, apesar da diferença de idade entre elas.

– Claro que te entendo, pequena Maria! Quando vim até o Brasil para mudar meu sobrenome para Valdez, não esperava o tanto de contratempos que eu e minha família teríamos durante aquela viagem épica. E tenho certeza de que sua transformação em Senhora Gibson será muito mais tranquila, querida.

Por baixo das risadas, a mulher mais experiente percebe que a outra ainda mantém aquele ar repentinamente tenso. O riso não é algo alegre, mas provocado por nervosismo.

– Mas, me diga, por que você menciona isso agora, quando falta tão pouco para concretizar esta noite tão perfeita?

Maria Pinto se desvencilha do abraço, afasta-se do grande espelho emoldurado em prata que a reflete e caminha lentamente, arrastando a barra do vestido que oculta seus pés ainda descalços sobre os tapetes escuros do quarto, até chegar à janela. Envolta por aquela estrutura de topo arredondado, ela solta um suspiro enquanto avista ao longe a Baía da Guanabara.

– Não sei direito... Num momento eu estava aqui, feliz, pensando apenas em como tudo está correndo bem, como logo vou estar diante do altar com o homem que amo para o dia mais importante da minha vida.

Quando ela volta o rosto em direção à sua confidente, as lágrimas já rolam livres, ultrapassando sua boca de lábios grossos e escuros, e chegando até o queixo redondo. Os dedos da mão direita, trêmula e nervosamente, remexem no penacho em seu peito, desalinhando o enfeite abaixo do fio de ouro que o prende à seda marfim.

– Agora, só sei dizer que sinto que algo terrivelmente errado ocorre com meu futuro esposo. Um perigo muito grande e no qual não tenho o poder de intervir.

De volta à Sala da Caldeira da Igreja de São Patrício.

– Não vale a pena cooperar com essa pantomima, meu amigo. Vamos morrer com dignidade, esse fedelho que aperte logo o gatilho e acabe com isso.

É J. Neil Gibson quem fala, com firmeza, ao policial a seu lado.

João Fumaça não se moveu desde que rompeu a fita do pescoço. Ele continuou com a mesma postura, com o braço voltado para trás de si, ocultando de seu algoz armado a visão da medalha com a efígie de D. Pedro II.

– Calma, Mr. Gibson – o policial finalmente parece atender ao apelo do tenente americano e decide jogar a medalha na direção dele. – E lembre-se do que sempre digo: sou obrigado a fazer meus truques.

Ele arremessa com calma o objeto dourado para Blomsberry. O tenente por sua vez ergue a mão verdadeira para aparar o prêmio, sem descuidar da mira. Atento aos movimentos da dupla que mantém cativa, ele não percebe que o medalhão dourado brilha em um tom meio avermelhado, meio acobreado. Nem mesmo no instante imediato em que segura o objeto se dá conta de que há algo de errado.

O cérebro demora uma fração de segundo até dar o alerta. Rápido, sem dúvida, mas não o suficiente para evitar que a medalha incandescente faça o estrago planejado por João Fumaça. Quando o jovem oficial finalmente se dá dolorosamente conta de que caíra em uma armadilha, o metal que passou os últimos minutos sendo aquecido sorrateiramente por João Fumaça na caldeira derrete a pele da palma e dos dedos da mão que lhe restou. O cheiro de carne calcinada empesteia o ar segundos depois dos gritos do americano ecoarem pelas paredes.

Como não pode nem mesmo largar a causa de tamanha dor, só resta ao desesperado militar berrar e agitar convulsivamente sua mão, numa esperança vã de que a agonia passe. O braço mecânico e a arma ficam momentaneamente esquecidos até ele se deparar com uma de suas vítimas correndo à sua frente. Quando tenta reagir, já é tarde demais.

O soco da mão direita enluvada de João Fumaça atinge o nariz do americano com tanta força que dois movimentos se sucedem. O tenente tomba para um lado e o policial se esparrama para o outro. Um se contorce de dor pelo nariz quebrado e pela mão semiderretida; o outro geme com o pulso deslocado.

O que evita que a arma seja disparada contra as costas do homem da lei é a bota de J. Neil Gibson. Ou, mais exatamente, o chute que o milionário acerta no braço parte de madeira, parte de metal de seu conterrâneo. O fuzil mecanizado voa longe levando junto três dos dedos artificiais que o empunhavam.

Mesmo com a situação tão completamente virada, Blomsberry ainda tentaria lutar. E talvez conseguisse se reerguer, já que vigor físico não lhe faltava. Porém, o Rei do Ouro foi criado nos estados a Oeste dos territórios da América do Norte. Com a faixa de cintura que João Fumaça consegue lhe passar, ele domina, amarra e imobiliza o raivoso tenente como tantas vezes fizera com novilhos chucros no rancho de seu pai, no Texas.

Menos de cinco minutos depois de a medalha ter sido arremessada o cenário na sala da caldeira é totalmente outro. J. Neil Gibson se encontra com o joelho ossudo amassando o rosto de um Blomsberry cujas pernas e braços estão firmemente atados. E João Fumaça se recupera da dor no punho direito entre tosses e xingamentos.

– Está tudo certo, agora, John Steam! – o milionário arfa, sugando ar para os pulmões. – Conseguimos, meu amigo! O Império está salvo.

O policial dá um sorriso, porém, antes que possa dizer qualquer coisa, é interrompido pela fala agora anasalada do antigo algoz.

– Conseguiram nada, idiotas. Só conseguiram condenar a todos nós. Destravei o lacre de emergência no meu braço. O frasco vai se abrir em uns dez minutos e todos nesta igreja, incluindo nós três, vamos morrer.

Mesmo numa posição que lembra a de uma tartaruga com o casco virado; com o rosto manchado pelo sangue do nariz amassado; com pelo menos dois dentes faltando na boca; o causador daquela confusão gargalha do desespero que espalhou entre seus inimigos.

– Não é possível... mas, como?... eu não... – Gibson gagueja desarticulado.

– Deve haver alguma maneira de desarmar esse mecanismo – João Fumaça corre em direção ao homem amarrado e chuta suas costelas. – Fala, desgraçado, como podemos evitar que a peste se espalhe? Fala!

O tenente se contorce de dor no chão, tentando desviar dos pés de seu carrasco.

– Desista, detetive. Não existe como reverter o processo. E se vocês tentarem tirar o frasco do meu braço só vão provocar a detonação imediata – encarando o agente ele fala, ainda com um ar debochado, ignorando a dor. – Aceitei esta missão preparado para morrer, levei em conta a possibilidade e estou satisfeito em levar todos vocês comigo.

O policial apresenta ao americano a borracha amazônica da sola da bota que pegou emprestada de seu oficial superior, fazendo mais sangue espirrar na Sala da Caldeira.

– Como vamos evitar essa tragédia? – Gibson, ainda em choque, olha para o alto, contemplando as janelas e os dutos de ar que cercam a sala da caldeira. – Não existe lugar isolado por aqui, essa bomba vai contaminar todo o ambiente. Ninguém estará a salvo.

– Temos que pensar em algo, deve haver alguma solução – João Fumaça caminha de um lado para o outro, deixando pegadas vermelhas no chão de pedra, com a barra da calça suja do sangue do inimigo e percebendo o pulso direito cada vez mais inchado.

– Já sei! Mas é óbvio! – o milionário corre em direção à caldeira e confere o tamanho da porta. – Vamos jogar o braço dele aqui e deixar o fogo consumi-lo inteiramente.

– Muito arriscado, Gibson. Podemos provocar a detonação se

mexermos naquele pedaço de engenharia amaldiçoada... e, além disso, não sabemos se o fogo pode mesmo destruir a tal doença de laboratório. O mais provável é que boa parte do material escape pela chaminé e vá parar do lado de fora, contaminando a multidão que cerca esta Igreja.

– Mas antes contaminar os plebeus que a elite do Império, não é mesmo?

O policial interrompe a caminhada para olhar fixo para seu interlocutor.

– Preciso lembrá-lo de que o Imperador, se sócio e até mesmo sua noiva, Mr. Gibson, ainda não chegaram à igreja? Eles podem saltar da carruagem no momento em que o vapor empesteado pairar entre os plebeus. Pense nisso, sim?

O americano se cala, entre a vergonha e o pavor. No chão, seu compatriota parece se recuperar do último golpe que levou e volta a rir, exibindo ainda menos dentes na boca.

– Desistam, desistam. Vocês são mortos que andam. Nos veremos no inferno.

Escarrando de ódio, João Fumaça avança em direção ao fuzil mecanizado que ainda estava jogado ao chão e com os dedos artificiais de Blomsberry grudados nele. Em um único movimento o policial agarra a arma com a mão esquerda e corre para a porta de acesso à torre lateral do Tridente de Cristo.

– Só posso pensar em uma possibilidade. Gibson, arraste essa criatura para cá!

Ainda aturdido, o milionário acostumado a gritar ordens obedece sem contestar. Ele puxa o tenente pelo uniforme de Dragão. Mesmo tentando se debater – soltar o braço e as pernas ou ao menos cravar os dentes que lhe restam nas mãos do inimigo – o espião a serviço da Espanha não tem como evitar o tratamento digno de um saco de batatas.

Por sua vez, João Fumaça aparenta ter perdido o juízo. Ele aponta a Guarany para o alto e pressiona o gatilho. Munida de um mecanismo invejado por todos os países de fora do Império, a arma faz disparos ininterruptos, como fica evidente pelo jato de fogo que salta do cano e pelo barulho ensurdecedor que reverbera pela estrutura cilíndrica da torre.

O resultado daquele aparente surto de loucura, para quem o vê de fora, é uma chuva de concreto e pó. Os pedaços de tijolos desabam ao chão junto com as cápsulas vazias das balas e uma nuvem densa se ergue pintando tudo do mais sujo dos tons cinzentos.

– Que insanidade é esta, homem? – Gibson, assustado, passa pela porta de acesso carregando sua encomenda. – Por acaso queres atrair a intervenção de San Patrick ou mesmo do próprio Deus? É este mais um dos teus truques loucos?

– Sem tempo para explicar. Largue-o ai, bem no centro, e saia correndo. Tenho que acertar os próximos tiros e minha mão esquerda não é a boa. Rápido, rápido!

De novo, sem hesitar, o milionário acata a ordem. Protegendo a cabeça ele abandona o oficial americano à sua própria sorte, ao lado do policial e foge pela porta.

Lá dentro, olhando para cima e vendo a trilha de destruição que João Fumaça abriu no alto da torre, um lampejo de compreensão surge nos olhos do tenente Blomsberry. Bolhas de baba e de ódio surgem em sua boca ensaguentada.

– Não vai dar certo, não vai! Vou ser o responsável por sua morte, como você foi pela de meu pai. Eu vou te levar comigo...

Finalmente as últimas balas daquela arma fazem ranger uma viga de metal grossa como uma tora, chumbada no interior de rocha sólida.

– Esta noite, não, Blomsberry. A única coisa minha que você vai levar ao inferno é essa medalha – o policial faz um gesto com a mão inchada indicando o pedaço de metal ainda grudado nos dedos do americano. – Faça bom proveito dela por lá e mande minhas lembranças ao coronel, seu pai. Adeus.

Ele só tem o tempo certo para saltar para fora antes de uma centena e meia de toneladas de cobre despencarem furiosamente do céu. Não do Céu divino, apenas de várias dezenas de metros acima do solo. Toda a Catedral de São Patrício sente o abalo provocado pela queda de uma força irresistível em sua trajetória de destruição. Tremores afetam o equilíbrio de milhares de cariocas. O chão de pedra sólida se rasga em cacos como se feito de vidro no local exato em que o sino irlandês, tão estimado por D. Pedro II, atingiu.

Naquele ponto, o tenente Blomsberry desapareceu, exatamente como uma mosca presa em um copo por uma criança levada. Em seu lugar, assim que a poeira abaixa, as nuvens se debelam, tudo o que pode ser visto é aquela enorme abóbada metálica, afundada a tal ponto que pedra e cobre aparentemente se fundem.

Gibson permanece mudo diante de tal visão. João Fumaça, por sua vez, exercita a memória.

– Que São Patrício o proteja onde quer que você vá e em tudo o que você faça, e que sua amada proteção seja sempre uma bênção para você. Que possa a estrada estender-se para encontrar-te. Que o vento esteja sempre às tuas costas. Que o sol brilhe cálido sobre os teus campos, e até que nos encontremos novamente, que te sustente Deus na palma de Sua mão.

A prece desperta o milionário americano. Ele caminha em volta do sino em busca de rachaduras e examina o chão afundado pelo peso do metal.

– Benditos sejam teus truques, John Steam! Mas será o suficiente, meu amigo? – o noivo daquela noite tão turbulenta olha com esperança para o policial. – Estamos seguros?

Mais consciente da dor em seu punho direito, o policial larga a Guarany – de cano fumegante e desprovida de balas – a seus pés. Com a mão esquerda, procura o lenço que guardara num bolso interno e acaba encontrando algo mais.

– Bem, Mr. Gibson, se o senhor acreditar em presságios, pode confiar que ficaremos bem. – João Fumaça exibe ao amigo o trevo que recebera de um padre ao entrar no Tridente de Cristo, tão verde quanto a roupa de seu amigo e que, só neste momento, ele nota ser um raro exemplar provido de quatro, e não apenas três, folhas.

Guia de referências

Ao longo da noveleta "Tridente de Cristo" há várias citações à história e a personagens da literatura brasileira e internacional. Este é um guia que pretende esclarecer apenas algumas delas, há algumas outras que vamos deixar para os leitores descobrirem.

João Fumaça – O protagonista do texto é o único que não é uma apropriação de obras em domínio público. Ele foi criado pelo autor deste texto para a noveleta "Cidade Phantástica", publicada originalmente em 2009 no livro *Steampunk – Histórias de um passado extraordinário* e em 2011, de forma parcial e em inglês, republicada na *Steampunk Bible*, livro de referência organizado por Jeff VanderMeer e Selena Chambers.

Emílio, o Capitão de Dragões – Ele é baseado no personagem que dá título ao conto "Um capitão de voluntários", de Machado de Assis, parte do livro *Relíquias da Casa Velha*, de 1905. Da mesma forma, os fictícios Dragões do Império são inspirados nos Dragões da Independência, dos quais herdaram a ideia para o uniforme, e nos Voluntários da Pátria, dois agrupamentos de soldados reais da história do Brasil. Os leitores poderão notar que muitas das falas do colega de João Fumaça são inspiradas em outro capitão, o Nascimento, do filme Tropa de Elite, dirigido por José Padilha, em 2007.

J. Neil Gibson e Maria Pinto – São criações de Arthur Conan Doyle para um de seus contos protagonizados por Sherlock Holmes chamado "The problem of Thor Bridge" ("A ponte de Thor"), publicado originalmente em 1922, com a história sendo ambientada em 1900 e mostrando o casal bem mais velho do que a versão vista nestas páginas. Eles também apareceram em "Cidade Phantástica", em seu primeiro encontro com João Fumaça.

Minha Valdez – A personagem que ajuda a noiva Maria Pinto a se preparar é criação de Jules Verne para o livro *A Jangada – 800 léguas pelo rio Amazonas* (*La Jangada – Huit cents lieuis sur l'Amazone*), publicado em 1881, mas que se passa em 1852, e que, assim como "Tridente de Cristo", trata de um acidentado casamento realizado no Brasil.

Tenente Blomsberry – Não é exatamente um personagem retirado de outra obra, mas é totalmente baseado em dois primos de mesmo sobrenome, um Coronel do Exército e um Capitão da Marinha dos EUA, que surgiram nos livros *De la Terre à la Lune* (*Da Terra à Lua*), de 1865, e sua continuação direta, *Autour de la Lune* (*Ao redor da Lua*), de 1869. As duas obras também foram escritas pelo francês Jules Verne, que inventou o tal sobrenome, aqui ampliado para fazer parte de um verdadeiro clã de soldados a serviço dos Estados Unidos.

Uma missão para Miss Boite

Nikelen Witter

– Sente-se bem, mãe?

Ana Joaquina piscou lentamente antes de responder.

– Não.

– Está enjoada? Seria estranho, pois vosmecê não enjoou a viagem toda – argumentou o rapazote. Ela, no entanto, não teve tempo de responder.

– Sua mãe está ótima, Luís – disse Serafim Magno, aproximando-se da murada do navio. Era um homem alto, maciço, com um daqueles bem penteados bigodes de escova. – Todo este mau humor é porque ela detesta vir à Corte, não é mesmo, minha querida?

A mulher não se voltou para encará-lo. Continuou com os olhos fixos nas vagas, pensando que se sua má vontade com a cidade do Rio de Janeiro fosse todo o problema, ela o resolveria em duas tardes de compras na Rua do Ouvidor. Também preferiu não olhar para Luís Serafim. O filho devia estar a admirá-la com a mesma incompreensão de todos. "Ora, não gostar do Rio de Janeiro", diziam, "como se isso fosse possível?" Olhavam-na como uma insana que babava e, no minuto seguinte, passavam a discorrer as maravilhas da cidade. Ana Joaquina não discordava de nenhuma delas, apenas não gostava do Rio, sem mais. Algo na cidade a deixava tonta e irritada desde a primeira viagem. Depois, quando ela substituiu a mãe na Irmandade dos Cavaleiros do Sol, a sensação apenas piorou. O Dr. Robert Thompson, o *Primeiro* entre os anciões da sociedade secreta (a qual seu marido também pertencia), dizia que isso era fruto do refinamento de sua sensibilidade. Suas palavras eram de que Ana Joaquina jamais haveria de gostar de um lugar onde circulassem tantos traidores. Lembrou-se do velho mago inglês, sentado em seu escritório na capital da província de São Pedro, e falando-lhe, entre uma baforada de cachimbo e outra.

– Eles estão cada vez mais atraídos por nossas grandes cidades, minha cara, como moscas ao melado. Veja: é lá que estamos acontecendo, progredindo. É lá que eles podem ver nossas invenções, conhecê-las, aprenderem o que podem. É onde conseguem observar o gênio humano em sua plenitude. Quando jovem, Londres causava-me a mesma impressão ruim, depois...

– Não sou nenhuma menina, Robert.

– Mas é mulher – respondeu ele.

Ana Joaquina empertigou-se.

– Não me venha com essa conversa de que as mulheres são mais suscetíveis.

O homem lhe deu um meio sorriso.

– Oh, não. Não a insultaria dizendo isso, tampouco à sua inteligência. Falo de... Ora, Ana Joaquina, o fato é que as mulheres perdoam menos. É isso que estou dizendo.

O barco oscilou e Serafim Magno colocou a mão sobre seu ombro direito. O peso da mão grande do marido não a confortou como em outras épocas. Pelo contrário. Ana Joaquina se desviou dele num movimento longo, como se já pretendesse há algum tempo se retirar em direção à cabine.

– Vou descer e me aprontar para o desembarque. Quanto mais rápido formos a terra, mais rápido poderemos partir dela.

Não que Ana Joaquina estivesse confortável com a pequena guerra instalada entre ela e Serafim Magno, porém, também não estava em sua vontade acabar com ela. Seu marido tinha a perfeita noção do perigo que corriam e recusara auxílio. Sabia de seu desgosto em vir à Corte e, ainda assim, os voluntariara para aquela viagem. Sabia que ela achava um desatino trazer com eles o único filho, mas insistira para que o menino os acompanhasse. "Prefiro que Luís Serafim fique sob meus olhos", dissera ele. Pois sim! Há dezesseis anos, o filho mais velho deles, Achilles, estava sob o "olhar" do pai em uma missão da Irmandade no Paraguai e, mesmo assim... Ana Joaquina reprimiu a dor com a habilidade e a amargura que os anos lhe haviam ensinado, mas protelou a saída do camarote até o navio estar devidamente ancorado no porto.

Juntos tinham a aparência de uma família sonhada por um retratista ao descerem a rampa para o cais. Serafim Magno envergava um terno cinza claro, o tipo de coisa que ele gostava de usar para dar ênfase ao próprio tamanho. Luís Serafim usava um terno semelhante e um chapéu com o qual pretendia parecer mais velho. E, mesmo sendo uma senhora de alguma idade, Ana Joaquina era uma mulher de grande impressão. Possuía uma afetação estudada que servia para disfarçar seu mais evidente defeito: o de não baixar a cabeça em nenhuma situação. As pessoas que transitavam por ali, contudo, não pareciam interessadas em examinar o quadro formado pela família do sul. Não quando havia dois carros com motor de combustão interna parados na saída do cais. Um homem de fala empolada que descia a rampa atrás deles, comentou admirado que um protótipo do mesmo estilo estava sendo testado na Europa, mas que jamais imaginara ver algo assim no Brasil.

– Quem será que eles vieram buscar? – perguntou Luís, cheio de assombro.

– Ora "quem"? – trovejou Serafim Magno, com bom humor. – Nós!

O rapazote arregalou os olhos como uma coruja.

– Quer dizer que iremos andar "nisso"?

Luís Serafim nem conseguia expressar o tamanho de sua maravilha. O riso do pai tinha som de satisfação.

– Não viste nada ainda, Luís. Acredite: não viste nada.

Um dos motoristas dos carros se adiantou. Saudou-os com um uniforme de galões dourados, um quepe sob o braço esquerdo e uma reverência quase militar. Era negro e usava botas. O segundo motorista ficou mais trás, como quem não conhece bem o serviço; parecia menos à vontade nas roupas, um pouco maiores que sua figura franzina, tinha olhos baixos e o jeito desconfortável dos imigrantes recém-chegados. Uma carta lacrada foi imediatamente da mão do primeiro motorista para as de Serafim Magno, que a abriu e leu rapidamente.

– Nosso anfitrião nos manda suas boas vindas e lamenta que os negócios não lhe tenham permitido vir pessoalmente. Colocou os automóveis à nossa disposição, bem como os motoristas – ele se interrompeu para dar um breve sorriso para Luís, que parecia a ponto de regredir às palmas de tanto prazer. Voltou a fechar a carta e encarou a esposa. – Ficaremos no palacete da Glória, como se fosse "casa nossa". Palavras dele – frisou. – A carta informa que ele se deslocou para sua chácara nas Laranjeiras, a fim de nos deixar mais à vontade. Excelente, não é mesmo, minha querida?

Ana Joaquina concordou sem a mesma efusividade. O motorista, então, ajudou a senhora e o rapaz a embarcarem no automóvel e foi – juntamente com Serafim Magno e o segundo motorista – desembaraçar as bagagens da burocracia do navio e colocá-las no carro auxiliar.

– Afinal – começou Luís, depois que os homens se afastaram – quem é nosso anfitrião?

Ana Joaquina abriu o leque obviamente impaciente com o clima quente e úmido.

– É um conhecido de seu pai. Seu nome é Fausto de Abarca.

– Quem é ele? – insistiu o rapazote.

– Um homem muito rico.

– Isso eu deduzi pelos carros – retornou Luís.

A mulher deu-lhe um breve sorriso.

– Vosmecê está muito impressionado com isso, não Luís? Mas, acredite, Serafim tem razão: vosmecê ainda não viu nada.

– Fala como se ele fosse mais rico do que foi o Visconde.

– Ah, com certeza. Eu creio que Abarca é ainda mais rico do que Mauá o foi em sua melhor época.

– E como nunca se ouviu falar dele? – Desta vez, o meio sorriso educado de sua mãe veio sem resposta, mas com um olhar cheio de significados que Luís compreendeu. – Parece-me que vosmecê não gosta muito dele.

– Não se trata disso. É apenas... um preconceito.

– Que preconceito?

– Contra homens ricos, cuja origem da riqueza me é desconhecida.

Mãe e filho silenciaram com a aproximação dos dois motoristas, carregados de bagagens, e de Serafim Magno, que se instalou no banco à frente ao lado do volante. Após colocar as bagagens no segundo carro, o motorista negro que os saudara, assumiu a direção do veículo deles e deu ignição. O motor sacolejou e bufou alto, assustando Luís antes de fazê-lo sorrir.

– Menos barulhento que o do Otto, não? – Comentou Serafim Magno alteando a voz para o motorista.

– Meu mestre encomendou alguns ajustes ao Dr. Pena, o inventor do Imperador - explicou. – Ele gosta de mexer nesses pequenos brinquedos. Aliás – o homem olhou para trás – teremos alguma velocidade, senhora, seria bom se protegesse seu chapéu. E, jovem senhor, neste compartimento ao lado do banco encontrará *goggles*, digo, óculos de proteção para todos. Há alguma poeira daqui até nosso destino e creio que vossas senhorias queiram apreciar a paisagem.

O caminho do caís do porto ao palacete da Glória revelou-se mais interessante do que Luís supunha inicialmente. Mesmo seus pais lhe pareceram impressionados com os rumos que a modernização da Corte vinha tomando. Os bondes cruzavam por eles a grande velocidade, mas o motorista, de nome Manoel dos Anjos, disse que, se quisesse, o carro poderia ultrapassá-los ou mesmo apostar uma corrida. Isso, porém, atrapalharia o passeio. A cada rua, a cada novo boulevard, a cada praça, a capital da província na qual Luís nascera e crescera, mais e mais lhe parecia um vilarejo, um quisto de atraso num mundo que já era o futuro. Luís não podia compreender sua mãe, agora mais do que nunca. Como alguém podia não gostar de estar imerso em tudo aquilo? Quase podia sentir a fumaça lhe entrando nas veias junto com a velocidade do automóvel e todo aquele movimento frenético que o cercava. Queria ver tudo ao mesmo tempo e seus olhos não davam conta. Sentia que nunca mais ia desejar ir embora dali.

Essa sensação permaneceu inalterada mesmo depois de estarem já há três dias instalados no palacete. Tratava-se de um sobrado um tanto luxuoso, cheio de confortos inusitados como a presença de um elevador entre seus três andares, luz elétrica em todas as dependências, aquecimento a gás para a água dos banheiros e para as cozinhas. Havia instalação telefônica e aparelhos em todos os cômodos importantes, com exceção dos quartos. Serafim Magno já havia conversado três vezes com Fausto de Abarca pelo telefone. O anfitrião ligara para saber se estavam bem alojados e se os empregados lhes forneciam todo o conforto e suporte necessários. Entre os dois foi marcado um jantar para o terceiro dia de sua estada, quando o anfitrião receberia a família Tolledo Leite em sua chácara, que era vizinha à propriedade de Sua Alteza, a princesa imperial.

A empolgação de Luís com o encontro viu um obstáculo surgir justamente à hora do desjejum do dia combinado. Um dos criados trouxe um envelope que chegara à porta entregue por um mensageiro e estava endereçado à Ana Joaquina. De início, o rapaz deu pouca atenção ao ocorrido, mais ocupado em provar os bolos à mesa. Contudo, alguma coisa na dura da postura do pai e um leve tremor na mãe o fizeram pensar que algo não casual ocorria.

– Está tudo bem, mãe?

– Sim, meu querido. Está tudo bem.

– O que era? – insistiu Luís, apontando para o envelope roxo que jazia entre os dedos de Ana Joaquina. Uma das prerrogativas de seus dezesseis anos era, finalmente, poder inquirir os pais quando estes eram evasivos. Ao menos até que um deles o mandasse se calar.

– Nada de mais. Um contato que eu estava esperando. – Ela largou o lenço de boca sobre a mesa, encerrando o desjejum. – Infelizmente, creio que não conseguirei ir com vocês ao jantar de nosso anfitrião.

Serafim Magno encarou a esposa com alguma surpresa.

– O que diz o bilhete?

– Apenas um horário e um local. Hoje, à meia tarde. Farei o possível – explicou Ana Joaquina – mas, provavelmente, não conseguirei retornar em tempo de acompanha-los até Laranjeiras.

– Creio que isso seria uma grande desfeita ao Sr. Abarca – retrucou o marido contrariado e Ana Joaquina reagiu num tom duro e despropositado aos olhos de Luís.

– Devo lembrá-lo, meu marido, que a ideia de nos colocar nesta viagem não foi minha, mas sua. E que, estando aqui, cada um de nós deve cumprir com seus deveres, os quais não incluem jantares retóricos com Fausto de Abarca no topo das prioridades.

Luís olhava de um para outro sem entender do que falavam. Não era a primeira vez que se deparava com debates misteriosos entre os pais. Também não era a primeira vez que via sua mãe se impor daquela maneira. Ainda assim, era um tanto assustador ver Serafim Magno – que sempre falava alto e aos trambolhões – recuar daquela maneira: calando-se e desinflando. Em vista da atitude do pai, Luís também achou melhor não fazer mais perguntas. Contudo, a curiosidade foi maior e ele não descansou até conseguir colocar as mãos no tal envelope. Teve êxito logo após o almoço, quando os pais se recolheram para o descanso da tarde.

Ana Joaquina havia colocado o tal recado em sua caixa de cartões de visita, deixando-a junto à bolsa, no estúdio que havia ao lado do quarto em que estava hospedada. O que Luís encontrou não acrescentou nada aos seus conhecimentos. O bilhete tinha realmente apenas a indicação do local: Café Paris, o dia e a hora do chá. Impressionou o rapaz o fato de o bilhete estar impresso. Quem se daria ao trabalho de imprimir um simples recado? Junto dele havia um cartão de visitas, branco, escrito (e não impresso) numa desconcertante letra roxa: Miss Boite. E nada mais.

O rapaz ficaria ali, tentando entender como aquele envelope havia provocado a celeuma da manhã, não fossem as vozes alteradas no quarto ao lado. Ele largou imediatamente a caixa de cartões de visita e foi encostar o ouvido à porta que separava os dois cômodos.

– Ainda sou um dos anciões, Ana Joaquina! Deve reportar todas as suas ações a mim.

– Robert é o *Primeiro*.

Serafim Magno fez um barulho semelhante a um rosnado.

– Thompson está a semear a discórdia entre nós, isso sim.

– Ah, essa é nova – ironizou ela. – Então tem dúvidas sobre a correção das atitudes do líder de nossa irmandade? Deveria colocar isso em nossa próxima reunião.

– Não estou colocando as atitudes de Robert em dúvida! Apenas me é difícil entender porque vosmecê tem conhecimentos que se sobrepõe aos meus. Por que ele está a estimular segredos entre nossa gente? E por que é vosmecê o contato desta missão?

– Vamos colocar as coisas em seus reais termos, Serafim, e não nos teus. O lugar que ocupo na Irmandade é o que foi de minha mãe e não o de tua esposa. Esta posição tem prerrogativas que nem mesmo a tua empáfia pode desdenhar. Segundo, vosmecê sabe que todo o segredo existente é somente uma segurança e que, por isso, o contato irá se encontrar apenas com um de nós. Além disso, o contato exigiu que fosse uma mulher a lhe dar as coordenadas da missão. Quer, agora, se acalmar e baixar a voz antes que atrapalhe a missa no outeiro da Glória?

O silêncio que se seguiu foi um tanto constrangedor, ao menos para Luís. Sua mãe era uma mulher determinada, mas vê-la se insurgir com tal veemência, duas vezes no mesmo dia, e ainda saber de seu pai calando, era demasiado estranho. Não se impressionara tanto com a revelação de que ambos participavam de uma sociedade secreta. Já ouvira falar bastante sobre coisas daquele tipo e até sonhava que os mistérios que notava em seus pais tivessem a ver com isso. Contudo, por todos os santos, o Dr. Thompson! Saber que o velho e tranquilo doutor estava envolvido em tais coisas, tinha potencial de deixá-lo impressionado por décadas. A curiosidade de Luís naquele momento era tanta, que ele se disporia a se desfazer de alguns de seus pertences mais queridos apenas para saber exatamente com o que seus pais estavam mexendo. Descartara a maçonaria de pronto, esta não admitia mulheres e, por vezes, os pais levavam os filhos muito cedo para estes grupos o que, provavelmente, o incluiria. Pelo jeito que sua mãe havia falado, a tal sociedade a que pertenciam só admitia um membro a substituir outro. Seu estômago embrulhou e torceu quando pensou que, um dia, ele estaria no lugar de seu pai ou sua mãe, já que seus dois únicos irmãos já eram falecidos.

– Afinal – a voz do pai voltou a trovejar, embora mais controlada, do outro lado da porta – quem é essa Miss Boite?

– Eu realmente não sei. Nem Robert sabe. Ela lhe foi indicada por um dos núcleos da Irmandade na Europa. Ela, digo ela porque, bem...

– O que?

– Ninguém sabe de fato.

– Realmente.

– Ah, sim. Trata-se de uma personagem, imagino, bem peculiar. Miss Boite é tão somente um de seus vários nomes.

Naquele instante, jantar com Fausto de Abarca deixou de ter qualquer interesse para Luís. No entanto, junto com o pai – contrariado e com cólicas de curiosidade – ele seguiu para Laranjeiras naquela tarde, depois de ter visto sua mãe sair no carro com o segundo motorista, em direção às ruas centrais da cidade do Rio de Janeiro.

Ana Joaquina fez questão que o alemãozinho a conduzisse ao centro. O outro era muito mais dono de si e esperto, ladino dos lugares e das pessoas, poderia fazer perguntas que ela não queria. Fê-lo largá-la à entrada da Rua do Ouvidor. Alegando a estreiteza da rua e o excesso de pedestres, ordenou que a esperasse ali.

O Café Paris estava entre os mais frequentados da Rua do Ouvidor, embora não fosse, àquela estação, o número um entre os elegantes, literatos e gentes a quem se deve imitar. Mesmo assim, encontrava-se bastante movimentado. Ana Joaquina confiou que ninguém daria muita atenção a uma velha dama da província e, portanto, sua passagem, não seria marcada por nenhum dos inúmeros fofoqueiros de plantão da rua mais observada e viva de toda a capital. Da porta era possível ouvir os violinos, cujo quarteto estava instalado no fundo do salão. As conversas em burburinho elevado se uniam ao tilintar da louça e, a quem chegava, ficava a impressão de que a sinfonia de sons se desprendia da opulenta iluminação a gás, frente à qual as pessoas pareciam tão menos interessantes. Um garçom se adiantou para receber Ana Joaquina e ela lhe passou o cartão de Miss Boite. O homem pediu que ela aguardasse por um momento, a fim de verificar se sua companhia já havia chegado. Alguns minutos depois, ele retornou e a conduziu em direção ao segundo andar.

Ninguém precisou apontar Miss Boite para Ana Joaquina. Não se tratava exatamente de uma figura discreta mesmo não sendo alta ou exuberante. Numa mesa próxima à janela, sem a menor intenção de não ser vista, a franzina Miss Boite sobressaía-se pela forma de vestir, estudada para solapar sua natureza pouco significativa. Usava roupas inclassificáveis: calças risca de giz, com sapatos masculinos em cor vermelha presos por polainas; um colete marroquino sobreposto por um redingote vermelho escuro, cortado em pelica; ao pescoço, um cravat roxo com alfinete de esmeralda e uma cartola da mesma cor, porém, enfeitada com uma renda negra, absolutamente feminina. O rosto de tez trigueira e singular também era pouco classificável, alternando ares de uma jovem mulher com os de um rapaz.

– Miss Boite? – perguntou Ana Joaquina em tom meramente formal.

– Charlotte, por favor – respondeu-lhe com simpatia enquanto lhe estendia a mão. Um sotaque leve, tão indefinível quanto sua aparência e sua voz, pontuou o cumprimento. – É a senhora Maia, presumo?

Ana Joaquina assentiu ao nome falso e sentou na cadeira que lhe era oferecida pelo garçom. Pediu um chá completo para as duas e dispensou o homem. Ana Joaquina imaginava que se seguiria um silêncio constrangido ao ficar a sós com tão inusitada criatura, porém, Miss Boite parecia impressionantemente à vontade. Ela reforçava sua atitude dândi com movimentos e olhares e saiu no ataque, tão logo Ana Joaquina a encarou.

– Parece um tanto chocada, Sra. Maia. Não sou, obviamente, o que esperava – comentou.

– Imaginava que, com sua atividade, fosse um tanto mais... discreta.

Miss Boite sorriu.

– Enquanto as pessoas olham minhas roupas, preferem inventar exotismos ao meu rosto a prestar real atenção nele.

Ana Joaquina desconcertou-se com a reposta.

– Acha mesmo que, quando estiver "a trabalho", não será reconhecida?

Charlotte molhou os lábios na pequena taça de licor à sua frente com um ar divertido.

– Diga-me, Sra. Maia, pode descrever o garçom que a conduziu até aqui?

– Como?

– O garçom. O homem que gentilmente a guiou da porta de entrada até esta mesa. A senhora seria capaz de descrever seu rosto ou porte ou mesmo a cor ou os traços dele?

A pergunta estonteou Ana Joaquina. Por que ela daria atenção exagerada à fisionomia de um serviçal? Isto somente aconteceria se fosse muito necessário, ou se a criatura em questão fosse, de algum modo, chocante. Contudo, sua inteligência lhe dizia que Charlotte estava correta em sua aposta. Afinal, seu trabalho era, justamente, não despertar a atenção de gente como Ana Joaquina.

– Eu posso lhe garantir, Sra. Maia – principiou a outra, bastante satisfeita com sua inaptidão para responder a pergunta. – Esta mesma incapacidade de lembrar, ocorre em relação à minha pessoa quando estou trabalhando. Agora – ela aprumou o corpo – vamos aos negócios: o que a senhora e seus amigos querem que eu apanhe e com quem?

A chegada do chá atrasou a resposta de Ana Joaquina que, desta vez, fez um esforço consciente de remarcar o rosto de cada serviçal.

À saída destes, ela foi clara e objetiva, deixando a voz abaixo do burburinho do salão.

– Queremos uma pedra, uma... joia. – Ana Joaquina estendeu um desenho de um camafeu que contava com um rubi em losango sobre uma armação em metal.

Charlotte olhou com atenção. Depois, abriu o casaco e dele retirou um par de óculos estranhos, com lentes coloridas e o colocou sobre os olhos. A jovem criatura – apesar dos modos e do nome, ainda era difícil simplesmente chamá-la de mulher – analisou detidamente a imagem sob o auxílio de suas lentes esverdeadas, por fim, dando-se por satisfeita, retirou os óculos e devolveu o material para Ana Joaquina. A mulher mais velha continuou a dar as informações.

– A joia chegou da Europa há pouco. Está, no momento, em poder do Conselheiro João Alfredo Correia. Estivemos monitorando para saber se ele daria essa pequena peça à esposa ou para alguma amante. Como ele não fez isso, imaginamos que ele pretenda passá-la adiante. Precisamos da joia antes que isso aconteça.

– E o que é esta pedra, afinal?

Ana Joaquina registrou ela ter nomeado a pedra e não a joia, mas manteve a fleuma.

– Eu lhe disse, é uma joia valiosa.

Charlotte lhe deu um sorriso muito feminino e se inclinou para explicar com estudada paciência.

– Sra. Maia, eu já estou a tempo suficiente na ativa para saber que não se contrata um profissional do meu gabarito para roubar um simples camafeu.

Ana Joaquina não esperava ser colocada na berlinda daquela maneira. Não tinha dúvidas de que a criatura com que lidava era uma especialista na arte, mas ninguém lhe havia avisado o quanto. Por conta disso, resolveu não se fazer de tonta.

– Sejamos francas, Charlotte. O que vosmecê sabe e o que quer saber?

Miss Boite se jogou para trás na cadeira, abriu um porta-cigarrilhas e de lá tirou uma que prendeu em uma piteira de marfim antes de acender. Só respondeu depois da primeira baforada, olhada com desaprovação pelas damas sentadas no mesmo salão.

– Sei que há grupos, como ao que vosmecê pertence, espalhados pelo mundo todo e que todos estão preocupados. Também sei que esta preocupação vem aumentando nos últimos 100 anos, junto com o aumento da tecnologia. Sei que vocês querem barrar a saída desta tecnologia para... o outro plano.

Desconfortável, Ana Joaquina reprimiu a vontade de mandá-la se calar e endireitou a coluna. Todos os segredos, tudo o que ela, sua família e companheiros guardavam por incontáveis anos parecia jorrar da boca daquele... daquela dândi descuidada.

– Eu também posso lhe dizer que há pontos de vazamento, Sra. Maia. Gente que deveria trabalhar para barrar o acesso dos outros à tecnologia humana, porém, faz exatamente o contrário e a vende.

– Os pontos de vazamento têm sido sistematicamente sanados – retorquiu gelada, Ana Joaquina.

– Está completamente certa disso? – Charlotte encarou-a num desafio. – Há um justamente no *seu* grupo, Sra. Maia.

A sensação era de estar frente a frente com o próprio diabo: jovem, arrogante e em roupas coloridas; mas o diabo, com toda a certeza.

– Como sabe tanto?

Charlotte deu de ombros.

– Eu pesquiso antes de entrar em cada trabalho, Sra. Maia. E já trabalhei com mais de um grupo como o seu. Não, não sou uma iniciada, mas sou capaz de juntar dois pontos em uma linha reta ou vários pontos em um mapa de territórios invisíveis bem interessantes.

Mesmo tendo parado há muito de tomar seu chá, Ana Joaquina engasgou. Charlotte deu uma longa tragada em sua piteira, enquanto a outra se recompunha.

– Por que não tornou isso público? Por que não...?

– Sra. Maia, eu não sou do tipo de pessoa que quer "esse" tipo de fama. Não é bom para o meu negócio colocar meus clientes em maus lençóis. Isso inviabilizaria o meu trabalho e o meu lucro. E, posso lhe assegurar, eu gosto muito de ambos.

– Miss Boite, eu não estou habituada a lidar com mercenários, mas sei como agem. Como posso confiar nas coisas que me diz?

– Bem, eu imagino que isso seja bem simples para uma mulher inteligente como a senhora. Fui-lhe indicada porque sou confiável, porque honro meus compromissos e porque se assim não fosse, seus amigos, os mesmos que lhe deram meu contato, já teriam me matado. Sou boa no que faço, Sra. Maia, mas não sou *imortal.*

As palavras causaram efeito, mas Ana Joaquina se recuperou rápido e respondeu no mesmo tom afável e ameaçador que, tantas vezes vira Serafim Magno usar.

– Não, com certeza que não.

Charlotte deu de ombros.

– Bem, se estamos esclarecidas, eu gostaria de saber mais sobre a tal *pedra*. Tenho o capricho de querer saber exatamente o que estou roubando. É um código de ética próprio, mas é um código. Não gosto de roubar coisas cujo lucro se resume a criação de problemas. Então, vamos parar de falar na joia e nos determos na pedra, que é o que importa.

Ana Joaquina pensou um pouco e retornou no assunto.

– Eu dobro o seu pagamento.

Charlotte ergueu as sobrancelhas maquiadas.

– Para que eu não faça perguntas?

– Não. Pode fazer quantas perguntas quiser, eu as responderei. O que quero é saber quem é o responsável pelos vazamentos de tecnologia humana para o outro plano em meu grupo. Creio que suas habilidades investigativas também são préstimos vendáveis, pois não?

A outra tamborilou as unhas bem feitas sobre o guardanapo de linho branco.

– Não tenho nenhum nome para lhe fornecer no momento.

– Mas é exatamente por isso que eu pretendo pagar. Estou dobrando seu pagamento e o seu trabalho. A pedra e o traidor.

Charlotte pensou menos do que Ana Joaquina esperava.

– Está certo – confirmou. – Eu lhe darei o nome do seu traidor, 24 horas após lhe entregar a pedra.

– Por que esse tempo?

– Porque é o tempo que ele ou ela levará para tentar roubar a pedra da senhora. – Fez uma pausa, inclinou o corpo para frente e insistiu. – Agora, que diabos é essa tal pedra?

– A chave para uma arma – respondeu Ana Joaquina, cujo cérebro atônito ainda lutava contra os termos daquela conversa. – Uma arma que pode ser usada contra toda a humanidade. Uma arma a nos devolver a infância do homem, aos lamentos, ao medo, à incerteza. Uma arma capaz de nos trazer de volta o medo do trovão, de nos fazer cordeiros. Uma arma que, independente de estar nas mãos erradas ou certas, é apenas a semente do caos. Tudo o que crescemos enquanto espécie, tudo o que lutamos para construir em termos de conhecimento, toda nossa caminhada em direção a um brilhante futuro de paz e entendimento será abortado. Os crentes desejarão que o sopro da vida não lhes tivesse sido dado. Os partidários do professor Darwin sentirão inveja dos símios. Fui clara?

– Eu diria que foi bem ilustrativa, mesmo não me dizendo que tipo de arma é.

– Eu não a impressionaria com a descrição. Por isso, achei melhor que entendesse o seu potencial.

A outra a encarou com firmeza por um instante.

– Terá sua pedra, Sra. Maia.

Em torno de uma hora depois, quando Ana Joaquina já retornava ao palacete da Glória sacudindo no carro de Fausto de Abarca, a conversa ainda a incomodava. Havia dias como aquele, em que ela mergulhava tão fundo nas verdades encobertas e não ditas do mundo, que, mais do que nunca, ela compreendia o quanto ser ignorante de tudo aquilo poderia ser uma benção. Ainda assim, preferia ser ela uma das sabedoras e não outra pessoa qualquer. Não confiava na reação da maioria dos humanos o suficiente para acreditar que, se o véu caísse, a civilização ficaria intacta. A Irmandade dos Cavaleiros do Sol fora fundada para atuar no novo mundo no século XVI, seu trabalho era garantir a segurança de vários portais que conduziriam aos *Territórios Invisíveis*, plano de existência paralelo à realidade conhecida. Uma sociedade secreta cuja missão – evitar a qualquer custo o contato entre os dois planos – se colocava acima das vidas ordinárias do indivíduos. Ana Joaquina crescera acreditando nisso. Sua mãe a educara para pensar daquela maneira e para acreditar que o mundo, tal qual ela conhecia, se esfacelaria se o portal, cuja chave era aquele rubi, fosse aberto.

À noite e o dia seguinte mal permitiram que ela conversasse com Serafim Magno, os dois se tornaram prisioneiros do entusiasmo do filho com tudo o que vira na chácara de Fausto de Abarca. O novo herói de Luís era o mais inteligente, o mais agradável, o mais generoso – Ana Joaquina suportou os "mais" o quanto pode – levando em consideração a juventude e impressionabilidade do filho. Contudo, lhe era difícil pensar ou embarcar em toda aquela celebração festiva de uma riqueza mal documentada Sua cabeça estava ocupada com outra coisa: com o roubo. Com quando e como seria. Se ela ouviria ou não falar dele. Uma queimação na boca do estômago passou a ser sua companheira dia e noite.

Dois dias depois, Fausto de Abarca veio visitá-los. Os criados haviam sido avisados pelo telefone e corriam pela casa como moscas desde o início da manhã. Um lauto almoço foi servido nos jardins do palacete e Ana Joaquina pode, finalmente, conhecer o tão falado anfitrião. De fato, não poderia censurar o entusiasmo do marido e do filho por Abarca. Poucas vezes se deparara com um homem tão encantador em toda a sua vida. Se fosse político seria, certamente, eleito para qualquer cargo. O anfitrião riu deste comentário e lhe disse que o poder dos cargos não o seduzia. Depois, os convidou para irem ao Imperial naquela noite, assistir à lírica que se levaria lá.

A noite avançava cedo para o padrão da família sulista e, pelas 17h, já precisando ligar os faróis do carro, o grupo partiu para a noitada. A presença de Abarca teve o condão de fazer com que Ana Joaquina relaxasse um pouco. O teatro faria o resto, imaginou. Então, logo à entrada, quando subiam as escadas, seu anfitrião parou para cumprimentar um homem que chamava mais atenção pela solicitude das pessoas a sua volta, do que por sua figura pouco impressionante. Abarca foi muito bem recebido pelo outro, que lhe apertou a mão. De um jeito muito natural, Fausto cavalheirescamente se inclinou sobre a mão da esposa do homem e, depois, introduziu seus convidados na conversa.

– Imagino que não conheçam pessoalmente o Conselheiro João Alfredo Correia de Oliveira? – começou Abarca fazendo com que Ana Joaquina estremecesse.

Seu ouvido mal acompanhou a sequência dos cumprimentos e sua resposta às perguntas feitas deve ter sido tão automática e tola que, abençoadamente, Serafim Magno assumiu a frente da conversação. Ficou de tal forma absorta nas inúmeras possibilidades advindas daquele encontro que, quando se deu por conta, já estava acomodada no camarote do teatro. O Conselheiro e a esposa ocuparam uma frisa praticamente em frente à deles. Bebidas foram servidas no fundo do camarote e Luís observava cada movimento escorado ao balcão, traindo sua índole de menino quando arregalava os olhos para algumas belas criaturas que circulavam na plateia. Num tempo que Ana Joaquina não saberia dizer se longo ou curto, o espetáculo começou, sem que ela pudesse lhe prestar atenção. Estava com uma aflição contínua. Se a pedra estivesse na casa do Conselheiro, então, aquele era o melhor momento para Charlotte agir. Talvez, já estivesse agindo. Naquele instante! Mas, e se ele a portasse consigo? Por todas as coisas sagradas, será que ela agiria ali? Será que usaria a multidão para se aproximar e o surrupiaria como um hábil batedor de carteiras? Estaria disfarçada? Como? Começou a olhar para os lados e, de súbito, se lembrou do comentário de Charlotte sobre os serviçais. Era isso? Em ato reflexo, passou a usar seus binóculos para avaliar os garçons que circulavam entrando e saindo de camarotes para colocar bebidas e levar charutos e cigarros. Contudo, teria ela capacidade para reconhecer Miss Boite? Depois do encontro das duas, Ana Joaquina duvidava.

– O que é aquilo? – perguntou Luís.

Ela demorou um pouco a notar que o filho se referia à orquestra. Um grupo, no meio dos sopros, erguia-se e, literalmente, engatilhava os instrumentos apontando-os para o público. As flautas viraram canos de tiro e sob os pistões foram acoplados tambores de balas. O mesmo para os oboés, só que com balas maiores. Os clarinetes ganharam tal peso que os "músicos" (ou sabe-se Deus o que eram) os colocaram sobre os ombros. Foi de um fagote que saiu o projetil em direção ao teto do teatro e calou o dueto entre a soprano e o tenor, substituindo-os por um coral de gritos. Um megafone de Edison apareceu em um dos cantos do palco, empunhado pelo que, à primeira vista, parecia ser um mero ajudante de cena.

– SILÊNCIO! – A voz pesada calou a todos, que também pararam de se levantar e tentar sair do local. O homem sobre o palco pareceu satisfeito. – Meus prezados senhores e senhoras, perdoem-nos por interferir no espetáculo (os que não são fãs de Massenet podem me agradecer depois). Isto – anunciou com calma – é um assalto. As saídas estão, neste momento, resguardadas por homens deste grupo vestidos de policiais, e há armas aqui que podem matar mais de uma pessoa de uma única vez. No entanto, é claro, se todos colaborarem, não haverá qualquer prejuízo. Peço aos distintos cavalheiros e damas que tenham em mente suas vidas e dos que os aguardam em suas casas. Aos preocupados com o destino de seus pertences saibam que eles não irão auxiliar a libertação de nenhum escravo, nem no financiamento de qualquer revolução, mas somente em nossa fuga e bem estar. Agora, por gentileza, nossas belas cantoras do coral, sob a escolta de um dos nossos, irão recolher suas joias e dinheiros. Muito obrigado.

Os movimentos duros e mudos da plateia ressoavam como bigornas. Um uníssono de respirações pesadas e cheias de medo lembrava uma enorme fera acuada. Serafim Magno puxou Luís por um braço e se aproximou de Ana Joaquina, colocando ambos um pouco atrás dele. Abarca permaneceu sentado, tenso, os olhos fixos nos movimentos da ala armada da orquestra. Não demorou muito para que uma pequena e amedrontada moça do coro entrasse no camarote, segurando uma bolsa negra, já cheia pela metade. Parado à porta, um "clarinetista" barbudo, com um par de óculos grossos, mantinha o clarinete engatilhado e os olhos vagueando de um a outro dentro do camarote. A jovem tremia muito e chegou a tropeçar ao passar por entre as cadeiras acomodadas no balcão, quase caindo sobre a família Tolledo Leite. Apiedada da pobre garota, Ana Joaquina entregou suas joias rapidamente, não eram muitas e nem tão valiosas; depois foram os relógios de algibeira de Serafim Magno e Fausto de Abarca, de quem levaram também o anel de rubi e o alfinete de gravata com ponta de diamante. As abotoaduras de ouro dos três homens foram igualmente colocadas dentro da sacola. Terminada a limpa, a moça saiu murmurando um agradecimento, provavelmente por eles não terem tentado qualquer tipo de reação. A porta foi fechada e trancada na sequência.

– Como eles imaginam sair daqui? – murmurou Serafim Magno para Abarca, segurando a custo a voz de trovão e a indignação. – São muitos? Como acham que irão se safar?

Abarca negou com a cabeça.

– Não tenho ideia, meu amigo. Jamais vi em minha vida uma ação tão ousada.

Os ladrões foram rápidos apesar de terem o teatro apenas para si. O público em geral, atordoado, colaborou. Alguns coronéis fizeram ameaças e se ouviu uma ou outra voz alterada. Um militar de baixa patente quis bancar o herói e levou um fagote na cabeça, caindo desacordado. Não houve mais incidentes. Os ladrões, por fim, reuniram-se no palco, deixando as assustadas moças do coro junto ao restante idôneo da orquestra que era mantida em seu fosso de trabalho, rendida pelos instrumentos-armas. Ao todo, o grupo de assaltantes devia somar umas vinte pessoas e Ana Joaquina percebia ali, homens e mulheres, que estiveram dissolvidos entre a criadagem do teatro e a orquestra, os vestidos de policiais continuavam junto às saídas. O homem do megafone – que permanecera todo o tempo no palco –, junto com um cúmplice, arrastou ao centro do tablado um volume grande, sobre rodas e coberto com um pano, que ele logo desvelou. Um enorme relógio – que antes fizera parte do cenário – estava ligado a uma porção de engrenagens e tiquetaqueava segundo por segundo. O homem ergueu novamente o megafone à boca.

– Este dispositivo se encontra ligado a uma pequena bomba instalada em cada porta de camarote. Se uma dessas portas for aberta antes do relógio bater 10 horas da noite, as bombas explodirão em cadeia, bem como esta que se encontra atrás do relógio. No entanto, se todos sentarem e aguardarem calmamente, as bombas desarmarão no instante em que o relógio soar a última badalada. Bem, senhores e senhoras, de nossa parte, isto é tudo! Eu desejaria uma boa noite, mas... não costumo ser irônico.

O debochado ladrão fez uma curta reverência e um sinal para os comparsas, em instantes, os vinte e poucos haviam sumido pelas coxias. Demorou alguns instantes até que um rapaz da plateia ousou ir até o grande relógio. Alguém o mandou ficar quieto e ele retrucou ser estudante de engenharia. Depois de segundos intermináveis, ele puxou um fio e o relógio parou de funcionar. Como nenhuma bomba explodiu, soaram gritos de viva e as portas foram arrombadas. O povo se amontoou correndo para fora do teatro sem qualquer organização ou civilidade. Ana Joaquina e os outros navegaram empurrados pelo mar de gente até as grandes portas e puderam ainda assistir um último atrevimento dos ladrões. O grupo escapulia do centro da capital em um enorme aeróstato, o qual – temeram os que estavam no chão – parecia armado como um navio de esquadra de guerra. A parte inflável era cinzenta, podendo sumir com facilidade no céu que se preparava para chuva. Contudo, foram os propulsores, que com duas impressionantes labaredas fizeram o dirigível sumir na distância, que causaram gritos de admiração entre os assustados chiques do Rio de Janeiro.

A guarda imperial não tardou e logo deu início às diligências. Palmilharam o teatro centímetro por centímetro como se os assaltantes ainda estivessem lá. Fizeram as mesmas perguntas a cada uma das pessoas presentes (mais de uma vez), o que, obviamente, levou horas. Ao cabo de tudo, além do trauma do susto, homens e mulheres jaziam exaustos pelas escadarias, sentados ou escorados em seus coches e alguns carros, aguardando serem finalmente liberados para irem para casa.

Os Tolledo Leite e seu anfitrião se encontravam nesta situação, sentados nos bancos do carro, quando Ana Joaquina observou o Conselheiro João Alfredo se aproximar agitadíssimo de um dos praças. Sua atitude era tão destemperada que Abarca pediu licença e foi até ele. Voltou algum tempo depois, com o semblante fechado.

– O Conselheiro foi roubado.

Serafim lançou lhe um olhar cheio de ironia, Ana Joaquina levou a mão ao peito pressentindo o que ouviria e Luís não se conteve.

– Todos fomos, Sr. Abarca – disse num misto de exasperação e indignação.

Fausto baixou a voz.

– Não foi algo que ele entregou aos assaltantes. Trata-se de uma peça muito valiosa que ele havia conseguido manter escondida consigo. Porém, agora a pouco, deu-se por conta que sumiu de seus bolsos.

Serafim e Luís pediram detalhes, enquanto Ana Joaquina procurava um leque em sua bolsa para dissimular a súbita falta de ar. Assim que o puxou para si, meio atabalhoada, percebeu algo brilhante contra o fundo de tecido escuro. Seu coração falhou um compasso. Tentando não chamar a atenção sobre si, ela procurou um ângulo que permitisse que a luz das ruas incidisse dentro da bolsa para ela ver o que era. E, santo Deus, *era*! Estava lá! O camafeu e sua pedra em losango cor de sangue.

Ana Joaquina gostaria de poder desmaiar como uma dama elegante de folhetim, mas isso nunca ocorria. Sua palidez e confusão foram, felizmente, interpretados como cansaço. Abarca se apressou em pedir que os liberassem de uma vez, levando-os, em seguida, para casa. No caminho até o palacete, as ideias atormentavam Ana Joaquina, cuja mente não parava de revisitar a noite tentando localizar o momento em que a "mágica" daquele desaparecimento/aparecimento havia ocorrido. Quando os portões do palacete se abriram para a entrada do carro, seu cérebro formalizou o que ela até então recusara por achar demais. Tudo aquilo, o assalto, a "cena" do grande roubo, tudo fora armado para desviar a atenção. Respirou fundo, mal podendo crer, mas era assim que lhe parecia e, não era tola: seu único contato com Miss Boite a deixara segura de que aquela criatura era capaz de qualquer coisa. Do mais espalhafatoso ao mais discreto. E ela usara ambos.

Foi uma eternidade até que pudesse ficar sozinha com Serafim Magno e dividir com ele o fardo. Tanto a pedra quanto suas conjecturas impressionaram o marido que, no entanto, ao invés de se afundar na pouco prática elucidação de como aquilo fora feito, preocupava-se em pagar o trabalho e, mais importante, manter a pedra em segurança. Juntos eles traçaram um plano. Na manhã seguinte, Serafim Magno iria ao Banco e autorizaria a segunda parte do pagamento para a conta cujo número lhes fora fornecido nos primeiros contatos. Também compraria uma joia para a esposa e um pequeno cofre, a fim de dissimular o transporte da pedra. Ana Joaquina temeu a ideia, mas o marido acalmou-a. Teriam de lhes roubar toda a bagagem para poder encontrar o tal cofre. Contudo, dentro dele, seria possível dissimular o que era realmente valioso.

No dia seguinte, os dois seguiram com o plano. Ana Joaquina passou o dia ensofrega, mal aguentando a ansiedade. Chegou a perder a paciência com Luís nas duas vezes que ele veio lhe perguntar se havia algo de errado. Serafim foi à cidade com o carro guiado pelo jovem alemão e retornou ao palacete por volta das duas horas da tarde. Ele e a mulher se trancaram no quarto do casal, o que deu em Luís comichões de ir escutar atrás da porta. A chegada de Abarca para uma visita, porém, acabou fazendo com que ele desse desculpas pelos pais e fosse conversar com o anfitrião. Algo lhe dizia que aquele não era o momento para que os dois fossem interrompidos.

Serafim Magno passou o resto da tarde fazendo modificações no cofre para que o mesmo pudesse transportar de forma oculta a pedra, revelando, à primeira vista, somente o colar e brincos que comprara para a mulher. Exaustos e tensos, os dois se juntaram a Luís e Fausto de Abarca para o chá. Os acontecimentos da noite anterior foram a desculpa do descanso prolongado da tarde e do fato de ainda estarem abatidos. Com o passar das horas, no entanto, o casal Tolledo Leite foi ficando mais tranquilo, embora Ana Joaquina soubesse que as coisas ainda não estavam encerradas. Havia uma parte da negociação que guardara apenas para si e ansiava pelo fim do prazo que lhe fora dado por Miss Boite para revelar o traidor. Isso significava que seria naquela noite e apenas este pensamento era o suficiente para lhe causar pavor.

No entanto, não chegou nenhum bilhete, nenhuma informação. O jantar veio e se foi e a agradável companhia de Fausto de Abarca partiu para as Laranjeiras. Ele voltaria em dois dias para se despedir, antes de a família embarcar para o sul. Todos se recolheram, mas Ana Joaquina não tinha condições de dormir. Ao se dar por si, vagava pela casa como uma alma penada, procurando ar na noite abafada e úmida da corte. Acabou por abrir a janela da varanda, a fim de secar o suor que se acumulava nela, tomando um pouco de vento fresco. Tinha dado alguns passos pela ampla sacada quando um movimento quase a matou de susto.

Próximo a uma das grandes floreiras de rosas, o jovem motorista imigrante a encarava com um olhar muito diferente daquela postura amedrontada e subserviente que ela notara em sua chegada ao Rio. O homem andou em sua direção de um jeito solto, com uma sensualidade displicente, como se estivesse diante de uma presa certa. Ana Joaquina se preparou para gritar.

– Eu sabia que acabaria por encontrá-la, Sra. Maia. – A voz, o sotaque leve, a entonação, Ana Joaquina tropeçou sem sair do lugar.

– M-miss Boite?

A criatura sorriu.

– Fiquei feliz que tenha aparecido. Iria me sentir um colegial apaixonado, caso tivesse de tocar pedrinhas em sua janela.

– C-como? – perguntou Ana Joaquina ainda sem encontrar a voz.

– Isso? – Charlotte Boite apontou para si. – Tenho este emprego desde uma semana antes de sua vinda. – É tranquilo. Para os trabalhos que todos acham importantes, chamam o Manoel e eu fico de folga. Para os de fundamento real, chamam o imigrantezinho boçal – completou com um sorriso.

– Você me levou ao nosso encontro.

– E o garçom pediu que a senhora esperasse enquanto eu terminava minha produção habitual – respondeu com tranquilidade.

Ana Joaquina ainda não conseguia acreditar. Olhava e não podia crer no que via. Fora a altura e o corpo franzino, Miss Boite e o motorista que ela conhecia não podiam ser mais diferentes. A criatura tirou o porta cigarrilhas do bolso interno da libré, e dela sacou um bastonete, que acendeu com habilidade.

– Quando se sentir em condições, senhora, podemos conversar sobre o assunto que me trouxe aqui.

A mulher compreendeu e tratou de colocar sua cabeça em ordem. Como a bizarra Miss Boite realizava seus feitos não era de sua conta, porém, saber se ela cumprira a segunda parte de sua missão, sim.

– Pode me dizer então se tem o nome do traidor?

– Sim – Charlotte tragou o cigarro apoiando o corpo em uma das pernas. – Minha pergunta é se revelando esse nome, eu ainda serei paga.

– Não costumo falhar com minha palavra.

– Bem, eu espero que compreenda, senhora, como já lhe disse: estou há tempo suficiente no ramo para saber que algumas pessoas, quando não gostam da mensagem, se vingam do mensageiro.

– Seja explícita. Terá seu pagamento de qualquer forma. Eu o autorizarei amanhã mesmo e você será responsável por me levar ao banco. Estamos acordadas? – Enquanto falava, a mente de Ana Joaquina funcionava. Andava por labirintos nos quais ela teimava em fechar as portas que davam para a resposta. Sua voz, contudo, se tornara aguda traindo-a.

– Sim, estamos.

– Então, diga!

Charlotte olhava seu desespero quase com pena.

– Precisa mesmo ouvir o nome?

Os joelhos de Ana Joaquina falharam novamente e Charlotte precisou ampará-la para que não caísse sentada.

– Estou bem, estou bem! – respondeu exasperada. – Como?

– A pedra já não está mais com vocês.

– Eu a vi quando ele voltou.

– Seu marido não se livrou dela no centro. Ele nem sequer a tirou desta casa, apenas a entregou ao seu anfitrião, depois do jantar.

– Mas...

– Há uma réplica perfeita no cofre. E é esta que levarão para o sul. A verdadeira, já está fora do alcance da Irmandade de vocês. Sinto muito, senhora. Eu tinha algumas suspeitas, mas não imaginava que Fausto de Abarca tivesse cooptado o seu marido, até vê-lo pela cidade hoje.

– Podia tê-lo impedido!

– Eu teria revelado a mim e a senhora.

Ana Joaquina se afastou dela furiosa.

– Que fosse! A posse da pedra é muito mais importante!

– E meter-me com Fausto de Abarca frente a frente? Isso têm custado mais vidas do que a senhora poderia contar. Sou uma ladra, madame, não algum tipo de heroína. Devo lembrá-la que gente morta não faz compras na Rive Gauche, nem investe em dirigíveis. – Ana Joaquina bufava. – Escute-me, senhora, eu tenho o maior respeito por sociedades como a sua e pelo que fazem, mas não estou nem perto de querer me arriscar por vocês. Cumpri minha parte do nosso trato e quero saber se cumprirá a sua.

Os punhos de Ana Joaquina estavam presos e ela pensava. Nunca pensara tanto, nem tão rapidamente. O labirinto tinha agora todos os caminhos abertos, mas ela estava sozinha. Charlotte esperou que o controle viesse, e veio.

– Cumprirei minha palavra tal qual lhe disse que faria. – O rosto claro do jovem imigrante, e que sabe Deus como era na realidade, lhe pareceu satisfeito. – Uma pergunta: vosmecê tem condições de reaver esta pedra?

– Roubar Abarca? Senhora, se minha atual ousadia não decretar minha morte, estarei satisfeita. Acredite, depois que ele colocou as mãos na pedra, pouco se pode fazer, mesmo alguém com meus recursos.

Por um instante, tudo o que Ana Joaquina queria era se sentar em algum lugar e chorar. Sentia-se vencida, atraiçoada, ferida, todo o tipo de sujeira infame se entranhando nela, subindo por seus membros, obstruindo poro por poro. Estava só. Completamente só.

Charlotte aproximou e colocou a mão em seu ombro.

– Sua desolação é compreensível, senhora.

– O que pode saber?

– De traição? Ninguém a conhece melhor que os ladrões, isso posso lhe garantir. Contudo, também posso lhe garantir uma coisa: poucas mulheres me causaram a impressão que a senhora causou. Se há alguém com força suficiente para reorganizar tudo isso, esse alguém é a senhora. Eu tenho certeza.

Os olhos de Ana Joaquina refletiam a incredulidade de quem ouvira o que gostaria de ouvir, mesmo sabendo que não era verdade. Porém, Miss Boite estava tão firme, tão poderosa em sua crença, naquela sabedoria própria de uma juventude mais experiente do que gostaria. Ana Joaquina se sentiu pequena, uma velha ingênua cuja vida sempre fora protegida: pelo marido, por Robert que idolatrava sua mãe, por sua mãe... por sua mãe! Algo explodiu dentro dela. Sabia exatamente como agir agora. Agiria tal qual sua mãe.

– O que sabe sobre Abarca? – interpelou Charlotte.

– Que ele é rico, perigoso, quer coisas que ninguém entende e que quem se envolve com ele ou cede ao que ele quer, ou morre.

Ana Joaquina endireitou a coluna.

– Pagamos o que pedir para investigá-lo, resguardada sua segurança, lógico. Qualquer informação, não importa. Aceita?

A outra pensou sem pressa, antes de responder.

– O que posso dizer? O risco é meu vício.

Ana Joaquina lhe estendeu a mão e as duas trocaram um aperto firme. A mulher mais velha pediu licença, disse que tinha muitas coisas a acertar e que precisava escrever uma carta para o líder de sua Irmandade.

– Posso lhe perguntar o que pretende contar? – questionou Charlotte num ímpeto de curiosidade, misto com um leve receio de uma má propaganda de seus serviços.

– A verdade, é claro. Robert precisa saber que a pedra não voltará ao sul por nossas mãos.

– E sobre o seu marido?

Ana Joaquina já começara a caminhar em direção às portas duplas da varanda e não parou para responder.

– Ele também não voltará ao sul.

Mecanismos precários
Luiz Bras

EU OS IMAGINO NO final do século 19, devastando a cidade.

Ele pode ser negro, amarelo, vermelho ou branco. Ela também pode ser negra, amarela, vermelha ou branca. Tanto faz. Para o propósito desta narrativa não importam muito as categorias do velho conceito antropológico de *raça humana*, hoje em desuso graças às pesquisas genéticas.

Então, por que não combinar as possibilidades? Ou as impossibilidades sociais do final do século 19?

Ele pode ser negro e ela, amarela. Ela pode ser branca e ele, vermelho.

Eu os imagino jogando uma partida de xadrez. Ou numa batalha titânica primeiro em alto mar, depois na terra, depois no ar.

O idioma falado também não importa muito. Mesmo se ela for japonesa, indiana, queniana, alemã ou argentina e mesmo se ele for australiano, chinês, egípcio, francês ou mexicano, para o propósito desta narrativa os dois falarão português.

Eu os imagino jovens e bonitos. Disso não abro mão: da juventude e da beleza.

Pensando bem, eles não precisam ser necessariamente jovens e bonitos pra mim ou pra você, desde que *pareçam* jovens e bonitos aos próprios olhos.

Os dois não são Abelardo e Heloisa ou Romeu e Julieta – lembre-se, estamos no final do século 19 –, mas estão perdidamente apaixonados um pelo outro.

O amor é o filtro que modifica tudo, aperfeiçoando a idade e a aparência até mesmo de ogros e ciclopes.

Eu os imagino bem-vestidos, bem-educados e afetados.

Para o propósito desta narrativa não importa se ela é uma caiapó, uma axânti, uma tchetchena ou uma sefardi.

Tampouco importa se ele é um mongol, um malê, um persa ou um esquimó.

Para o propósito desta narrativa, seja de que etnia forem, eu os imagino bem-vestidos, bem-educados e afetados, vivendo numa metrópole industrial do final do século 19.

A partida de xadrez pode estar sendo disputada num amplo salão de festa, num magnífico jardim ou no terraço de um luxuoso edifício.

Essa partida é na verdade apenas uma analogia literária. Ela representa todos os embates dualistas do universo: masculino versus feminino, razão versus emoção, dia versus noite, vida versus morte, bem versus mal.

Antes de você xingar este narrador, antes de você me chamar de misógino maniqueísta filho da puta, saiba que não foi escolha minha alinhar à esquerda *masculino*, *razão*, *dia*, *vida* e *bem* e à direita *feminino*, *emoção*, *noite*, *morte* e *mal*.

Se quiser enforcar o verdadeiro culpado, enforque a verossimilhança. Eu apenas estou reproduzindo a mentalidade de uma metrópole industrial do final do século 19.

Eu imagino o homem jogando com as brancas. A partida já está na metade. Eu o imagino avançando sua única torre para a sexta casa do rei e dizendo:

Xeque.

Eu imagino esse homem enfiando furiosamente a proa de seu transatlântico a vapor, batizado de SS Great Western, no casco desguarnecido do transatlântico da mulher, batizado de SS Great Eastern.

O xeque e o choque são apenas analogias, é claro. Mas a fúria do homem é real.

Ele xinga e atira coisas na parede.

Ele diz:

Outro homem. Você foi pra cama com outro homem, seu corpo foi beijado e penetrado por outro homem. Essa traição eu não perdoarei jamais. Você perdeu sua dignidade. Agora eu estou perdendo a minha apenas conversando com você, apenas respirando o mesmo ar. Em breve todo o Ocidente também perderá a dignidade, se você insistir em continuar respirando. O que será do Ocidente, fala pra mim? As pessoas não terão coragem de sair de casa. Não haverá mais reuniões nem confraternizações. A histeria e a melancolia cobrirão as cidades com uma nuvem negra. Os animais domésticos serão as primeiras a morrer sufocados. Depois as crianças.

Eu imagino a mulher jogando com as pretas. Eu a imagino recuando seu único bispo para a quinta casa da rainha e dizendo:

Xeque.

Eu imagino essa mulher puxando uma alavanca no painel de controle de seu navio a vapor. Eu imagino o movimento das engrenagens e dos eixos rotativos, a longa lança de um guindaste descrevendo um semicírculo e arrasando a popa e as hélices do navio do homem, quase atingindo o passadiço.

Também é real a fúria da mulher.

Ela rasga cartas, chora e diz:

Se as estrelas e a lua não brilham mais, a culpa é do egoísmo dos machos, que oprime as fêmeas. Você pensa que eu sou caprichosa e ingrata. Você pensa que fui pra cama com outro homem porque você é um amante ruim. Isso não é verdade. Eu fui pra cama com outro homem apenas por vingança. Você diz que me ama, mas continua passando as tardes livres com outras mulheres. As mesmas cartas de amor, veja isso, você enviou às outras mulheres as mesmas cartas de amor que enviou a mim. Vingança, está entendendo? Vingança. Eu sou perfeitamente capaz de amar um homem ruim de cama. Desde que esse homem me satisfaça de outra maneira.

Eu imagino o homem também puxando uma alavanca no painel de controle do SS Great Western. Eu imagino os cabos de aço escorregando nas roldanas, movendo pra fora do casco duas gigantescas pernas de canguru. Depois a cauda e os punhos.

O navio a vapor não é mais um navio, é um marsupial mecânico agora posicionado em terra firme, pronto para o pugilismo.

Eu imagino o SS Great Eastern também ganhando pernas, cauda e punhos de canguru, depois saltando pesadamente ao encontro do adversário.

A planície treme.

Jabes, cruzados, ganchos e arranhões atiram longe porcas e parafusos. O óleo vaza da boca e dos olhos. Um golpe desferido abaixo da cintura perfura uma caldeira e os brigões desaparecem numa névoa espessa.

Ele diz:

Como poderei viver a partir de agora? Você matou a dignidade de meus dias. Não entendo por que você me trata assim. Não entendo por que o mundo me trata assim. Sempre fui honesto e íntegro. Meu maior defeito é a generosidade. Essas mulheres... Elas simplesmente se aproveitam de minha bondade visceral. São pobres coitadas carentes de afeto e atenção. Eu fujo delas, escapo correndo dos cafés e dos restaurantes, mas as malditas sempre me encontram. Eu imploro: não, por favor, não. Mas lábios quentes calam minha boca e delicadas mãozinhas arrancam minha roupa. Desesperado, eu penso em você. Imploro, invoco em pensamento. Mas você nunca vem me salvar.

Ela diz:

Até hoje só você conseguiu me desmoralizar tanto. A verdade é que no início de nossa história foi estimulante lidar com sua fantasia exacerbada, suas manias messiânicas. No seu mundinho sagrado você é João Batista santificado e todas as mulheres são Salomés devoradoras. Viver ao seu lado é milagroso e penoso ao mesmo tempo. Talvez você consiga amar genuinamente, mas isso não dura nem uma volta do planeta ao redor do sol, dura? Você é tão centrado e concentrado em si mesmo que nem percebe tudo o que uma mulher precisa suportar pra estar ao seu lado. Seu conceito de amor é algo muito particular, muito bizarro. É algo que só você compreende.

Eu imagino o homem puxando outra alavanca no painel de controle do canguru SS Great Western. Eu imagino os cabos de aço escorregando novamente nas roldanas, fazendo surgir no casco duas poderosas asas de libélula. Canhões de grosso calibre brotam no convés.

O homem levanta voo.

Do alto ele começa a disparar contra a adversária.

A planície treme novamente.

Eu imagino o canguru SS Great Eastern também ganhando asas de libélula e canhões, depois voando pesadamente ao encontro do adversário.

Eu imagino o grito agudo do vento nas agulhas de aço, o estresse das fornalhas e das chaminés – muito carvão, muita fuligem –, a adrenalina pressionando pistões dentro de cilindros coléricos.

Explosões. As nuvens rodopiam, os dirigíveis fogem.

Cem metros abaixo, a metrópole vitoriana sofre mais com os

disparos do que os próprios oponentes. Rebites supersônicos atravessam toldos e sombrinhas. Canos flamejantes dispersam as carruagens e os tilburis.

O engenho humano golpeando o engenho humano.

As paredes de uma loja de departamentos vêm abaixo. Vão pelos ares cartolas e espartilhos.

Eu imagino pinças de caranguejo e presas de morsa trespassando e dobrando fios e placas.

Eu imagino o dia recuando, a noite empurrando o crepúsculo pra fora do palco, o clarão dos lampiões a gás desenhando quadriláteros no mapa urbano, as máquinas de guerra tingindo a face da lua cheia com rojões e girândolas multicoloridas.

Eu só não podia imaginar que o homem e a mulher, no auge da batalha, o tabuleiro pegando fogo, bispo contra rainha, peão contra rei, xeque, enfim eu só não podia imaginar que os dois olhariam pra cima. Para as estrelas. Em minha direção.

Mesmo descabelada, o suor borrando a maquiagem, a mulher franze o cenho, investiga o céu e grita:

Quem é você?

Igualmente esfalfado, o homem completa a pergunta da companheira:

Deus? Você é Deus?!

Eu fico quieto. Absolutamente quieto.

Silêncio total.

Os pensamentos bem trancados dentro do crânio. Sem mover um dedo, uma estrela.

Devo passar incógnito.

Mas o homem e a mulher não desistem. Eles sabem que estou aqui, moldando o mundo, controlando tudo.

A mulher não para de gritar.

O homem, muito mais apreensivo do que ela, balbucia qualquer coisa e não diz mais nada. Não consegue.

Sinto pena do casal.

Para o inferno o protocolo.

Resolvo fazer contato.

Alô.

Eu imagino a mulher dando um passo atrás, sem saber o que fazer com as mãos agitadas.

Eu imagino o homem tomando no susto a dianteira, o gesto reflexo suplantando a coragem.

Vamos ao diálogo. Eu imagino a conversa desenrolando-se mais ou menos assim:

Ele: Você é mesmo Deus?

Eu: Não.

Ela: Quem é você?

Eu: Apenas o autor.

Ele: O autor? De quê?

Eu: Da história de vocês. Se me permitem a analogia: eu trabalho com mecanismos pequenos e delicados, de corda. Sou um relojoeiro literário.

Ela: Nós somos apenas personagens?

Eu: Exatamente. Vocês são os protagonistas de um conto. Se me permitem outra analogia, vocês são figuras de madeira e papel num saboroso teatrinho de sombras.

Ele: Eu sabia! Eu já desconfiava disso.

Ela: Não seja ridículo. Agora você diz que já sabia. Um minuto atrás você não parava de falar em Deus.

Ele: Eu não tinha certeza. Mas sentia que algo estranho estava acontecendo. As falhas de memória... A falta de detalhes sobre nós dois... Você nunca se questionou sobre seu passado? Sobre nosso passado? Por exemplo: quando foi que nós nos conhecemos? Onde foi?

Ela: É verdade... Não lembro.

Eu: Este é um conto curto, pra deleite rápido. Vocês não recordam detalhes do passado porque eles não são relevantes pra esta narrativa. Os pormenores biográficos ficam melhor em romances, não em contos. O leitor já percebeu que vocês viveram uma intensa história de amor, mesmo sem saber como ela começou, quem são vocês, onde e quando se conheceram. Vocês não têm nem mesmo um nome próprio. Para o propósito desta narrativa não importam a infância e a juventude de vocês, somente os momentos finais, o fim dramático dos amantes. O ciúme e o rancor promovendo a destruição.

Ele: O fim dramático dos amantes?!

Ela: Você planeja nos matar?

Eu: Infelizmente sim. Porém farei de um jeito que todos pensem que foram vocês que se mataram. Como eu disse, movidos pelo ciúme e pelo rancor. É mais interessante assim.

Ele: Filho da puta!

Ela: Que espécie de psicopata assassino é você?

Eu: Da pior espécie: um escritor. Eu sempre mato meus protagonistas depois de torturá-los bastante. Isso libera no leitor certas emoções, certas tensões reprimidas. Empatia. Catarse. Nem sempre sinto prazer agindo assim. No início da carreira eu procurava os finais menos violentos, mais delicados. Mas logo descobri que o leitor prefere a tragédia. Quanto mais sofrimento, quanto mais sangue melhor.

Ele: Sádico desgraçado!

Ela: Por que você não evita o estereótipo? Por que não foge do lugar-comum?

Eu: Evitar o clichê... Eu gostaria muito. Mas os credores não deixam. Não sou sádico nem sacana, não faço isso por prazer. Tenho uma família pra sustentar. Minha mesa está cheia de contas atrasadas.

Ele: Desde quando os escritores viraram reféns dos leitores?

Eu: Desde sempre.

Ela: Mas você não precisa matar os dois. Conheço muitas histórias em que apenas um dos amantes morre.

Eu: Você está certíssima. *O vermelho e o negro*, *Anna Kariênina*, *Madame Bovary*, *Dom Casmurro*... Mas, acredite em mim, seria mil vezes pior. Para o sobrevivente, quero dizer. Seria prolongar seu sofrimento. Se vocês quiserem, posso fazer. Posso matar um e poupar o outro. Mas não posso deixar o sobrevivente envelhecer em paz. Ele vai ter que sofrer. De remorso, de saudade, de angústia, não importa. Ele vai ter que sofrer muito. Senão eu perco o leitor. Escolham. Quem vai morrer e quem vai sofrer?

Ele: O leitor? Quem é esse leitor?! Certamente um pervertido.

Ela: Não vamos fazer escolha alguma. Nossa história não pode terminar assim. Ele é o homem da minha vida. Seria muita crueldade separar a gente tão cedo.

Eu: Mas vocês estavam se matando!

Ele: VOCÊ estava nos matando! VOCÊ estava nos manipulando!

Ela: Por que você escreve essas histórias infelizes? Não acredita no amor?

Eu: É complicado. Não tenho escolha. Eu já disse: o leitor…

Ele: Mentira. Você não acredita no amor e escreve histórias pra gente que também não acredita no amor. Essa é a verdade. Confessa.

Eu: Essa é a verdade. Eu não acredito no amor e escrevo histórias pra gente que também não acredita no amor.

Ela: Simples assim?

Eu: Simples assim. Podemos continuar? Escolham. Quem vai morrer e quem vai sofrer?

Ele: Não vamos fazer escolha alguma.

Ela: Você é a pessoa mais triste que já conheci. Triste e rancorosa.

Eu: Escolham logo. Não tenho a noite toda.

Ele: Os dois. Pode matar nós dois.

Ela: Isso deixará o leitor muito satisfeito.

Eu: Vocês é quem sabe.

Diálogo encerrado.

Eu não devia ter quebrado o protocolo. Foi um erro.

Vamos em frente, sem arrependimentos.

Eu imagino a mulher voltando para a mesa e dando um tapa nas poucas peças de xadrez que ainda estavam no tabuleiro.

Eu imagino o homem se aproximando e abraçando a mulher por trás.

A narrativa, assim como todo o século 19, caminha para o desenlace.

Disparos e estrondos. Chuva de carvão em brasa.

(Talvez aqui fosse interessante inserir um personagem secundário. Alguém situado na metrópole em chamas, acompanhando a batalha de longe. Uma alternância de perspectiva sempre confere certo dinamismo a uma narrativa. Eu poderia inserir um velhote tentando escapar dos desmoronamentos e das carruagens desembestadas. Um velhote, um cocheiro azarado... Não sei. Talvez uma mulher com duas crianças. É isso. Crianças em perigo sempre sensibilizam o leitor. Uma costureira e seus filhos pequenos.)

Eu imagino os gritos da metrópole vitoriana, as explosões nas ruas e nas pontes, a queda dos edifícios, um rebuliço de cúmulos-nimbos ao luar, o canguru alado SS Great Western jogando todo seu peso contra o canguru alado SS Great Eastern, as asas de libélula se desprendendo e voando pra longe, os dois corpos mecânicos despencando das alturas num abraço raivoso, o impacto abrindo uma imensa cratera no centro da cidade, a nuvem de poeira e óleo queimado invadindo as ranhuras e os orifícios.

(Postes tombam, ruas afundam, a mulher e seus filhos escapam por um triz. Os três cortam caminho por um parque. Eles ainda não sabem, mas o marido da costureira – o pai das crianças – morreu a muitos quarteirões daí, atingido por um disparo de canhão. O leitor ficará comovido com essa fatalidade.)

Porém a queda não desfaz totalmente o abraço.

Mesmo bastante atordoada, a mulher continua manipulando as alavancas e os botões do painel de controle.

Metade de sua máquina de combate ficou pra trás, reduzida a fragmentos e fuligem. Mas a outra metade ainda é capaz de provocar muito estrago no adversário.

Uma cotovelada no abdome.

Um joelhaço na virilha.

Mais edifícios desabam no rio que corta a cidade.

Ainda caída, a máquina do homem revida com um chute meio torto, que atinge em cheio o peito da máquina oponente.

Eu imagino os dois amantes preparando o último golpe. O homem, um soco definitivo, que irá pulverizar o que sobrou do SS Great Eastern. A mulher, um disparo final, que irá explodir o passadiço do SS Great Western, incinerando seu único ocupante.

(Onde estará a costureira e os filhos? Escondida embaixo de uma ponte de pedra, ao lado de outros desabrigados? Morta, atingida por um estilhaço fumegante? As crianças agora sozinhas... Órfãs. Pobrezinhas. Que situação tocante. O leitor deixará escapar no mínimo um suspiro. Quem sabe uma lágrima, se eu usar as palavras certas.)

Eu imagino o homem e a mulher desferindo o golpe fatal.

Que não vem.

Contra tudo o que eu planejei, o golpe congela. Para no meio do caminho.

Então o que restou do SS Great Western e o que sobrou do SS Great Eastern se encontram num abraço triste e desesperado que dura quase um minuto. Depois desabam. Um trovão ecoa e silencia.

Cercada pelas ruínas do centro metropolitano, a pilha de sucata parece uma anacrônica pirâmide asteca.

O homem sai com dificuldade do passadiço em frangalhos.

A mulher o encontra numa clareira protegida do fogo e da fumaça pelo vento.

Então o beijo. Contra tudo o que eu planejei, o beijo sôfrego. No pescoço, na bochecha, na boca. O encontro das línguas macias.

As mãos começam a procurar as saliências, os dedos soltam os botões e os fechos. Surge um seio suado, uma coxa com marcas de óleo.

Os trapos sujos vão ficando no chão, formando um tapete perfeito para o amor delirante.

O homem quase desperta do transe, quase fala qualquer coisa, mas a mulher pede silêncio, ssshhhhhh, pousando o indicador sobre os lábios dele.

Não há mais hesitação, somente arquejos e unhas na carne.

Laços são desfeitos, cordões caem, surge outro seio.

Fico tentado a lançar um asteróide contra os dois e acabar com essa desobediência, mas resisto. Observando a cena, eu me sinto no vácuo, tenso, suspenso em outra dimensão.

Não vão desgrudar nunca?

O pescoço da mulher parece ter sido feito pra ser mordido. Seu cabelo cheio de luz, pra ser cheirado e agarrado.

Contra tudo o que eu planejei, o homem penetra a mulher, subjugando sua cintura, limitando o movimento de suas coxas. Ela o abraça novamente, apertando com tanta força que ele quase não consegue respirar.

Não há mais raiva, apenas o vigoroso movimento de ancas e o orgasmo.

O gozo fabuloso e a sensação de plenitude. Contra tudo o que eu planejei.

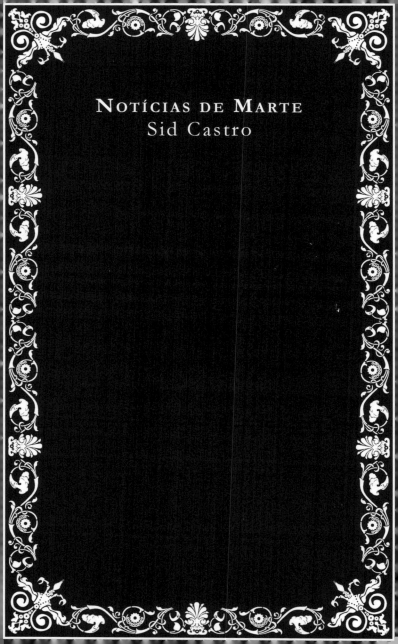

Notícias de Marte
Sid Castro

I

O piloto balançou a cabeça e piscou, atordoado. O que acontecia no céu? Era dia, e de repente enxergava estrelas cintilando na cúpula noturna sobre o horizonte marinho. Os instrumentos de bordo se comportavam como loucos. As hélices rateavam e engasgavam, mas logo recuperaram a rotação e o aeroplano continuou voando bem. Ponto para Santos Dumont e sua "Oiseau de Proie", como aquele gênio afrancesado chamava a Ave de Rapina, pensou aliviado. Esperava que ele e seu companheiro de viagem estivessem bem.

Vasculhou o horizonte em busca das luzes ou sinais dos vapores do Amazônia, mas tudo que seus olhos apurados enxergavam eram cambiantes reflexos ondulatórios, que se assemelhavam a uma aurora boreal - ou meridional, no caso. Mas isso seria impossível, pelo menos aqui, nestas águas tão tropicais do Império, ao largo da costa brasileira. Seja como for, as luzes logo desapareceram, engolidas pela distância e a noite cada vez mais consistente.

O brilho prateado das estrelas matizava o veludo azul-escuro do céu noturno, com o Cruzeiro do Sul lhe servindo de guia na imensidão do Atlântico. O pontinho vermelho de Marte brilhava quase indistinto, enquanto o piloto recuperava altitude e tentava entender o que aconteceu consigo.

Vejamos. Capitão-tenente Antonio d'Almeida Andradas, Visconde de Cerradinho. Piloto de caça da Armada Imperial do Brasil, membro da Força Aeronaval do Navio Aeródromo Amazonas, que agora o busca desesperadamente antes que o combustível se esgote.

À exceção do transmissor de ondas, que só apresentava estática, os instrumentos de bordo, tanto quanto o motor, pareciam ter retornado à normalidade. Apesar do gasto de combustível, não era para já ter anoitecido.

Não estou muito longe de minha posição durante o evento Landell-Lowell, mas o período do tempo está totalmente errado. E afinal, onde está o Amazônia?

Antonio ergueu sobre a touca de couro os óculos *goggles* de pilotagem, e piscou os olhos azuis de linhagem aristocrática, que contrastavam com a pele morena de sua ascendência cafuza. Não que isso sequer lhe passasse pela cabeça enquanto esquadrinhava o horizonte com o potente binóculo prismático, na tentativa de localizar o grande porta-aviões de Sua Majestade, construído nos estaleiros do Barão de Mauá, no Rio de Janeiro.

Não posso ter me afastado tanto. Deveria ver a fumaça ou luzes da pista de pouso do navio. Como posso ter me perdido de uma embarcação daquelas proporções?

O caça tem apenas 15 minutos de voo antes de esgotar o combustível. O piloto toma uma decisão. Enquanto não localizar o navio, prosseguirá a trajetória original até encontrá-lo. Se não, terá de pousar no mar, sem outra escolha. Aves de Rapina são hidroplanos, podem pousar tanto em terra quanto na água, graças a seus flutuadores nos trens de pouso.

Mas espere!, gritou entusiasmado ao completar o giro de 360° do binóculo na linha do horizonte. Parecia haver uma tênue luminosidade artificial a estibordo da posição que o Amazonas deveria estar. Aquela "aurora fora de lugar" a estava camuflando.

Rapidamente, a Ave de Rapina executou um elegante *looping* nos céus e estabilizou o voo na direção oposta. Pousar ou despencar no mar alguns quilômetros adiante ou atrás não faria muita diferença na situação desesperadora em que se encontrava.

Alguns minutos depois, a decepção começou a tomar forma para o capitão-tenente, enquanto os primeiros pálidos dedos de luz indicavam o fim da madrugada. Era um vapor sem dúvida, mas não o esperado. Circulou cautelosamente o navio estranho, tentando reconhecer sua natureza. Esperava que fosse um dos encouraçados de apoio ao Aeródromo. Mas sentia que havia algo de errado naquele vapor. A velocidade e características de navegação não pareciam próprias dos veículos da Armada, apesar da distância não lhe permitir uma visão adequada.

Aproximou-se mais, dando uma rasante sobre a embarcação. Viu num relance a tripulação correndo agitada no convés, assim como a flâmula verde-amarela vislumbrada na popa do navio com canhoneiras, com a ajuda das primeiras luzes da manhã que nascia. Agora tinha certeza: era mesmo um encouraçado a vapor, mas um modelo antigo. Não viu a artilharia de bordo sendo municiada até que um petardo explodiu nos ares a certa distância do caça.

O visconde de Cerradinho soltou um palavrão e ligou o transmissor de ondas, gritando a plenos pulmões sua procedência, sem resposta. Um tiro de fuzil cortando a carenagem de madeira compensada e alumínio da Ave de Rapina, seguido de outro mais próximo mostrou ao piloto o perigo que estava correndo. Jogou a aeronave na direção contrária, mas para sua surpresa, sentiu que perdia estabilidade. Um rápido olhar revelou que um dos tiros destruiu os flaps da asa direita. Soltou mais uma praga e decidiu arremeter o avião enquanto ainda tinha algum controle. Baixou os trens de pouso e cortou o combustível, virando lentamente o manche.

A Ave de Rapina perdeu altura mais rápido do que o piloto gostaria e resvalou com alguma violência sobre as ondas, perdendo velocidade até parar após um longo trajeto sobre as águas. Com um suspiro de alívio, Andradas soltou o cinto de segurança e saiu do assento do piloto, saltando sobre a estrutura de sustentação das asas para examinar o estrago causado pelos tiros. Esperava que fosse a única avaria.

Nada que não pudesse consertar com o material que tinha a bordo. Mas outro problema se tornou mais urgente, quando faróis distantes denunciaram sua posição. O piloto tentou voltar ao assento, onde deixara sua arma, mas já era tarde.

– Não se mova! – gritou um oficial de um dos dois botes com tripulantes armados que se aproximavam.

– Não atirem! Sou um oficial da Armada brasileira! – avisou o piloto, levantando os braços. – Está havendo um engano!

A Ave de Rapina foi abordada pelos marinheiros armados e o visconde foi dominado e levado a bordo de um dos escaleres. Ele paralisou quando leu o desgastado nome pintado na lateral de um dos barcos para onde fora levado.

Amazônia.

Seguindo ordens do oficial, cordas e cabos foram passados nos trens de pouso e asas do caça. Os barcos começaram a rebocar a Ave de Rapina na direção do encouraçado, que se aproximava lentamente.

– Você é brasileiro? – perguntou o tenente que comandava a operação, olhando o uniforme do piloto com as armas da Armada Imperial pintadas no casaco de couro.

Antonio retirou o capuz e *goggles* da cabeça, antes de responder.

– Sou. Por que atiraram?

– Essa máquina voadora. O que é?

– É um aeroplano. Não compreendo... Vocês são evidentemente da Marinha brasileira. Como podem não reconhecer uma Ave de Rapina, desenhada por Santos Dumont?

– Não sei nada desses inventores malucos e suas máquinas voadoras na Europa. Fale com meus superiores – apontou para o encouraçado, que agora podia ser visto completamente à luz do dia. O piloto olhou com descrença para o que estava vendo. Era um encouraçado realmente, mas de um tipo fabricado no Império Britânico em meados do século XIX. E esse parecia um tanto recauchutado. No costado, repleto de marinheiros curiosos observando sua aproximação, podia se ler "Amazônia". Uma escada de cordas foi baixada, enquanto os tripulantes preparavam a subida a bordo. O piloto olhou preocupado para sua aeronave flutuando rebocada.

Uma vez dentro do encouraçado, Antonio foi levado sob a mira de armas através de uma multidão de marinheiros curiosos, na maioria pardos ou negros, que olhavam da máquina voadora para o estranho de roupas diferentes. Os oficiais, todos brancos e armados, gritaram para que voltassem ao serviço, entre xingamentos e chicotadas. Eles protestaram, até um dos oficiais disparar um tiro de revólver para o alto. Antonio foi levado à cabine de comando, ainda atônito com tudo que acontecia à sua volta.

No aposento, era esperado por um seleto grupo de oficiais com uniformes bastante diferentes do usual na Armada Imperial. Atrás da mesa onde o comandante estava sentado, cercado pelos oficiais de pé em volta, havia uma profusão de papéis e o retrato de um distinto cavalheiro com uma faixa sobre o peito. Com maior estupefação ainda, viu atrás os detalhes da bandeira que vira antes do ar. Era a flâmula verde-amarela do Brasil, mas faltava a esfera armilar da casa real. Em seu lugar, havia um globo estrelado com uma frase que o visconde reconheceu da filosofia positivista de Auguste Comte: "ordem e progresso." Ao seu lado, um mapa do Brazil um pouco diferente do que estava habituado. Mais ainda pelo nome nele inscrito: "República dos Estados Unidos do Brazil."

Que brincadeira é essa?, perguntou para si mesmo o piloto da Armada Imperial.

– Quem diabos é você, homem? – soltou a voz grave o oficial sentado, um capitão-de-mar-e-guerra de enormes suíças e bigodes, envergando um uniforme imaculadamente branco e carregado de medalhas.

– Capitão-tenente Antonio d'Almeida Andradas, visconde de Cerradinho – disse ele, fazendo continência, muito embora ignorasse a conveniência do gesto naquele estranho ambiente naval, – piloto da Armada Imperial do Brazil, lotado no Aeródromo... Amazônia.

O capitão Bulhões ergueu-se, o rosto vermelho de ira. Os marinheiros que vigiavam o piloto ficaram tensos, segurando rijos os braços dele.

– Quer maluquice é essa de Império? – gritou o oficial, contornando a mesa e aproximando-se do piloto, olhando de cima a baixo sua aparência. – Servi com o Marechal Deodoro da Fonseca, no movimento que derrubou a monarquia!

O piloto olhou um a um os rostos sérios dos oficiais, tentando entender a piada.

– Perdão, senhor. Com todo respeito, mas a República jamais seria estabelecida no Brasil. Somos uma das maiores potências do mundo, juntamente com o Império Britânico, os Estados Confederados da América e o Império Austro-húngaro.

O capitão soltou um riso nervoso. Mas logo pigarreou e voltou a demonstrar sua carranca de severa dignidade.

– Um maluco! Eu devia ter imaginado, com essas roupas – continuou o capitão, enquanto um oficial de cabelos e barba grisalhos, com uniforme do exército, se aproximava. – Visconde, pois sim. Ponham-no a ferros!

– Com licença, capitão. – disse o major que se adiantara. – Se ele é maluco, então somos todos, pois rebocamos uma máquina voadora, que vimos sobrevoar o navio, de onde esse rapaz veio.

– Hummm... Deveras, tem lá sua razão, major. – o almirante coçou os bigodes, incomodado com a situação que fugia ao seu entendimento. – Estas coisas voadoras do tal Santos Dumont são reais, mas não muito comuns aqui no Brazil.

– Santos Dumont! Sim, ele desenhou a Ave de Rapina! – exclamou feliz o piloto.

– Cale-se! Acha que ele pode ser um espião, major?

– Espião de quem, capitão? Dos argentinos? A República não está em guerra com ninguém, exceto talvez consigo própria. Gostaria de interrogá-lo.

– Lá vem você com suas políticas, Alfonso. Está bem, vou deixá-lo sob sua responsabilidade; leve-o e veja o que lhe arranca; entretanto, quero dois marinheiros junto dele o tempo todo, fui claro?

Enquanto os oficiais discutiam entre si e conversavam com o capitão, os dois marinheiros negros que vigiavam Antonio o escoltaram para fora, seguindo o major.

Havia um clima diferente, uma tensão latente no ar, quando voltaram a pisar no tombadilho do navio. Um dos marinheiros, amarrado a uma viga, levava chibatadas de um cabo, sob as ordens de um sargento. Suas costas negras desnudas sangravam a cada golpe.

– 150!... 151!... – gritava o sargento a cada golpe.

O major parou, ao perceber a face reprovadora do prisioneiro. Recitou:

– Parece que não lhe agradam as regras da Marinha do Brazil...

– 154!... 155!...

– Não é a essa marinha que pertenço... – o piloto respondeu, consternado. Notou que um dos marinheiros que o acompanhavam segurava as lágrimas e a revolta. – Eu poderia ser um desses homens humilhados. E, no entanto, sou um visconde, e oficial da Força Aeronaval do Império.

– 157!... 158!...

– Gostaria de saber que Império é esse de que fala. Eu...

Num gesto impulsivo, o piloto segurou a mão do verdugo e arrancou a chibata.

– Basta! Não importa que falta este homem tenha cometido, isso é desumano!

O sargento tirou a arma do coldre e ia usá-la, quando foi detido pelo major.

– Pare, sargento! Este homem é meu prisioneiro!

O sargento e o cabo ficaram lívidos, mas não ousaram contrariar o oficial do exército.

Enquanto se afastavam resmungando, os marinheiros apressaram-se em soltar o ferido. O marinheiro que os acompanhava fez um discreto e ligeiro aceno de agradecimento com a cabeça para o piloto.

– Admiro sua coragem e honradez, aviador. Venha, vamos conversar na minha cabine. Sou engenheiro do exército e meio que um peixe fora d'água no Amazônia, mas tenho lá minhas prerrogativas. Sou um tipo de inspetor geral, a preparar um relatório para o novo governo do Marechal Hermes da Fonseca, que assume em novembro. A propósito, sou o major Alfonso Niemeyer. Do Exército da República, naturalmente.

– Naturalmente.

– Esperem aqui fora – ordenou aos marinheiros diante de sua cabine. Nenhum contestou, apesar da desobediência às ordens do capitão.

O major fechou a porta e ofereceu uma cadeira ao piloto, diante de sua mesa repleta de apontamentos. Sentou-se diante dele e retirou o quepe. Antonio ficou quieto enquanto examinava o gabinete. Notou a mesma bandeira brasileira, aparentemente republicana ao fundo, mapas e uma pilha de livros numa estante ao fundo. Atlas, guias náuticos e astronômicos, além de outros livros científicos. Também notou romances de Jules Verne e Conan Doyle, entre outros em inglês e francês. Finalmente, seu olhar deteve-se sobre um calendário pendurado à estante. Quase dava para ver seu espanto. O major acompanhou seu olhar.

– O que há de errado com a data, jovem? – perguntou.

– O ano... outubro de 1910. Qual a razão disso?

– É o ano em que estamos. Não é o seu?

– Certamente que não!

O major voltou-se para a estante e tirou um volume de *The Time Machine*, de H. G. Wells.

– Está sugerindo que veio do futuro? Algo assim como contado neste livro?

– Não, major. Do futuro, certamente não. Mas ainda não entendo este navio... este "Amazônia" e suas alegorias republicanas. O que são vocês? Um grupo terrorista republicano? Que pretendem sequestrando um oficial da Marinha do Império?

– Já que certamente não veio do futuro, no que ambos concordamos, comece por dizer de onde realmente vem, por que está aqui e a quem serve, assim como quem construiu aquela máquina voadora. Como já deve ter percebido, a marinha republicana não é tão tolerante quanto eu.

Antonio suspirou e passou a mão pela cabeça raspada. Já tinha 32 anos e Aninha não iria esperá-lo para sempre. Se conseguisse voltar dessa estranha e bizarra encrenca em que se metera.

– Pois bem, senhor. Já forneci meu nome e patente. Posso acrescentar que meu calendário não é do futuro, que no caso é o seu; nele está marcado novembro de 1900. No término do século XIX, a Era do Vapor e da Razão, sob o governo de Sua Majestade Dom Pedro II, Imperador do Brazil.

– Muito interessante, considerando que a República foi proclamada em 1889. Mas e quanto à sua aeronave? Embora admita que seja admirável, até onde sei, nenhum avião tem autonomia para voar tão longe no mar, nem tão velozmente. Foi apenas o ano passado que o aviador Blériot conseguiu, a duras penas, atravessar o canal da Mancha. Devo lembrar que o voo inaugural do 14-Bis, em Paris, aconteceu quatro anos atrás, apenas, sendo difícil acreditar que Alberto Santos Dumont, agora aposentado, tenha desenvolvido algo tão revolucionário que supere todos os veículos atuais, cujo progresso no estrangeiro acompanho através da imprensa.

– Como já disse antes, a Ave de Rapina é uma aeronave de guerra, desenhado há anos pelo Barão de Palmira, Santos Dumont. Comando uma esquadrilha delas no Aeródromo Amazônia, que tem pelo menos quatro vezes o tamanho deste encouraçado homônimo.

– Ah, sim, em 1900... – o major pegou aleatoriamente uma série de livros na estante e os espalhou pela mesa. – Mas então, como explica isso tudo?

Antonio folheou livros de história, atlas e almanaques, entre outros tomos científicos. Datas e fatos históricos arcaicos passeavam ante sua incredulidade. Eram guerras, revoluções, invenções tardias, numa realidade que jamais poderia ter acontecido.

– Abolição da escravidão em 1888? Mas aconteceu no fim dos anos 60, com a revolução industrial no Brazil... e essa Guerra do Paraguai... nunca houve! E o que aconteceu à Guerra das Guianas, com os Estados Confederados da América? Está tudo errado! O mundo desses livros é... bizarro... arcaico!

Um atlas astronômico chamou sua atenção. Virou as páginas coloridas, detendo-se numa ilustração incompleta do planeta Marte, sem muitos detalhes ou informações.

- Marte... a causa de tudo. – disse quase num sussurro, antes de ler a legenda e acrescentar, mais alto. – Os dados sobre o planeta vermelho são absurdos.

O major pegou outro livro. *Mars*, de Percival Lowell. Antonio leu alguns trechos espantado e abanou a cabeça.

– Lowell. Eu já o li. Mas estas informações estão muito incompletas.

– Esse livro é de 1895. O astrônomo americano escreveu outros após isso, mas suas teorias, apesar de populares, são controvertidas no meio científico. Ele fala sobre marcianos, uma civilização mais antiga e avançada que a nossa, decadente, que constrói canais maiores que os de Suez ou o do Panamá, que ainda está sendo aberto...

– O Marte que conheço é maior do que em seu atlas, nem tão distante... o planeta é o irmão da Terra, e seu perigeu, o período de maior aproximação de nós está acontecendo agora... em 1900, claro. Diferente do seu mundo que custo a acreditar tão anacrônico.

Antes que o major pudesse responder, foi interrompido por batidas na porta.

– Entre.

Um oficial de baixa patente entrou, batendo continência.

– O capitão pede sua presença e a do prisioneiro no convés, major.

Quando passaram pelo tombadilho, apenas algumas marcas de sangue na madeira indicavam que uma cena de violência se passara ali. O piloto podia ver a revolta estampada nos rostos dos marujos, inclusive nos dois que os acompanhavam. Mas logo sua atenção foi tomada ao ver os tripulantes içando para bordo, com um pequeno guindaste de cargas e muito esforço, sua aeronave. Sentiu um arrepio.

– Vão danificá-la! – protestou.

– Tomem cuidado! Essa máquina interessa às Forças Armadas! – gritou o major.

O capitão ouviu e concordou com ele, a contragosto, ordenando atenção aos marinheiros. Mesmo assim, o eixo de uma roda se partiu. Antonio franziu o cenho, aborrecido.

Um tenente subiu no *cockpit* do avião e após uma revista, trouxe ao capitão uma revólver de tipo desconhecido, objetos pessoais e uma pasta lacrada com as armas do Império. Sem hesitar, o oficial rompeu o selo e folheou os papéis. Antonio retesou os punhos, tenso. O capitão olhou de soslaio do major para o piloto, exclamando:

– *Projeto Planeta Vermelho*. Que diabos é isso?

Entregou os documentos ao major. Havia fotos do disco marciano, com uma resolução jamais vista por ele. Outras fotos e documentos de Santos Dumont, padre Landell de Moura, Percival Lowell e nomes desconhecidos como Albert Einstein, além de fórmulas jamais vistas.

– O que significa tudo isso? – perguntou o major, perplexo.

Antonio manteve-se em silêncio.

– Agora sou eu quem diz: basta! Lamento major, mas a disciplina de bordo pede que eu tome uma providência.

O capitão do encouraçado ficara sabendo da intervenção do piloto a favor do marinheiro e, nada contente, esperou a ocasião propícia para retirá-lo da proteção do major, mandando trancafiá-lo publicamente no calabouço do navio. O major levou os documentos e voltou para sua cabine, sem se manifestar.

Durante os dias seguintes, o piloto amargou a solitária, embora o major Niemeyer tenha deixado com ele alguns de seus livros, para que suportasse melhor a detenção, e ordenasse que os marinheiros lhe dessem alguns cuidados. Também mandou informá-lo que o navio estava a caminho do Rio de Janeiro. Na Capital Federal, ele e sua máquina voadora seriam entregues às autoridades. Sua Ave de Rapina fora presa e escondida sob uma grossa lona no convés da popa.

Antenor, um dos marinheiros negros que mantinham a guarda, era o encarregado de lhe trazer refeições diariamente. Irmão do marinheiro supliciado, agradeceu ao piloto por sua intervenção.

– Como está seu irmão, Antenor?

– Está se recuperando, na medida do possível. Graças ao senhor e ao major, não houve represália.

– O major é um bom homem.

Os marinheiros vinham das classes mais populares do país, e eram quase todos negros e pardos, boa parte recrutada à força, uma vez que o tratamento dado aos marujos era similar ao tempo da escravidão. Mas esses marinheiros haviam viajado por todo o mundo e sabiam, pelo contato com marinhas mais avançadas, que havia maneiras melhores de se tratar subalternos. Não fazia cinco anos que a revolta dos marinheiros russos do couraçado Potemkin acontecera e ainda repercutia entre eles.

– Aproveite a comida, capitão. Acredite, é bem melhor que a servida à marujada.

– Obrigado, Antenor. Sinto muito por vocês. Não me conformo como os oficiais tratam os marinheiros aqui.

O marinheiro negro esperou um pouco enquanto Antonio comia. Parecia querer fazer uma pergunta, mas sentia-se um tanto constrangido. O piloto percebeu.

– Pode falar, Antenor. O que é?

– O *sinhô*... vem de Marte mesmo, como a marujada tá dizendo?

Antonio sorriu, pousando o prato vazio num caixote que fazia às vezes de mesa.

– O lugar de onde venho deve ser tão estranho para vocês, quanto Marte seria para nós. De qualquer modo, se tudo deu certo, alguns de nós estão em Marte nesse momento... ou em algum outro momento, não sei dizer.

– Não entendo o que diz... Mas nesse lugar, capitão, a Marinha tem chibata?

– Não, foi abolida com as mudanças sociais trazidas pela revolução industrial, no começo do segundo reinado. Diga-me uma coisa, Antenor. É impressão minha, ou há mesmo uma tensão reprimida no ar, um clima de revolta prestes a explodir na tripulação?

– *Vosmecê* tá certo. Só os oficiais não percebem.

– Não temem a reação deles? Os oficiais andam sempre armados.

Antenor pegou o prato vazio e se encaminhou para a porta. Só então respondeu, enigmático, antes de bater para que abrissem.

– Quando o Mão Negra vier, capitão, veremos quem terá o que temer.

Antonio suspirou e não tentou entender. Sua mente retornou ao princípio da missão.

II

1900

Uma elegante esquadrilha de Aves de Rapina circulava os céus sobre o imponente Amazônia, Navio Aeródromo da Armada Imperial, singrando as águas tropicais do Atlântico sul. Distantes, dezenas de encouraçados, cruzadores e contratorpedeiros faziam escolta, formando um vasto círculo de exclusão em torno do maior navio da Marinha.

– Parece até uma típica operação militar de treinamento em alto mar – disse o capitão-tenente Antonio D'Almeida Andradas, com seu uniforme branco de oficial do Império, as mãos enluvadas segurando no rosto o binóculo prismático com que observava o mar. – Ah! Lá está ele!

Passou o binóculo para o homem a seu lado, um sacerdote católico com cerca de 40 anos, curtos cabelos castanhos e batina negra. O padre Landell de Moura olhou na direção indicada pelo oficial e viu um pequeno submarino classe Ipupiara emergindo.

– Finalmente! O Transmissor Telescópico de Ondas já está pronto há dias, e Marte está na maior aproximação em séculos! Sairemos na frente dos confederados!

– Atlanta não gostou de saber que sua principal estrela científica, depois de Goddard, desertou. Mas lhe oferecemos algo além da possibilidade de apenas confirmar suas teorias. Ele terá a chance de fazer seu nome entrar na história.

– Incrível como a Guerra Fria entre o Império e os Estados Confederados impulsionou a física. Mas o ser humano será sempre o mesmo, em qualquer situação. E afinal, Lowell é antes de tudo um ianque...

– Bem, eles que tentem atingir nosso alvo por meio de foguetes. Terão uma longa viagem pela frente. Nós dispomos de um atalho.

– Me pergunto como seria se estivesse impedido de desenvolver meus projetos de transmissão ondulatória de som e imagem em meu próprio país. Felizmente encontrei respaldo no Brazil, por mais fantásticas que minhas teorias fossem.

1910

– Padre Landell de Moura? Sim me lembro dele! Completamente doido! – afirmou o capitão-de-mar-e-guerra Bulhões em sua cabine, dividindo um Porto com o major. – Graças a alguma fama conseguida nos Estados Unidos, obteve com aquele civil do Prudente de Morais que fossem colocados à sua disposição dois navios, para uma experiência de... sei lá, transmissão telepática.

– Radiotelefonia sem fio, antes de Marconi – corrigiu o oficial do exército. – Conheço a história. Mas lhe foi negada a experiência, por sinal, antes bem sucedida em São Paulo, ao sugerir que seu "transmissor de ondas" poderia manter contato a qualquer distância, inclusive com outros planetas... foi sua desgraça.

– Sim, lembro-me. Uma piada. Mas o que tem a ver com o nosso espião?

– Não creio que o visconde seja espião. Ele me parece honesto... é um homem justo e extremamente inteligente. Apesar de um pouco pardo. Dá-me a impressão de ter caído de alguma outra realidade... de algum passado extraordinário.

1900

A grande sala no coração do Amazônia parecia uma pintura surrealista moldada em metal, luzes e fumaça. As enormes bobinas de Tesla, crepitando raios entre esferas metálicas eram a parte mais visível das colunas de transformadores que se perdiam no interior adaptado do navio. Zumbiam entre máquinas que moviam engrenagens e polias de todos os tipos e tamanhos. Longas tubulações conduziam o vapor fornecido pelas caldeiras do navio, domados através de painéis repletos de mostradores e relógios, alavancas e chaves manipuladas por um batalhão de técnicos de aventais e luvas de borracha. O padre Landell conduzia Antonio e um distinto cavalheiro de bigodes e olhar distante, mostrando-lhes as instalações.

– Impressionante. O Império tem muitos recursos – disse o cavalheiro.

– Sim. Felizmente temos um sábio governante, amante das ciências. Acompanhe-me, por favor.

O capitão-tenente se adiantou, abrindo uma porta de carvalho que separava o laboratório de uma sala de conferências. Lá dentro, imersos sob uma nuvem de fumo de tabaco e cheiro de café quente e forte, um grupo de homens e mulheres confabulava animadamente diante de uma lousa repleta de gráficos e fórmulas. No centro das pessoas, que mal se deram conta da entrada dos três, um idoso cavalheiro de bengala, longas e vistosas barbas brancas. Ele se levantou para os visitantes.

– Ah! Padre Landell! Visconde! E nosso ilustre convidado americano. Aproximem-se! – disse, acenando. – Estávamos discutindo as repercussões das novas tecnologias sobre o futuro do mundo. De dois mundos...

– Imperador Pedro II, vos apresento, diretamente de Flasgstaff, Arizona, CSA, Percival Lowell. – padre Landell indicou o americano.

– Vossa Majestade, sou grato pela oportunidade que me oferece.

– Mister Lowell, quem oferece esta oportunidade, além do padre Landell, são estes cavalheiros e senhoras aqui presentes. A elite científica do Império, que nele encontraram um porto seguro para seus projetos e capacidades além do comum.

O grupo se aproximou e, levado pelo Imperador, Percival Lowell foi apresentado a cada um.

– Com certeza já ouviu falar do jovem senhor Albert Einstein. Suas teorias estão revolucionando a física moderna. Também já leu sobre Max Planck, com toda certeza...

Antonio retirou-se discretamente enquanto o Imperador apresentava os demais nomes célebres ali presentes: Niels Bohr, Maria Skłodowska, Nikola Tesla e outros menos conhecidos.

Abandonou o laboratório por uma saída lateral e subiu mais um deque até um grande hangar, quase junto ao convés superior. O lugar estava vazio, exceto por um enorme invólucro coberto por uma lona presa por cordames, com o formato de um enorme charuto. No chão, um conhecido chapéu meio amassado.

– Alberto? Está aqui?... – gritou o piloto, sua voz ecoando pelo hangar, enquanto pegava o chapéu.

– Seja bem-vindo, homem da Terra! – respondeu uma voz abafada debaixo do encerado. Pouco depois, um homem vestindo um tipo de escafandro desengonçado saiu debaixo da lona.

– Ajude-me a tirar isso, sim, Antonio?

O piloto desprendeu o capacete do homem baixinho e o ajudou a retirar o traje emborrachado. Pouco depois, ele arrumou seu terno de corte francês e, espanando o desengonçado chapéu panamá, colocou-o na cabeça, pigarreando e alisando o bigodinho.

– Apenas verificando o equipamento – disse Alberto Santos Dumont, sorrindo e apertando calorosamente a mão do oficial.

– Gostaria de ir em seu lugar, Alberto.

– E deixar Aninha esperando ainda mais tempo, Antonio? Eu não tenho mais laços com esse planeta. Já fiz o que podia pela ciência e o Império. Agora, espero ser retribuído pela ciência e o Império com um novo mundo de descobertas.

– Não teme ficar preso lá para sempre?

– Temo mais ficar preso aqui para sempre, refém de meu passado. Não, Antonio. Quero ver um mundo diferente do nosso, o futuro.

1910

O sol forte cegou momentaneamente Antonio quando saiu da masmorra. Esfregou os olhos e a barba mal feita, sempre acompanhado dos dois marinheiros. Não que houvesse alguma chance ou mesmo intenção de fugir sem a Ave de Rapina, danificada e com pouco combustível.

– Está com péssima aparência para um visconde. – brincou o major Niemeyer ao vê-lo.

– Não estou hospedado exatamente no Hotel Imperial.

– Não. Mas poderia ser pior. Venha até meus aposentos. Mandarei que lhe preparem um banho e lhe façam a barba. Não creio que o Bulhões se incomode.

– Gostaria de lhe pedir outro favor.

– Se possível.

– Permita que faça reparos e manutenção na minha aeronave. Se vão entregá-la inteira aos seus superiores, pelo menos que esteja em condições de funcionar e corroborar a história de minha captura. Caso contrário, correrão o risco de passar por mentirosos...

O major o observou por um instante antes de responder. A máquina voadora estava presa sob uma lona na popa do encouraçado, mas sujeita a vento e chuvas e ao balançar constante do navio.

Lembrou-se imediatamente do padre Landell e como sua história fantástica foi recebida pelas autoridades.

– Está bem, acho que consigo convencer o capitão. Enquanto isso, Antenor vai levá-lo à minha cabine e deixá-lo mais apresentável.

– Sim, *sinhô*, major. – respondeu Antenor, que com outro marinheiro conduziu o piloto.

Passando pelos marujos ocupados com cordames e a limpeza do convés, e recebendo os olhares desconfiados dos oficiais armados, Antonio esperou que estivessem sozinhos e fez uma pergunta a Antenor.

– Diga-me, Antenor. Fora o carvão, existe algum outro tipo de combustível a bordo do navio?

– Combustível? Bem... temos alguns barris de óleo de parafina. Está pensando em levantar voo, capitão?

– Não teria como, Antenor. O capitão e os oficiais não me deixariam partir.

– Não, eles não deixariam.

Durante os dias seguintes de viagem, a vida de Antonio a bordo do encouraçado foi menos dura. O major Niemeyer conseguiu que durante algumas horas ele pudesse tomar sol e trabalhasse no avião. Com a ajuda de Antenor e dos marinheiros, conseguiu material para reparar a máquina, consertando os flaps e os danos no trem de aterrissagem. Mas sempre havia um oficial armado por perto, para não permitir que as cordas da aeronave fossem soltas.

A vista cada vez mais frequente de pássaros, ilhotas e outras embarcações indicava que estavam se aproximando de terra.

1900

Percival Lowell examinava as imagens na tela redonda do telephotorama, captadas pelo telescópio de ondas, instalado no alto da torre de comando do Amazônia. Uma esfera avermelhada surgiu ampliada em toda sua pujança, com manchas esbranquiçadas em seus polos e grandes porções marrom-esverdeadas ligadas por uma infinidade de linhas retas que se entrecruzavam, como uma treliça caótica.

– Marte... – o americano pousou a mão sobre a tela de fósforo, os dedos seguindo a linha principal do canal que se comunicava do polo norte à zona equatorial. – Um velho mundo em lenta agonia...

Um povo sábio usando a engenharia planetária, para salvar uma civilização. Enquanto nossa Terra se perde em guerras tribais.

– Temos muito a aprender com eles, quando o destino de nossa Terra chegar a esse ponto – completou de longe o padre, sua voz vinda dos deques inferiores do navio através do transmissor de ondas, pelo circuito aberto. – Quando estiver pronto, mister.

Lowell assentiu e deu uma conferida nos *écran* do osciloscópio, observando as linhas coloridas decompostas no mostrador do sensor prismático, dando uma última espiada no planeta vermelho. Anos de pesquisa em seu observatório em Flagstaff o tornou o maior especialista do mundo em cartografia marciana. Ninguém sabia mais sobre Marte do que ele. No entanto, os rebeldes mandariam um foguete com aristocráticos sulistas.

Somente então respondeu ao padre, com a voz trêmula:

– Marte no perigeu em relação à Terra!

No painel de controle do padre Landell, as telas do telephotorama exibiam tanto o dr. Lowell quanto as imagens captadas pelo telescópio transmissor de ondas e a pista de pouso do navio. Ela estava completamente deserta, exceto pela Ave de Rapina do Visconde de Cerradinho.

Ao longe, um vasto círculo de segurança formado por caças e navios de guerra mantinha afastados todas e quaisquer embarcações e aeronaves com uma zona de exclusão, sob o disfarce de "exercícios militares". Não havia a bordo do Amazônia pessoal mais do que o absolutamente necessário para manter o navio em funcionamento. Nessas alturas, havia mais cientistas do que militares em suas dependências.

Sozinho na pista, Antonio observava a intricada torre de metal do transmissor de ondas apontada para o pequeno círculo vermelho destacando-se como o objeto de maior brilho no céu noturno sem luar.

O piloto de caça vestira seu traje de voo, a roupa com a qual se sentia melhor. Os tanques estavam cheios, e o caça preparado para sua missão de proteção. Uma possibilidade ínfima, considerando que estavam no centro de uma zona de exclusão quase impossível de romper por algum eventual inimigo, com a esquadra voando no seu entorno, juntamente com a Armada. Mas ele tinha de estar preparado para comboiar o submarino, caso fosse necessário retirar às pressas os maiores cérebros do Império. A espionagem confederada devia saber o que se estava tentando fazer no Amazônia. Atacariam?

Era uma hipótese distante. Ainda mais distante e, no entanto em breve paradoxalmente próxima, havia lá em cima o enigma do desconhecido. Outra civilização, outra cultura? Ou outro inimigo?

Marte. Que notícias você nos traz, planeta vermelho?

1910

A revolta explodiu a bordo do encouraçado Amazônia, muito antes que a vista da Baia de Guanabara, com o Pão de Açúcar e o Corcovado surgissem no horizonte. O navio entrou na linha de tiro do Minas Geraes, que já fora tomado pelos marinheiros sob o comando do Comitê Geral, que há dois anos organizava a revolta contra o uso indiscriminado da chibata na Armada da República.

Os oficiais do Amazônia foram rendidos nos primeiros albores da madrugada, após uma rápida escaramuça, quando a maioria ainda estava dormindo. Em poucos minutos estavam reunidos sob a mira das armas no convés, enquanto os marinheiros tomavam conta do arsenal e da sala do rádio. Uma barcaça se aproximava do Amazônia, com revoltosos do Minas Geraes. Poucos minutos depois, abriam a porta das masmorras, inclusive de Antonio.

– Se vista, capitão. Vai gostar da mudança a bordo. O Mão Negra está embarcando.

– Quem é ele? – perguntou o piloto, vestindo suas roupas apressadamente, sem deixar de notar o revólver na cintura do marinheiro. O *seu* revólver.

– É o mais letrado de nós. É um dos líderes do Comitê Geral, sob as ordens do Almirante Negro. Suas cartas anônimas revelaram a situação desesperadora da marujada ao país.

No convés principal, a situação era dramática. Gritos de "viva a liberdade" ecoavam por todo o navio. Amarrados, os oficiais protestavam encolerizados, sofrendo safanões e empurrões dos marinheiros armados, alguns deles brandindo chicotes, com os quais muitos foram marcados. O capitão-de-guerra-e-mar Bulhões, amordaçado, se agitava inutilmente sob grossas cordas, vestindo ainda as ceroulas de dormir. O major permanecia em silêncio, cabisbaixo. Levantou a cabeça quando viu Antenor levando o visconde para junto dos revoltosos.

– Quem é ele, Antenor? – perguntou o marinheiro Francisco, recém chegado da barcaça, cognominado o "Mão Negra".

– É um prisioneiro. Um homem voador. Querem entregá-lo às Forças Armadas.

– Bem, isso está fora de questão. Temos de reunir todo o Comitê Geral. Agora temos o Minas Geraes, o São Paulo, o Bahia e o Deodoro em mãos. Se o novo governo militar não atender nossas reivindicações, bombardearemos o Palácio do Catete e a Câmara dos Deputados, na capital.

Antonio sentia-se perdido em meio aquela situação extrema. Aproximou-se dos prisioneiros, quando ouviu o major chamá-lo. Um marujo ameaçou bater nele com a coronha do rifle.

– Por favor, não. Deixe-me apenas falar com ele. – pediu.

– Antenor? – perguntou o marujo.

– Estou ocupado agora. Tudo bem. O capitão voador não representa perigo para nós – respondeu. – Deixe-o falar.

– Visconde, essa revolta não tem como prosperar. Cedo ou tarde a Marinha retomará os navios e os revoltosos acabarão nas masmorras da Ilha das Cobras, se não forem fuzilados – afirmou o major. – Coloque um pouco de juízo na cabeça de Antenor e deixe-me interceder com as autoridades. Meu dever era fazer um relatório completo para o novo governo militar, do marechal Hermes da Fonseca sobre a situação da Armada. Colocarei as reivindicações deles no relatório.

– Acha que vai adiantar alguma coisa, major?

– Se houver mortes de oficiais nos navios, e bombardearem o Rio, não. Fale com Antenor.

– Não sei o que fazer, major. Essa não é minha realidade. Não é meu mundo.

Antonio afastou-se para junto de sua aeronave na popa. Não sabia o que fazer.

De repente, tiros de canhão ribombaram na distância, sobre o Rio de Janeiro.

Mas o olhar de Antonio voltou-se para o lado oposto. No horizonte marinho, uma tênue luminosidade quase ofuscada pela luz do dia, lembrou um lampejo de aurora boreal e brilhou por alguns instantes no céu.

1900

A cortina ondulante de energia podia ser vista nos céus, mesmo à luz do dia. Ela surgiu quando a grande antena do transmissor de ondas na torre de comando do navio foi posta em funcionamento. Longos e iridescentes tentáculos desprendiam dela, rumo ao céu alterado.

Diante do visconde piloto, uma seção da pista de pouso começou a baixar, formando um desnível iluminado. A luz então apagou, e uma longa forma de charuto começou a subir do nível inferior até a pista. A tripulação jogou holofotes sobre o belo dirigível preso ao chão, em cuja lateral estava inscrito em letras garrafais o nome "Brazil". A seus pés, um homem pequenino com um escafandro sem capacete acenava para a torre, com um velho chapéu. A seu lado, outro homem, mais alto, também com um escafandro e máscara de oxigênio. Ele sabia que Marte tinha atmosfera respirável, embora mais tênue. Ninguém conhecia o planeta vermelho melhor do que ele no mundo.

1910

Os marinheiros ajudaram a descer com o guindaste para o mar a Ave de Rapina, apesar da agitação do navio e do coração de todos a bordo.

– Espero que saiba o que está fazendo, Antenor – disse o Mão Negra, observando a ação. – Mas o comando a bordo do Amazônia é seu.

– Esse homem trouxe notícias de um mundo melhor que o nosso. Talvez ele seja de Marte. Quero que ele parta bem, que aqui também há homens de honra.

– Marte? – repetiu, incrédulo o marinheiro Francisco, afastando-se. – Depois disso, volto para o Minas Geraes. Tenho uma revolta para participar.

Finalmente a aeronave caiu sobre a água, levantando ondas, mas estabilizando-se em seguida, para alívio de Antonio. Logo, a Ave de Rapina era rebocada pelo navio, novamente.

– Antenor, não sei se conseguirei voltar para minha terra. Mas se posso tentar, agradeço a você. – apertou a mão do marinheiro. – Viva a liberdade!

– Viva a liberdade, capitão. Mande notícias nossas a Marte – disse, devolvendo seu revólver da Marinha Imperial.

– Posso ter uma palavrinha com o major? Ele me ajudou a suportar o cativeiro e entender esse mundo cruel em que vivem.

O piloto aproximou-se do major Niemeyer, que não estava mais amarrado para participar de negociações com o Comitê Geral, mas era mantido sob vigilância. O capitão Bulhões e os demais foram trancafiados.

– Agradeço pela hospitalidade, major Niemeyer. Tomei a liberdade de pegar meus documentos em sua cabine. Por favor, faça o possível pela marujada. Eles estão desesperados. A República não pode continuar a tratá-los como no tempo da escravidão.

– Receio que as coisas vão demorar um tanto mais a evoluir do que em sua realidade, visconde. Mas farei o possível. Acha que conseguirá voltar?

– Não sei. Mas morrerei tentando. Não poderia viver aqui. Quero voltar para meu passado extraordinário, onde Marte é mais perto e fantástico.

1900

A Ave de Rapina ganhou altura rapidamente, volteando entre luzes cada vez mais intensas colorindo o céu. Embaixo, o Amazônia ficava cada vez menor, apesar de seu tamanho. Era maravilhoso para o piloto ver como os raios partiam da antena na torre de controle, atraindo, ou talvez criando espirais de auroras na alta atmosfera. Ganhando altura, o dirigível Brazil fluía suavemente pelas correntes aéreos, estranhamente calmas em meio a tanta turbulência não natural.

Antonio! Mantenha distância! O buraco de Einstein-Planck vai se abrir agora!

A voz nasalada do padre Landell soou através do transmissor de ondas. Antonio puxou o manche da Ave de Rapina, voando na direção contrária ao caminho do dirigível.

Um túnel de luz se abriu diante do Brazil, que mergulhou como uma flecha de luz em seu interior misterioso.

Boa viagem para Marte, Alberto e Percival.

E então, como uma chibatada de estrelas, o visconde de Cerradinho mergulhou igualmente no desconhecido.

1910

A Ave de Rapina mergulhou no mar profundo. A mistura de óleo de parafina e querosene bruta, que conseguira com Antenor no encouraçado, estava rendendo bem no motor da aeronave.

Onde está a maldita aurora tropical?

Estava bem longe do local em que fora encontrado pelo Amazônia republicano, mas não havia mais volta. Voaria até seu destino final, mesmo que mergulhasse nas águas quentes da corrente do Atlântico.

Que está acontecendo com o motor? Será o maldito óleo de parafina?

A Ave de Rapina engasgou em pleno voo, os instrumentos ficaram loucos. Antonio já vira isso, e não ficou surpreendido nem descontente quando sentiu náuseas e tonteiras, mergulhando numa adorável escuridão.

1900

Antonio! Antonio! Mantenha altitude!

O transmissor de ondas ligou sua mente juntamente com uma explosão de sons e luzes no espaço. O piloto respirou fundo e soltou um grito estridente de alegria, quando os motores e instrumentos da Ave de Rapina retornaram vivos e velozes na noite estrelada sobre o mar. Lá em cima, brilhava a estrela vermelha de Marte, grande e bela como o Império.

Meu deus, homem! O que lhe aconteceu? Pensamos que tivesse sido engolido pelo buraco juntamente com o Brazil!

– Estive em outro lugar, tão estranho quanto Marte, padre – respondeu o piloto no microfone do transmissor. – Mas certamente teria preferido estar no planeta vermelho com Alberto e mister Lowell.

Nos céus, não havia mais sinais da aurora de outras realidades, outros mundos. Somente um céu de brigadeiro, estrelado e calmo, em que a Ave de Rapina deslizava fluidamente, na direção da pista de pouso do navio aeródromo.

– Quanto tempo estive fora, padre? – foi a primeira pergunta do piloto ao pular do *cockpit* do caça fumegante, quando viu Landell e a tripulação se aproximando.

– Que diabos têm nesse tanque, capitão? – perguntou um dos mecânicos, sem esperar resposta.

– Apenas algumas horas. – respondeu o padre. – Mas pelo seu estado parece que dias. Antonio abriu a boca para falar, mas parou, olhando desconfiado o horizonte. Alguma coisa brilhou entre as estrelas ou foi impressão sua?

– O que é aquilo?

– Onde?

– Lá! A aurora... a antena não está desligada? – perguntou o visconde, apontando luzes piscando na distância.

Subitamente, um clarão partiu da antena na torre, fazendo trepidar todo o navio aeródromo. Cortinas de luzes cambiantes surgiram espessas no espaço, como uma cúpula ondulante cujo centro era o Amazônia.

– O buraco de Einsten-Planck!... – conseguiu balbuciar o padre – Que é aquilo saindo por ele? O Brazil está voltando?...

Antonio pegou o binóculo de um sargento e apontou para lá.

– Padre... Esquecemos que todo caminho tem duas direções – disse o piloto baixando o binóculo.

O que a princípio parecia-se com uma chuva de meteoros precipitou-se através da abertura cósmica, abrindo um grande arco com centenas de bólidos mergulhando um de cada vez nas águas, com um zumbido ensurdecedor. O mar ficou coalhado de máquinas exóticas, globos metálicos com grandes tentáculos flexíveis, batendo e criando marolas como chicotes.

– Em nome de Deus... o que... são essas coisas?

– Padre... o senhor já leu H. G. Wells? Elas trazem notícias de Marte. E temo que não sejam boas.

FIM?

Modelo B
Romeu Martins

Ruas do bairro Ponta de Areia, em Niterói, próximo ao estaleiro da cidade.

Eu sou um policial dos caminhos de ferro! Dos caminhos de ferro! Então o quê, em nome de Cristo, faço aqui, sacolejando nesta chaleira que se move por fora da confortável segurança dos trilhos? E correndo numa velocidade que nenhuma locomotiva do mundo seria capaz? Posso jurar que se o combustível na caldeira aqui atrás, a mesma que está esquentando minhas costas neste momento, fosse o suficiente, este monstro barulhento superaria uns bons cem, cento e dez quilômetros no decorrer de uma hora! Porém, evidentemente, nenhum ser humano suportaria ficar sentado nesta máquina de tortura por tanto tempo.

E a alavanca aqui, na minha mão esquerda, é o único jeito de controlar a velocidade. Quanto mais a forço para a frente, mais ela aciona engrenagens e válvulas liberando mais e mais a força do vapor para impulsionar o bólido. Pelo estalo seco e o tranco que fez da última vez, devo ter chegado ao máximo que ela suporta. E tenho que dosar a correria, apesar da urgência, a cada curva ou ladeira, do contrário, esta coisa pode virar e me esmagar com o seu peso. E isso não é a única coisa a ocupar minha atenção. Preciso me lembrar de manter esta outra barra, a da direita, firme. Quando ela gira para um lado ou para o outro, as rodas desta carruagem sem cavalos a acompanham. A cabeça de um homem não foi feita para se dividir nesta confusão de puxa para cima, empurra para o lado, mais rápido, para a direita... Isso é antinatural, por todos os diabos e demônios!

E quase atropelo um cachorro, se não desvio por cima da calçada, lá se ia o bicho!

Viajar fora de trilhos, nesta velocidade ensandecida, sacudindo os ossos numa rua de pedras soltas enquanto tenho que me lembrar como controlar um monstro de ferro ainda não chega a ser o pior. O pior mesmo é fazer isso tudo sem uma arma e tendo que me desviar das balas dos outros! Por isso eu volto a perguntar: o quê, em nome de Cristo, faço aqui, sacolejando nesta chaleira?

Meia hora antes, nas instalações da Imperial Exposição de Tecnologias, no centro de Niterói.

– Mr. Pennyworth, eu presumo. Muito prazer, eu sou João Octavio Ribeiro, o policial encarregado da segurança. Vim conferir se está tudo a contento deste lado do pavilhão – foi assim que comecei a conversa com o homem tão magro quanto eu, mas mais de um palmo mais alto, que acabou por me meter nesta confusão.

Ele estava conferindo a caldeira do estranho veículo que havia trazido para exibir na feira cuja inauguração está prevista para esta noite, com a chegada do Imperador D. Pedro II à cidade. Sabia que o homem à minha frente era meu conterrâneo, um cavalheiro inglês, há anos servindo como mordomo de uma família de milionários americanos. Chegara num vapor na véspera, da costa leste daquele país.

– Ah, sim, o policial que só se veste de cinza e que todos tratam por João Fumaça – na verdade ele usou o modo como as pessoas que falam em inglês me chamam: John Steam, apelido que carrego por ter vindo à luz no vagão de uma Maria Fumaça, ainda na Inglaterra. – O prazer é inteiramente meu, sou seu humilde criado.

Ao pôr de lado o cachimbo em forma de anzol em que estava pitando e me fazer uma mesura, ainda com as mangas de sua camisa branca arregaçadas, apontou o topo careca da cabeça em minha direção. Nem podia negar o comentário dele sobre os meus hábitos de vestir, uma vez que estava mesmo usando casacão com capa, blusa e calças quadriculadas e até um chapéu sem aba – para enfrentar o frio praieiro deste início de agosto – todos da mesma cor da fumaça que saia pela chaminé daquele estranho objeto em que ele pitava. Tanto que nem me dei por achado ao responder ao comentário sobre o vestuário quando falei, novamente em inglês.

– Meu criado? Pobre de mim. Sou apenas um simples funcionário da Coroa Brasileira. Com meu soldo, nem em sonhos posso me comparar a seus verdadeiros patrões.

Ao me ouvir ele voltou a pôr o cachimbo logo abaixo do chamativo bigode que ostentava com a mão direita e pendurou o polegar esquerdo em uma das alças dos suspensórios. Desconfiei que o primeiro gesto tinha como objetivo esconder a expressão em sua boca, bem próxima de um riso sardônico, talvez por reconhecer as verdades no que eu havia dito. Depois de um longo puxar do fumo, voltou a falar entre baforadas.

– Por certo, meus patrões já chegaram perto de serem considerados os homens mais ricos das Américas. Contudo, como é notório, com a crise que se abateu nos Estados Unidos na década passada, boa parte da fortuna se foi, e hoje não ocupam posição nem próxima à do seu Conde de Mauá, o responsável pelo evento que teremos aqui.

Nem os patrões dele, nem a imensa maioria dos mortais. Seria fácil contar em meus dedos, e sobrariam alguns, os milionários que chegam a ombrear ao nobre citado. Uma riqueza que se pode dizer começou a ser construída aqui, em Niterói, quando Mauá largou as atividades no comércio, comprou uma antiga fabriqueta e a transformou na primeira indústria do Brasil, em 1846: o Estabelecimento de Fundição e Estaleiros da Ponta de Areia. A Imperial Feira de Tecnologia é a maneira dele comemorar os trinta anos do início daquele empreendimento. E, segundo dizem os fofoqueiros que cobrem as andanças da corte, o Imperador vai aproveitar a festa de abertura, logo mais, para nomeá-lo duque.

Esta, por sua vez, é a maneira que a corte vem encontrando sucessivamente para reconhecer o trabalho do homem que mudou a história do Império dos Trópicos. Afinal, Mauá foi a figura que mais se empenhou para que a libertação dos escravos ocorresse de fato em 1855, quando boa parte dos nobres e dos políticos consentiam no máximo com o fim do tráfico negreiro. Mais tarde, quando se tornou banqueiro, ele soube aplicar os recursos antes imobilizados na forma de mercadoria humana para dar crédito fácil e financiar o desenvolvimento e a industrialização do país. Arrecadou com isso a maior parte do investimento e da mão-de-obra que, antes da Guerra Civil, tinha como destino certo os Estados Unidos. Além disso tudo, como maior credor e praticamente dono do Uruguai, o empresário soube contornar um conflito de interesses que poderia ter levado o Brasil às armas contra nossos vizinhos, como o próprio Paraguai, hoje, na prática, um protetorado do Império e nosso maior aliado no continente.

Só que seria descortês mencionar fatos assim; iriam me confundir com um desses deslumbrados a se regozijar em tripudiar dos ianques ao exibir a pujança do Império dos Trópicos em comparação àquela república em decadência. Por isso, me limitei a relembrar o que sabia a respeito da empresa representada por meu interlocutor.

– Mas a W Manufacturer é uma firma sólida em seu país, com uma história que vem desde o século XVII. Mesmo com os contratempos provocados pela guerra interna, ainda é referência nas artes da mecânica. Tanto que o nosso Imperador, entusiasta das novidades industriais, assim como o Conde, farão questão de visitar este espaço, tenho certeza.

– Estou deveras surpreso com o conhecimento que demonstra sobre a companhia para qual trabalho, devo dizer, assim como devo cumprimentá-lo. De fato, venho de uma família que serve aos proprietários da empresa há muito tempo. Meu pai foi o mordomo do juiz Solomon, o homem responsável pela campanha que reformou a arquitetura da cidade onde está instalada a sede da W Manufacturer. Eu mesmo sou agora o tutor do atual herdeiro da empresa, um jovem que teve os pais assassinados e está completando os estudos na Europa, em companhia de um amigo da família, Jacob Packer. Este belo apetrecho foi um presente enviado por eles, assim que puseram os pés em Londres, minha cidade natal – sem disfarçar o olhar nostálgico, ele disse isso segurando o estranho cachimbo torto. – Bem, mas sei que não são minúcias sobre a sucessão dos negócios que interessam ao policial. Deixe-me mostrar o artigo que trouxemos para apreciação de Dom Pedro II e dos empresários brasileiros.

Ao pôr o cachimbo de volta à boca – provocando em mim ao

mesmo tempo uma tosse irritante e a vontade de provar daquele fumo adocicado – o misto de mordomo, tutor, e vendedor assumiu um tom mais formal no melhor do sotaque legitimamente britânico.

– Este é o Modelo B, a última palavra em termos de tecnologia desenvolvida por nossos engenheiros. Muitos vêm tentando, em todo o mundo, criar diligências a vapor que sejam tão úteis na condução de pessoas e cargas pelas ruas quanto os trens o são em seus trilhos. Contudo, ninguém chegou ainda ao mesmo grau de qualidade da W Manufacturer ao aliar alta velocidade, pouco peso, resistência, autonomia e facilidade de comando. E está disponível em todas as cores, desde que seja preto – ele piscou o olho ao fazer o gracejo.

Olhando com mais atenção para aquela coisa, achei mesmo parecida com as diligências que cruzam o lado oeste dos Estados Unidos. A principal diferença era a parte traseira. Nos veículos tradicionais, de madeira, ali são transportadas as pessoas; já esta era feita de um metal parecido com alumínio reforçado e é onde está localizada a caldeira para produzir vapor. O lugar disponível para um único passageiro era o banco da frente, posicionado acima de um farolete elétrico. Mas alguns detalhes na estrutura rebitada me despertaram a curiosidade. Não contive a pergunta.

– Se essa sua carruagem movida a vapor foi feita para percorrer as ruas e não os céus, por que o desenho de um... morcego, acredito eu, na frente e aquela coisa que parece uma asa metálica na parte de cima? – Apontei para a figura preta perto do tal farol e para a curiosa lâmina pontiaguda que ficava logo atrás do banco do piloto.

– Bem, o desenho deste protótipo seguiu sugestões do rapaz de quem lhe falei, o herdeiro que está na Inglaterra. Ele se tornou meio, como direi? Obcecado por esses ratos voadores desde que caiu em uma toca cheia deles ao explorar cavernas por baixo da mansão da família. Acabou por adotar a imagem do animal como uma espécie de brasão informal, para lhe trazer sorte. Por insistência dele, os projetistas incluíram tais motivos alados no desenho final do Modelo B.

– Curioso, mas cada um escolhe os símbolos heráldicos que mais o agradem – para exemplificar minhas palavras, havia ao lado da barraca da W Manufacturer o brasão que Mauá passou a usar, há 22 anos, quando foi titulado barão: um escudo ornado na parte superior com uma locomotiva e na inferior com um navio a vapor, rodeados por quatro lampiões a gás. De fato, quem pode palpitar sobre as esquisitices que alimentam a imaginação dos ricos quando escolhem os brinquedos com os quais se divertem? Uma troca de olhar silenciosa foi suficiente para nós dois concordarmos com tal constatação, vinda de nossos modestos lugares na escala social nos países em que escolhemos para morar.

Nos minutos seguintes, ele se dividiu entre me falar sobre os princípios básicos do produto – como manobrá-lo e como controlar a pressão da caldeira, e outros detalhes técnicos – e a voltar a encher de fumo o cachimbo londrino. Eu me controlava para evitar a vontade de fumar, já que o médico da Polícia dos Caminhos de Ferro havia cortado os meus costumeiros charutos por conta da tosse que me acompanha há mais de uma década.

Enquanto ouvia e inalava os vapores daquela mistura de ervas, notei pelo canto do olho que chegava ao parque onde os trabalhadores montavam a exposição o carregamento aguardado por mim. Veio de forma tradicional, em uma carroça puxada a cavalos, nada de diligências vaporizadas. Conduzida por soldados, seu conteúdo seria descarregado na barraca destinada a exibir os trunfos do Exército Imperial Brasileiro, vitorioso na recém terminada Guerra Hispano-Brasileira pelo controle de Cuba.

Porém, antes de qualquer um poder tocar nas caixas, um grupo de homens que aparentavam trabalhar na montagem da estrutura da feira começou a gritar e a cercar a carroça. Mesmo de onde estava, pude perceber que, por baixo das roupas, seis ou sete homens morenos retiravam armas e rendiam meus soldados. Não consegui identificar em que língua falavam, mas era fácil entender a intenção.

Começou uma correria entre os demais expositores e trabalhadores. A coisa só piorou quando os estrangeiros dispararam para o alto. Naquela hora lamentei muito estar sem meu rifle, que fazia parte da mercadoria vinda na carroça.

Fui obrigado a me abaixar, junto com meu conterrâneo, por trás do tal Modelo B. Os homens pareciam dispostos a atirar em qualquer um que se metesse no caminho deles.

– Você tem ideia do que está havendo? O que esses homens querem? – Perguntou ele ao meu lado, de olhos arregalados e equilibrando o cachimbo na boca entreaberta.

– Os desgraçados estão roubando a carga que meus homens traziam do Laboratório Pirotécnico da Marinha. São os novos modelos dos rifles de tiro fixo Guarany, armas que foram criadas no protetorado do Paraguai e que passamos a produzir em Niterói, nas indústrias Mauá. Com um carregamento daqueles é possível começar e vencer uma guerra. – Então isso significa problemas. Vê aquela marca no braço do homem que parece liderar o bando? – Meu companheiro se referia ao desenho possível de se notar quando o barbudo que obrigava os soldados a descerem da carroça tirou a blusa para exibir suas pistolas e facões. Do meu posto de observação, pareciam riscos com um formato semelhante ao de um vidro trincado. – Se não estou enganado, aquela é insígnia de uma irmandade de piratas que infesta os mares e ataca, há séculos, navios em torno das colônias inglesas na África.

– Piratas? Com aquelas armas eles podem facilmente invadir e dominar um pequeno país no continente africano. Nem mesmo a renomada Patrulha da Selva seria capaz de enfrentá-los.

Ainda sem saber se aquele era de fato o objetivo dos atacantes, só pude observar enquanto numa ação rápida eles subiram todos na carroça e partiram pelos portões do parque. A parelha de cavalos correu assustada com os berros dos ladrões e de suas armas. Já de pé, mas ainda desarmado e sem outro cavalo à vista, me pus a pensar em um modo de recuperar a carga antes de me porem a ferros por ter falhado em protegê-la.

– Para onde eles podem estar levando todas aquelas armas? – Quem perguntava era o inglês, se erguendo ao meu lado e limpando a poeira em suas calças listradas.

– Essa é fácil de responder. Se forem mesmo piratas, devem ter alguma embarcação ligeira escondida próxima ao estaleiro, pronta para uma fuga pela Baía da Guanabara e dali para o alto-mar. Tenho que encontrar um meio de interceptá-los antes disso...

Sim, foi neste momento que, fulminado por um raio, me dei conta que a única resposta possível estivera fumegando à minha frente o tempo todo.

– Esta sua invenção... Ela já está pronta para ser usada? A caldeira está aquecida e alimentada com carvão e água suficientes para uma corrida?

– Por certo. Eu ajustava a pressão nos mostradores quando você veio falar comigo. O Modelo B ainda não foi posto para operar desde que desembarcamos do navio, esta manhã. Estava preparando para testá-lo na pista em volta desta praça...

– Então ele vai ganhar uma chance de ser testado em condições reais, pois o estou confiscando em nome de Sua Majestade Imperial e da Polícia dos Caminhos de Ferro. Com sua licença – disse isso ao mesmo tempo em que apoiei o pé no estribo lateral e trepei naquela carroça de alumínio pintada de preto. Enquanto me ajeitava no banco, espremido entre a barra de controle e a alavanca, percebi um par de óculos arredondados e uma tira de borracha.

– Se vai mesmo "confiscar" nosso protótipo, não deixe de usar os *goggles*. Eles são o único meio de evitar que a poeira e os insetos furem seus olhos dada a velocidade com que você vai atravessar essas ruas, meu caro policial.

Sem disposição para discutir, coloquei os tais óculos. Depois que terminei de ajeitá-los, notei como o mundo parecia diferente, mais arredondado; ovalado, para ser preciso. Olhei para o mordomo inglês e ele pareceu-me não mais o cavaleiro magro de antes, mas sim um gorila atarracado com um cachimbo nas mãos. Por falar nele, não me contive.

– Já que estou confiscando suas coisas, peço também este objeto – estiquei o braço e peguei o anzol de fumo dele, depositando-o diretamente entre meus dentes. – Me sentirei melhor tendo uma boa dose de fumaça aromatizada em meus pulmões.

Gritei um "*Wish me luck, Mr. Pennyworth!*" e pus em prática as instruções que ouvi daquele homem: alavanca para frente, barra de direcionamento para trás. O bicho tremeu, cuspiu ainda mais fumaça e, de um arranque súbito, pulou para a frente feito touro bravo, quase amassando uma barraca vizinha. Com alguma sorte, fui mexendo na barra da direita até fazer o monstro me obedecer e seguir as marcas de ferraduras no chão de terra batida da praça. Antes que pudesse me dar conta, cruzava os mesmos portões por onde vi a carroça sumir. Apesar do barulho e das sacudidelas, ouvi ao fundo a voz do verdadeiro dono da montaria mecânica que estava tentando domar.

– Boa sorte, patrão João Fumaça. Vai precisar de uma boa dose dela.

De volta às ruas de Ponta da Areia e ao ponto em que começou esta história.

Finalmente, depois de quase quebrar os ossos e de ser jogado para fora, avistei a carroça! Eles tinham a vantagem de conhecer o caminho e de terem partido antes, mas mesmo tendo que aprender na marra como se mexe nesta coisa, a velocidade com que vim foi tamanha que deu tempo de alcançá-los antes que começassem a desembarcar a carga de Guaranys. Já estavam parados à beira do mar, com um barco pequeno à vista.

Não tinha como ser discreta a minha chegada. Os piratas logo me viram cuspindo fumaça pelo cachimbo e pela chaminé. No idioma em que se falavam, logo chegaram à conclusão de que o melhor era atirar antes de me dar chance de chegar perto.

Eles ainda estavam usando as mesmas armas de baixo calibre do assalto, certamente escolhidas para facilitar a entrada na exposição com seus disfarces. Baixo calibre e pouca precisão. Bastava eu ziguezaguear o bólido para desviar das balas. Mesmo assim, devo reconhecer, algumas chegaram perto de me acertar. O morcego da frente logo foi alvejado e, assim como o farol redondo, acabou sendo espatifado. Ao meu lado, projéteis passaram zunindo até acertar a caldeira que alimentava minha corrida.

No lugar de sangue, o monstro de metal começou a vazar água fervente. Ainda era possível continuar na direção deles, não em linha reta, mas imitando a trajetória de um irlandês do bar para casa.

Por sorte, os rifles de repetição naquela carroça eram transportados sem munição. Do contrário, eles teriam poder de fogo para me peneirar.

Diabos! Era óbvio que eu teria motivo para me arrepender de tal pensamento. Por trás dos atiradores que disparavam contra mim usando pistolas, surge o pirata da tatuagem de vidro quebrado com uma Guarany em uma das mãos e uma caixa de munição na outra.

Sem pensar, na base do reflexo, empurrei a alavanca da esquerda para a frente e puxei em minha direção a barra da direita. Isso só não fez a diligência a vapor tombar porque seu peso contrabalançou os efeitos da frenagem. O Modelo B gemeu e bufou. Por fim, virou para a esquerda e foi diminuindo a marcha até parar. Trinquei os dentes com força e fechei os olhos enquanto senti o mundo vibrar. Uma cortina de poeira se ergueu diante de mim – e os óculos de fato protegeram meus olhos das partículas levantadas que chegaram a arrancar sangue do meu rosto.

Lá se foi meu plano de trombar o Modelo B contra a traseira da carroça.

De novo sem ter tempo para raciocinar, só pude me lançar outra vez para trás daquela barreira de metal enquanto um oceano de chumbo era cuspido pela arma pessoal mais perigosa do mundo.

As gargalhadas dos piratas eram a única coisa que eu podia ouvir além do ruído do impacto das balas na carcaça que me protegia. Uma rajada arrancou a asa de morcego do topo do veículo e a jogou a meus pés. Novos rombos na caldeira fizeram com que ela não apenas despejasse água superaquecida na rua e vapor denso nos céus: abrindo-se como se feita de papel, jorrou para fora, quase me atingindo, carvões em brasa, brilhantes de tão rubros. Ou seriam rubros de tão brilhantes?

Então, uma pausa. Após menos de um minuto de cataclismo bélico, a carga do fuzil mecanizado acabou. O pirata da tatuagem ainda leva um tempo puxando o gatilho até se perceber do fato por completo. Não ia demorar nada para ele mandar seus matadores virem atrás de mim com as pistolas mesmo, para garantir o serviço.

Abaixado por trás das ruínas metálicas, sem uma arma para chamar de minha, só podia dar as últimas pitadas no cachimbo confiscado. Dali eu ainda avistava o alvo perfeito para um disparo, se eu tivesse com o que atirar: uma caixa cuja marcação indicava ser pólvora não encapsulada para fabricação de explosivos. Um tiro ali e meus problemas estariam acabados. Tão perto, tão desprotegida, pedindo para levar chumbo quente...

Na situação em que eu estava, o alvo fácil era eu. Como previ, o chefe do bando aponta para dois dos seus homens e dá ordens rápidas. Eu podia observar os carrascos caminhando em minha direção, um vindo pela esquerda, outro pela direita. Outros três davam cobertura. Ao tentar pensar em algo para fazer com o que tinha ao alcance de minhas mãos, ou seja, uma asa de morcego furada, carvões em brasa e um cachimbo cheio de curvas, passei alguns dos piores segundos de minha vida.

Em momentos assim, sou obrigado a fazer um de meus truques.

Puxei a asa de morcego com a mão esquerda e, com a outra, usei o cachimbo para pescar um carvão incandescente. A boca do cachimbo serviu para capturar e prender uma daquelas coisas insuportavelmente quentes. Depois de verificar que a pedra estava firme ali, ainda chiando com o calor que soltava, enganchei o outro lado do objeto em um dos buracos abertos pelos tiros na asa de metal. Para garantir que ficasse bem preso, atei o conjunto com a borracha daqueles óculos de proteção. Tudo pronto, carvão de um lado, cachimbo atado. Agora era arranjar coragem e deixar o abrigo por instantes que poderiam ser mortais.

Apareci por trás da minha barreira de proteção para arremessar aquela coisa como se fosse um disco dos tempos olímpicos. Foi o tempo de jogar e voltar a me abaixar, antes de dar a oportunidade de me acertarem um tiro. A asa de morcego carregando o cachimbo seguiu girando, para surpresa do bando. Deu para ver e ouvir que parte do meu objetivo foi cumprida: ela acertou em cheio a caixa e rachou o tampo de madeira, com um estalido seco. Para saber se o restante da ideia daria certo, só esperando. Mas não muito. Bastaria uma bala certeira para me por fora de ação. Já podia ouvir os passos dos piratas e os gritos impacientes do chefe deles.

A pólvora que vazou pela caixa arrebentada foi mais rápida que meus pretensos assassinos. O pó negro logo chegou até o carvão ainda vermelho o suficiente para provocar o que eu torcia para que ocorresse. E a confirmação veio na forma de um estrondo como há anos eu não ouvia.

Carroça e armas foram pelos céus no meio de uma coluna de fogo e fumaça. Em seguida, pedaços de metal caem do céu, em uma chuva perigosa para cabeças desprotegidas. Por isso me esgueirei para baixo dos restos do Modelo B, por entre suas rodas, com a cara e a barriga roçando na rua de terra, enquanto os piratas recebiam presentes vindos do alto. Algumas das peças de artilharia tão cobiçadas caíram nas águas da Baía da Guanabara, indiferentes aos planos que o bando poderia ter para elas.

Aturdidos com a virada da situação, abalados pelo impacto daquela bomba improvisada e furiosos pela perda do que vieram buscar de tão longe, os criminosos começaram uma discussão naquele dialeto desconhecido por mim. Mesmo com esse estado de espírito, algum bom senso prevaleceu no grupo. Perceberam que as forças de segurança de Niterói se aproximavam e pularam para dentro de seu barco com as mãos vazias e muitas feridas espalhadas pelo corpo.

Era uma embarcação ligeira, como um escaler, movida não por remos, mas por algum tipo de engenho na parte traseira. Não sei se a vapor, pois me pareceu pequeno demais para comportar uma caldeira e o ronco que fazia me lembrou dos bugios que encontrei na Amazônia. Cheguei próximo à borda ainda em tempo de ver a tal irmandade pirata em fuga, com um rastro branco de espuma marítima deixado para trás. Não é exagero dizer que já recebi olhares ameaçadores em meus mais de dez anos de carreira, mas provavelmente nenhum tão cheio de ódio quanto o do líder daquele bando.

Duas horas depois, mais uma vez nas instalações da Imperial Exposição de Tecnologias.

Posso fazer uma ideia do quanto eu deveria estar ridículo naquela situação. Consegui juntar, depois de uma corrida que me deixou esbaforido, os pobres cavalos que conduziram a carroça das armas até o estaleiro. Mesmo com a força da explosão, os bichos não sofreram ferimentos sérios. Para a sorte deles, a caixa com a pólvora estava na parte de trás do carregamento, suficientemente longe de seus cascos. Então, eles puderam me servir em um último favor: puxavam a diligência mecânica, aquela que deveria dispensar o uso dos animais, para me levar de volta ao centro de Niterói.

Mesmo se eu não conseguisse ter a noção do ridículo, a cara de Mr. Pennyworth ao me receber na entrada do parque – agora trajado com mais elegância, com uma casaca preta cobrindo seus suspensórios – seria o bastante. A dupla de cavalos, ainda assustada, trazia em passo lento aquela carcaça estourada, que um dia foi um avanço tecnológico, e a mim, um policial estropiado, de carona.

– Bom, muito bom, meu amigo! Já chegaram até aqui alguns rumores sobre sua ação contra os piratas, mas gostaria de ouvir as boas de sua boca. Que, aliás, não está mais portando meu cachimbo de estimação.

Cansado como estava, não consegui identificar se havia muita ironia no comentário. Parecia de fato feliz em me ver, mesmo tendo arruinado o projeto dos patrões dele.

– Não foi possível recuperar a carga, nem prender o bando. Dos males o menor, contudo: eu os impedi de levar o que queriam – falei isso enquanto puxava as rédeas, no estilo tradicional de se parar um veículo, sem barras ou alavancas. – O preço dessa vitória foi este que está vendo. E, aliás, que não está vendo também: seu cachimbo ficou pelo caminho, após me ser muito útil nesta desventura, pode acreditar.

Ele fez questão de ressaltar o olhar de incredulidade, ao chegar perto para examinar as muitas marcas de bala ao longo da estrutura do protótipo que confiou a mim.

– Nem posso imaginar como... Mas ficaria feliz se desse o seu testemunho a respeito do Modelo B. Estive conversando com alguns empresários que me disseram confiar em sua palavra, caso confirmasse o potencial da máquina.

– Claro, posso fazer um relatório. Só me deixe descansar um pouco – lentamente fui descendo daquela coisa que se esfacelava a cada metro que rodava. Andei em direção ao posto de segurança da minha tropa, mas travei no caminho e me voltei para fazer uma última pergunta sobre algo que vinha me intrigando. – Só mais uma coisa; não pude deixar de pensar nisso, mas o nome dessa... desse protótipo: Modelo B é a inicial de alguma coisa?

O mordomo inglês ainda estava conferindo o estrago e me respondeu, parte de costas para mim, parte me olhando:

– Não, não. É B simplesmente porque antes dele houve o Modelo A.

– Ah, sim, seria minha segunda opção. E posso saber onde está o modelo anterior?

Agora ele me olhava diretamente e seu sorriso era o mais fino retrato da ironia:

– Não existe mais. Havia um erro no projeto e ele simplesmente explodiu quando o nosso piloto de testes, que Deus o tenha, forçou a caldeira à velocidade máxima. Graças ao senhor, agora sabemos que este modelo aqui não sofre do mesmo mal.

O cerco de Dr. Vikare Blisset

tal qual foi relatado pelo detetive Carlos Werke

Jacques Barcia

Transcrição 3 - Página 18

...disse a você. Não havia nada. Nada. Vazio. Quantas vezes tenho que repetir? Certo. Ok, ok. Quer dizer, sim senhor.

Pela terceira vez: cheguei ao reduto do Dr. Vikare Blisset tarde da noite. Tarde demais, na verdade. 27 de fevereiro. Que horas? Provavelmente duas da manhã. Não tenho certeza. Era para lá de meia-noite, isso eu sei. Nossos dados de inteligência não apontavam uma localização precisa. Sim, empregamos as máquinas analíticas. Como disse, os dados computados determinaram catorze possíveis localizações para o quartel general de Blisset. Catorze. Nós chegamos a verificar três endereços diferentes antes de ficar claro que não conseguiríamos investigar todas possibilidades. Nós estávamos correndo contra o relógio. Fomos forçados a usar, como vou dizer, métodos pouco ortodoxos para decidir que local deveríamos atacar em seguida. Isso, isso, nós tivemos a colaboração de um kardecista. Eu sei. Mas ele apontou o local na Rua da Praia, no Bairro de São Pedro, perto da Praça. Sim, São Pedro. O desgraçado se escondeu bem debaixo de nossas fuças, em um velho armazém que, para ser honesto, nós deixamos passar batido. Muito óbvio, muito fácil. Muito petulante. Até mesmo para ele.

Não, sozinho não. Eu fui lá com um time completo. Eu estava pronto para os seus truques. Estava determinado a não ser feito de bobo novamente. Isso. Eu tinha cinquenta homens comigo bloqueando ambas as saídas do armazém, na Rua da Praia e na Rua da Areia. Eu tinha um dirigível classe Dumont patrulhando o ar, procurando por sinais de movimentação no telhado, e a bordo dele havia quatro jato-mochileiros prontos para ação. Eu havia pedido ao Prefeito que limpasse o céu de qualquer aeronave civil, fossem dirigíveis privados ou tópteros. Entre os cinquenta homens havia dez armaduras a vapor classe Golias totalmente armadas e equipadas com disparadores Tesla. Eu queria o desgraçado. Morto ou vivo. Bem do jeito que o Consórcio pediu, certo?

Óbvio que achei estranho. Estávamos na soleira da porta dele e os únicos som que ouvíamos eram o chiado de uma caldeira e os estalos de um engenho analítico. Vários engenhos, para ser preciso. Sim, depois confirmamos que havia quatro engenhos movidos a vapor, todos conectados por fios de cobre e ligados a três máquinas de enigma e um rádio-transmissor. Não senhor. Não fomos capazes de localizar o código de desencriptação.

Por que você insiste em perguntar coisas para as quais já sabe as respostas? Você acha que eu sou doido? Acha que virei a casaca? Não. Eu realmente, eu...eu não sei como ela teve essa ideia de máquina respiradora. Não, ela ela não é uma Sem-Patente. Ela é uma enfermeira, pelo amor de Deus. Uma enfermeira com uma criança doente. As pessoas se tornam criativas nessas circunstâncias, você não acha? As pessoas, elas inventam coisas a partir da necessidade. Sim. Fui informado que eles possuem design similar. Não. Lúcia nunca esteve na Europa. Nunca visitou nenhum desses inventores que você mencionou. Sim. Tenho. Certeza.

Certo.

Transcrição 3 - Página 19

Só para fins de registro, é? Bem, para fins de registro, Dr. Vikare Blisset é, sem dúvida, o bandido mais perigoso vivendo hoje em Mauritzstadt. Ele é o inimigo número um do Consórcio. *O* inimigo. Esqueça os anarquistas (apesar de podermos considerá-lo um deles), esqueça os sindicatos, esqueça os grevistas e as milícias nas minas de aether no espaço sideral. Dr. Blisset é todos eles. E nenhum deles. Por que ele é tão perigoso? Você sabe porque. Por que você está perguntando isso? Para o registro? Isso *está* registrado, documentado, é de conhecimento público, meu Deus do céu. Ok. Para fins de registro. Ele é um gênio. É uma lenda. É o líder do culto Sem-Patente. Ele é acusado de roubar de várias indústrias as plantas de diversos produtos revolucionários só para distribuí-los para o populacho. Não, não, senhor. Ele não cobra nada. Nem um vintém. Ele faz isso de graça. Eu não sei. Se as palavras dele servem de alguma coisa, ele faz isso por puro idealismo. Nosso departamento interceptou várias cartas e transmissões de rádio nas quais ele deixa claro seu objetivo: ele quer promover o que chama de Revolução da Garagem. Sim. A mesma do manifesto.

Se eu admiro ele? Nossa, não! Eu o respeito. Sei que tenho razões para odiá-lo. Você não precisa me lembrar disso. Pare. Pare! Agora não importa mais. Eu tenho caçado ele desde o início. Dez anos. Não, não acho que minha carreira foi construída em cima dele. Só um policial, sim. Detetive de primeira classe agora. Nunca. Nunca peguei ele. Lutar com ele? Diversas vezes. Tiroteio. Perseguição de carro. Duelo de espadas a céu aberto, no casco de um dirigível prussiano. Ele projeta a espada, abaixa o ombro. Eu bloqueio, deslizo a lâmina para a empunhadura e o desarmo. Eu digo: "Haha! Acabou. Não tens mais para onde escapar, biltre!" Ele diz: "Canto algum, senão o ar". Corre. E salta. Sim. Ele saltou de um dirigível. Não consegui. Ele foi rápido demais. Inacreditável? Eu te digo o que é inacreditável. No meio da queda ele ativa um tipo de mecanismo e um par de asas mecânicas se abrem de suas costas. E ele plana. Para longe.

Daquela vez eu o peguei tirando um microdaguerrótipo de um novo engenho Tesla que os prussianos tinham a bordo. Encomenda do governo Mauritze. Bem, ele rouba os esquemas tanto de produtos de ponta quanto de coisas comuns, como vacinas e o sempre popular refrigerador, e então ele grava tutoriais em áudio detalhando o processo de manufatura do produto. Então ele o distribui usando uma rede de colaboradores, centros de distribuição, estações de rádio clandestinas e outros meios ainda mais estranhos. Como fantasmas. É o que dizem. Não sei como. O que eu sei é que ele inventa processos de fabricação tão simples, e ao mesmo tempo tão esotéricos, que qualquer pessoa com um mínimo de criatividade é capaz de reproduzir. Ele também é acusado de praticar um bocado de ciências ilegais. Engenharia de automóveis, mecanética, dinâmica do vapor, virologia, mecânica do aether, escolha uma. Ele também quebrou patentes e o código ético delas também. Sim, cronomorfose, sim. Sim, ele usou isso em mim no armazém. Me sinto normal, mas como você pode ver, meu vocabulário me trai. E, estranhamente, você parece me compreender perfeitamente, apesar de meu dialeto esquisito. Bizarro, né? Você *realmente* me compreende, não é? Ok.

Alguns também dizem que ele é feiticeiro.

Anexo 1:

Excerto de A Revolução da Garagem - Um Manifesto

Em meio a fumaça das chaminés ecoam gritos de uma geração. Gritos que carregam consigo a mensagem de uma juventude amordaçada, engasgada. O pulso da rebelião. Revolução em cada garagem. Em cada porão. Em cada planta industrial. A subversão da ordem burguesa que dita os cursos deste tão falado progresso. Não mais seremos escravos da produção em massa. Não mais deixaremos que industrialistas, banqueiros e imperadores decidam o que podemos ter, o devemos consumir. Não iremos consumir. Faremos nós mesmos. E faremos com que a criatividade, a invenção, a ciência e os ofícios sejam meios para libertar a humanidade. Sim. Cientistas loucos, nós somos. Os doutores solitários. Aqueles que não aceitam que a realidade deve ser embalada em uma caixa de papelão, nem que a tecnologia deve ser acessível apenas a uma minoria privilegiada de lordes bem-nascidos, os membros da classe proprietária. Roubaremos. Faremos engenharia reversa. Tornaremo-los simples e os distribuiremos para as massas, para que as massas sejam massa nunca mais. Um mundo-laboratório, uma sociedade de inventores. E se os defensores da passividade advogam que tal mundo se assemelha ao caos de uma tempestade de inverno, para aqueles cujo pensamento é livre ele será tão somente como um alvorecer na primavera. Junte-se à guerra. Crie, destranque e compartilhe.

Anexo 2:

A Gazeta Mercantil sobre a tentativa de roubo na Universidade Mauritze.

VIKARE, O BANDIDO SEM-PATENTE, ATACA UNIVERSIDADE

O biltre voou sobre o campus, arrombou o laboratório e destruiu a rara coleção Criaturas Aethereas

Uma tentativa de roubou causou destruição e pânico, ontem, na Universidade Imperial Mauritze, zona oeste de Mauritzstadt. O bandido anarquista conhecido como Dr. Vikare Blisset invadiu o recém-inaugurado Departamento de Ciências Evolucionárias, em plena luz do dia, causando danos irreparáveis à coleção Criaturas Aethereas daquele mui estimado centro acadêmico. Eram passadas as dez da manhã, quando uma sombra repentina cobriu o jardim do campus, um dirigível flutuando no céu. Estudantes, incluindo o filho do industrialista prussiano Otto Lundgren, Felipe Lundgren, além da professora lamarckiana, senhorita Filomena Alcoforado; do terapeuta e hipnotizador, Dr. Ethevaldo Nilza; do poeta parnasiano, escritor e músico Mário Lins, entre várias outras autoridades acadêmicas, cidadãos ilustres e homens de prestígio, lançaram seus olhares ao céu, boquiabertos, incapazes de acreditar que um homem, usando o que pareciam ser sapatos a jato, saltou da barriga da aeronave e voou como uma flecha em direção à janela do laboratório.

Segundo a testemunha Severino Barbosa, um bom crioulo recém-liberto, que trabalha como zelador no laboratório, Dr. Vikare sacou uma "bruta duma arma esquisita" de seu casacão assim que pôs os pés no solo e imediatamente abriu fogo. "Mal tive tempo de me abaixar e proteger minha cabeça. Ouvi um som agudo, tipo 'zap', e um flash de luz branca. Ele disparou a arma contra as prateleiras, contra os armários, contra tudo. Mas não parecia ser algo aleatório. Ele foi preciso em sua fúria", disse Barbosa. O servente confirmou que o homem com a arma de raios era mesmo Dr. Vikare. "Sim, sim! O casacão, a máscara de gás, o chapéu, a capa. Era ele com certeza", disse. Um dos armários continha a coleção mumificada de sete espécimes de vida extraterrestre outrora conhecidas como Criaturas Aethereas. A coleção tinha valor incalculável, mas agora está definitivamente perdida para a raça humana.

"Esse rufião deve ser detido a todo custo. Ele não é só um perigo para nossa economia. É um perigo para nossos cidadãos e, em última instância, um perigo para o conhecimento humano", disse Felipe Lundgren. As Indústrias Lundgren são as maiores patrocinadoras do laboratório e a coleção destruída foi presente de seu diretor, Otto Lundgren. "Meu pai pessoalmente liderou uma expedição para Marte no ano passado, o que resultou na captura desses espécimes. É uma vergonha".

O Departamento de Polícia Mauritze alega estar no encalço de Vikare, mas admite que está longe de desvendar sua real identidade. "Estamos trabalhando nisso. Ele é ardiloso, é inteligente e parece estar em todos os lugares," disse o detetive Carlos Werke, o homem responsável pela investigação. Werke disse que apesar do relato de testemunhas, não há nenhuma indicação que o objetivo do último ataque de Vikare era mesmo destruir o laboratório e seu conteúdo.

** Jack Waller é repórter da Gazeta Mercantil.*

Transcrição 3 - Página 20

Não é confiável. Ele é um ex-escravo recém-liberto que trabalhava no cotonifício de Lundgren. O que eu quero dizer? Que o relato dele não é confiável. Além disso, temos evidências sólidas que havia pelo menos um outro homem dentro daquele laboratório. As ditas marcas de disparos de raios, na verdade, são indicativos de que houve um duelo no local. Sim, podem. Mas então, por que o crioulo mentiria? Se a segurança lutou com Dr. Vikare, então este fato deveria ter sido relatado. Outra coisa: armas de raio são de uso exclusivo do exército. A segurança da universidade não tem acesso a tais equipamentos. Claro que estou desconfiado. Eu sou pago para ser desconfiado.

E existem os imitadores. Veja, este ataque desvia totalmente do comportamento pregresso de Vikare. Tenho um time de psicanalistas fazendo leituras de todos seus movimentos, registrando seu progresso, suas falhas. O que eles descobriram é que há pelo menos dez arquétipos de personalidade distintos orbitando a persona principal que sabemos ser Dr. Vikare. Merda. Sim, sou capaz. Funciona mais ou menos assim: existe o Vikare que conhecemos, o Vikare que estamos investigando. O Vikare que inventa ou rouba patentes, reforma seu processo de produção e adiciona um dispositivo de autodestruição que detecta transações monetárias. Alguma coisa relacionada a energia orgônica. E há as outras nove personalidades, todas menos meticulosas. Acreditamos que sejam cientistas como ele. Alguns parecem ser jovens e aventureiros. Outros parecem ser mais velhos e insulares. Alguns promovem a distribuição de panfletos detalhando esta ou aquela invenção ou tecnologia, com aparições extravagantes sobre os céus de Mauritzstadt. Outros só podem ser ouvidos na rádio lendo poesia subversiva. Uma possibilidade é que ele mantém uma rede de bandidos e justiceiros para ajudá-lo em seus ataques. Conseguimos identificar três possíveis colaboradores.

Concordo. Teoricamente, o episódio da universidade pode ter sido ação de algum desses imitadores. Mas nenhuma dessas outras personas já utilizaram atos de violência gratuita. Nenhum deles jamais destruiu um prédio, muito menos um laboratório. E registramos outras sete ocorrências onde um Vikare ou outro invadiu um laboratório, uma biblioteca, uma instituição de ensino. Ele nunca promoveu nenhum tipo de destruição. Em alguns casos ele pareceu surgir dentro de um cofre só para desaparecer no momento seguinte, sem deixar vestígios, exceto por sua assinatura: *Você foi despatenteado*. Uma assinatura que não apareceu na universidade. Minha conclusão? Ou Vikare tinha um bom motivo para estar no laboratório ou não era ele lá. E se ele estava presente, ele não foi o responsável pela destruição do laboratório.

Aquela noite no armazém? Era ele. Era o verdadeiro Vikare. O que conhecemos. Ou o que achávamos que conhecíamos. Aquele que entendemos ainda menos agora.

Anexo 3:

Bandidos possivelmente associados a Dr. Vikare Blisset

Menino-Lula

O mutante conhecido como Menino-Lula espreita as docas de Mauritzstadt. Ele costumava ser um pirata na costa caribenha, mas foi finalmente recrutado como marinheiro em um submarino (pirata) indiano. Anos atrás, o submarino foi atacado por uma lula gigante a duzentas milhas de distância da costa Mauritze. O monstro marinho destruiu o casco da embarcação e comeu tota a tripulação, exceto por uma pessoa: a jovem camareira Ana Souza. A senhorita Souza diz que o Menino a colocou em um veículo de fuga pouco antes do bico da lula gigante estraçalhar as paredes de aço do submarino e engolir seu salvador.

O que aconteceu nos intestinos da criatura é um mistério, mas, dias depois, pedaços de uma lula gigante (bico, tentáculos, cabeça e braços) foram encontrados ao longo da costa até a fronteira com o Império Brasileiro. A caixa preta do submarino, encontrada em uma praia deserta na zona sul da cidade, confirma que a embarcação estava rastreando um nódulo de aether. A fonte de energia pode explicar tanto a existência da lula gigante, quanto o mutante Lula, que foi descrito como um gigante de quase três metros de altura, um misto de homem e cefalópode, com múltiplos membros, tanto braços como tentáculos.

O Menino-Lula parece estar em busca de meios para retornar à sua forma natural. Ele tem sido responsável por vários ataques a estações de pesquisa, laboratórios oceânicos e plataformas aethéricas.

Pelo menos em uma oportunidade ele e Dr. Vikare foram reconhecidos juntos na cena de um crime. Nossas fontes informam que Vikare pode estar auxiliando o Menino em troca de favores que só a Lula pode prestar.

Johnny, o Mecanopunk

Assaltante de banco, incendiário, vândalo. Johnny, o Mecanopunk, é um anarquista do pior tipo. Seu nome deriva do fato dele ser parte humano e parte máquina. Pouco é conhecido sobre seus últimos dias como cidadão exemplar. Nascido Johan Van Nassau-Sigen, em homenagem a seu trisavô, Johnny estudou engenharia nas melhores universidades europeias e se tornou um dos maiores especialistas em mecanética do mundo. Por volta dos vinte e poucos anos, no entanto, ele começou a expressar simpatia à causa comunista, se unindo ao Partido poucos meses depois. No entanto, Johnny foi expulso após liderar ataques extremos de ação direta sem a autorização do Partido. Ele desapareceu logo em seguida.

Cinco anos depois de ser expulso, Johnny ressurgiu completamente transformado. Metade de seu corpo era composto de latão, com molas brilhantes e engrenagens estalando e girando em seu interior. Ele é virtualmente invulnerável a balas e é capaz de enxergar no escuro. Escondidas em suas entranhas de lata há várias armas letais, incluindo rifles, mísseis, um lança-chamas e até uma arma de raios. Este último artefato é bem similar àquele usado por Dr. Vikare.

Recentemente, Johnny tem demonstrado a habilidade de rastrear grandes somas de dinheiro, assim como grandes transações comerciais. É possível que ele esteja usando um dos infames Detectores Orgônicos de Comércio de Vikare, tudo para localizar e sabotar o fluxo mercantil da cidade.

Rei Zumbi

Rei Zumbi, o senhor da guerra, o senhor das demandas. Um escravo fugido, Rei Zumbi supostamente tem duzentos anos de idade ou até mais. Seus domínios estão localizados a quase duzentos quilômetros a oeste de Mauritzstadt e são considerados por muitos um império dentro do império. Nenhum Mauritze já esteve face a face com Rei Zumbi, mas negros livres vivendo na cidade dizem receber visitas de seus emissários, tanto os vivos quanto os espirituais.

Claro que não reconhecemos a existência de baboseiras como os Exús, mas algo (provavelmente alguém) está claramente se comunicando com os descendentes dos africanos. Segundo nossas fontes, esses emissários têm organizado células terroristas em Mauritzstadt e provavelmente são os responsáveis pelo surgimento dos Capoeiras, uma gangue de justiceiros lutadores atuando nos subúrbios da cidade.

Testemunhas afirmam ter visto Vikare usando um amuleto africano chamado patuá, uma marca registrada dos seguidores do Rei Zumbi. Uma tentativa de rastrear os emissários Exú acabaram com três policiais mortos, outro gravemente ferido e mais um completamente insandecido. Segundo as mesmas fontes, Vikare tem contrabandeado tecnologia para os territórios de Zumbi. De agora em diante, todos Capoeiras são considerados foras-da-lei.

Transcrição 3 - Página 21

Lembro de ver as roupas de Vikare no chão e pensar onde diabos ele se meteu? Imediatamente ordenei que meus homens vasculhassem todo armazém, para ver se eles podiam encontrar alguma coisa de valor. O lugar era enorme. Perto da parede, o engenho analítico calculava alguma coisa. Havia um dirigível atracado lá dentro. O caralho se eu sei. Esse trabalho é de vocês. Vocês deviam saber como é que um maldito dirigível pode pousar, sem ser notado, dentro de um armazém no meio do distrito comercial mais movimentado de Mauritzstadt. Vocês deviam saber. Não eu. Eu sou só um policial. O que? Eu estava investigando ele. Pode parar de insinuar que eu estava facilitando a vida dele. Pode parar, seu filho da puta. Desculpe, senhor. É que esse seu amigo militar está sendo bem desrespeitoso. É o trabalho dele, tá certo. Muito bem. Certo.

Então, encontramos o dirigível. Design similar, sim, mas devo dizer que é um modelo civil bem comum. Como é? Não, você está certo. Ele não possuía nenhum número de identificação, assim como aquele da universidade. Também encontramos várias plantas industriais e esquemas para uma série de invenções, tanto inéditas como despatenteadas. Achamos um transmissor aethérico de rádio com um protótipo de kinema ao vivo. Sem mencionar um cinto cheio de bombas 3G que Vikare jogou na gente.

E encontramos o carregador Tesla. É gigantesco. E funciona. Três de meus homens tiveram seus rádios fritos com a sobrecarga. Foram necessárias quatro armaduras a vapor só para trazer a coisa até o meio da rua. Os técnicos na estação me disseram que só aquele carregador poderia distribuir energia para o bairro inteiro. É impressionante.

Não, seu idiota! Eu não o deixei escapar. Eu não estou mancomunado com ele. Ele quase me matou naquela noite. Você está me entendendo? Eu quase morri naquele lugar, só para vocês me colocarem aqui com esse porco militar que obviamente subestima um gênio. Eu não fui capaz de capturar ele? E você? Pegou ele no ataque ao Palácio? Pegou Vikare quando ele hackeou suas transmissões de rádio encriptadas? Pegou quando ele pessoalmente pilotou seu dirigível com refugiados daquela mina de aether, Catalonia? Para você, seu bastardo. Para você ele é só um mestre do crime. Mas deixe eu te dizer algo que você não sabe. Para as pessoas nas ruas, para muitos deles, esse bandido é um herói. E é por isso que você não pode pegá-lo. Porque as pessoas falam para ele quando estamos perto. As pessoas avisam a ele. Idiota.

Anexo 4:

Inveções notórias do Dr. Vikare Blisset (e algumas maravilhas despatenteadas)

Detector Orgônico de Comércio (e sua bomba)

Uma das invenções mais perigosas do Dr. Vikare, o Detector Orgônico de Comércio é, resumidamente, um radar para grandes transações comerciais. Nossos cientistas dizem que ele funciona com a (então) teórica energia orgônica, um tipo de onda que o cérebro, gônadas e órgãos sexuais humanos emitem após serem estimulados pelo prazer. Parece que Dr. Vikare descobriu uma forma de capturar pulsos orgônicos produzidos por mercadores, banqueiros e coletores de impostos no momento exato em que eles colocam as mãos em grandes somas de dinheiro. O Detector também é usado como gatilho para bombas implantadas por Vikare nos designs de invenções despatenteadas. Seus diagramas são tão disfarçados que nossos engenheiros ainda são incapazes de identificar e desabilitar os explosivos, apesar dessas bombas também serem, teoricamente, despatenteadas.

Transmissor de rádio aethérico/kinema ao vivo

Dr. Vikare é notoriamente conhecido por invadir transmissões comerciais de rádio, enchendo o ar com mensagens subversivas e tutoriais para cientistas amadores igualmente subversivos. Isto é possível graças ao infame Transmissor de Rádio Aethérico, um dispositivo que usa partículas aethéricas para se misturar às freqüências de rádio. A única coisa que impede Vikare de monopolizar completamente a radiodifusão é que seus equipamentos requerem uma enorme quantidade de baterias de aether. Tivemos a felicidade de interceptar um grande carregamento dessas baterias no mês passado. Não coincidentemente, a última transmissão de Vikare anunciou que ele descobriu uma forma de transmitir não apenas sons, como também imagens através de um equipamento que ele batizou de Kinema Aethérico Ao Vivo. Tal maravilha ainda não foi demonstrada, mas se for verdadeira, é uma tecnologia que deve ser controlada, algo que não pode cair nas mãos da população.

Hipnotizador Microbiótico de Sub-Frequência

Por séculos a humanidade tem lutado contra as forças da morte. É duro admitir, mas Dr. Vikare pode ter desenvolvido a arma definitiva contra todas as doenças. O Hipnotizador Microbiótico usa caixas de som microscópicas para emitir sons tão baixos que só podem ser ouvidos pelos menores organismos, como amebas, bactérias e vírus. O dispositivo vem acompanhado de uma série de instruções precisas (intonação da voz, ritmo e palavras de ordem) para hipnotizar esses microorganismos. Uma vez mesmerizados, as formas de vida microscópicas podem ser ordenadas a desempenhar tarefas específicas dentro do corpo, como atacar células cancerígenas ou destruir bacilos de Koch. Pacientes tratados com essa técnica tiveram índice de recuperação médio de 97%. Nossos cientistas já estão tentando adaptar a tecnologia para fins militares. Nenhum avanço foi relatado por enquanto.

Granada de Gravidade Geral (A Bomba 3G)

Outra arma desenvolvida por Dr. Vikare, a Bomba 3G é particularmente interessante por sua natureza não letal. Ela cria uma área cinza de "gravidade geral", congelando tudo e todos dentro de sua zona de influência. Vítimas da granada relataram ter "sentido como se estivessem dentro de um tanque de marshmallow", suspensos no tempo, flutuando levemente. O efeito dura cinco minutos e, quando se desfaz, suas vítimas retornam à influência gravitacional da Terra e ao fluxo normal do espaço-tempo. Nenhum efeito colateral foi relatado.

Carregador (e disparador) Tesla Sem Fios

Tem circulado em Mauritzstadt um planfleto de autoria de Dr. Vikare detalhando o processo de design e construção do carregador sem fios de Nikola Tesla. A planta do carregador foi roubada de uma companhia americana no mês passado. Sua patente quebrada pode ferir gravemente a indústria e o comércio global de energia. Uma versão alternativa do panfleto detalha o Disparador Tesla, usado exclusivamente pelas Tropas Imperiais. A posse de qualquer um desses panfletos é considerada crime contra o Império Mauritze.

Transcrição 3 - Página 22

Como eu disse, as pessoas avisam a ele. A gente não sabia, mas ele tinha conhecimento de nossa presença no momento que entramos no Bairro de São Pedro. A gente achava que estávamos a ponto de capturá-lo, mas a verdade é que ele é quem estava pronto para nos pegar. Uma emboscada desde o princípio. Foi sorte termos chegado tão longe. Foi sorte termos capturado tantos documentos e artefatos tecnológicos que ele estava pronto para despejar nas ruas. Diabos, a gente quase pegou ele, apesar de todas suas armadilhas.

O primeiro a cair foi nosso kardecista. Eu sei que você não acredita nele, senhor, mas temos empregado esses médiuns por vários anos e eles provaram ser... Tudo bem. De volta ao cerco. O primeiro a cair foi nosso kardecista. Mais tarde, ele disse que foi atacado por alguma força psíquica. Não, ele não disse isso. Eu é que estou dizendo isso. O que ele disse é que ele foi atacado por uma caralhada de espíritos. Não importa se eu acredito na religião dele. Acredito que ele tem algum tipo de habilidade mental e que usa isso em nosso benefício. E eu acredito quando ele diz que foi atacado porque seus ouvidos sangraram, seu nariz sangrou. Ele chorou lágrimas de sangue. E isso foi só o início.

Estávamos na entrada do armazém. Quando o kardecista caiu, dei o comando para que meus homens derrubassem a porta. Disse para eles abrirem fogo. A bomba 3G caiu à minha direita, paralisando uns dez policiais e uma armadura a vapor. As outras armaduras já estavam pondo fogo na porta, mas aquela coisa devia ser feita de algum tipo de material anti-chamas e à prova de balas. Ela não caía de jeito nenhum. Mais bombas 3G caíram sobre nós. Mais homens foram congelados no tempo. Do outro lado do armazém os homens tentavam cruzar o perímetro. Também não tiveram sucesso.

Por que não solicitei reforço? Você tá maluco? Você já esteve em combate? Eu estava tentando não ser morto. Havia bombas caindo e disparadores Tesla e armas de raio chovendo na gente. Autômatos, imbecil. Autômatos. Ele tinha um sistema de defesa automático que podia detectar cada movimento nosso. O que você quer dizer? Eu não fui atingido porque corri para salvar minha pele. Cruzei a rua o mais rápido que pude e me escondi atrás de uma armadura a vapor cujo operador teve seu crânio vaporizado por um disparo de energia. E você acha mesmo que ele não embaralharia nossa comunicação? Ele faria isso mesmo. Eu estava tentando ficar um passo à frente. No fim das contas, foi pura sorte.

Seus robôs meteram um raio em um dos tópteros e ele caiu sobre a parede perto de mim. Por um segundo seus ataques pararam. Talvez os autômatos perderam a comunicação com o que quer que os estivesse controlando. De qualquer forma, o tóptero abatido abriu uma brecha grande o suficiente para que penetrássemos no prédio.

Fui o primeiro, senhor. Sim. Ele estava só, no meio do armazém, perto do dirigível. Não, ele não atirou em mim. Ele conversou comigo.

Anexo 5:

Cronomorfose (e anacronite)

Efeito colateral da manipulação de energia aethérica, a cronomorfose é um fenômeno extremamente perigoso. É resultado da ruptura do continuum temporal, o que gera falhas de continuidade e coerência cronológica. O estudo da cronomorfose é definitivamente proibido, mas é algo praticado em laboratórios clandestinos no Leste Europeu, China e América do Sul. Plantas e locais afetados pela cronomorfose manifestam alterações em sua natureza. Por exemplo, uma árvore pode demonstrar sinais típicos da primavera, outono e verão, aleatoriamente, ao longo do curso de um único dia. De forma similar, animais podem ficar confusos e agir de acordo com estações que só são reais dentro de suas cabeças. Um urso pode hibernar por três anos, uma tartaruga pode pôr ovos três vezes a cada hora.

A mente humana, no entanto, processa o tempo de forma bem diferente. A humanidade é a única máquina orgânica capaz de perceber não só o tempo, mas a história. Quer dizer, o cérebro humano não só reage ao estímulo da passagem do tempo, como deposita essa seqüência cronológica em uma câmara que chamamos de *passado*, ao mesmo tempo em que faz projeções de sua própria história usando uma ferramenta chamada *futuro*. Então, contrário de todas as outras espécies vivas na Terra (ou fora dela, pelo que sabemos), humanos vivem naturalmente em três zonas temporais ao mesmo tempo: presente, passado e futuro. Então, não é surpresa que humanos expostos à cronomorfose sejam vítimas de uma doença chamada anacronite.

A anacronite faz com que suas vítimas percebam o tempo de forma desorganizada. Linguagem anacrônica é um clássico sintoma, mas outras "psicoses temporais", como uma predileção por moda extremamente antiquada ou uma saudade de eventos que ainda não aconteceram, assim como deslocação temporal, precognição, pós-cognição e atraso crônico também são efeitos reconhecidos da anacronite. Tratamento, infelizmente, não está disponível. Ainda.

Transcrição 3 - Página 23

Pareceu que conversamos por vários minutos. E pelo jeito não falamos tanto assim. Não falamos nada. Estou dizendo. Fui o primeiro a entrar no armazém, mas eu tinha um exército atrás de mim. Homens com metralhadoras, armaduras a vapor e malditas bazucas. Eles estavam bem atrás de mim, bem perto, mas quando entrei na sala, apontei minha arma e corri na direção de Vikare, tudo parou. E logo tudo voltou ao normal. Mas não na velocidade correta. Quer dizer, a sala estava mais escura, em silêncio absoluto. Eu pude ver tijolos congelados no ar. Mas eles se moviam. Devagar. Quase imperceptivelmente. Tipo aqueles pesadelos onde você está lutando com alguém e seus punhos estão sempre atrasados. Sempre fracos.

Mas movendo-se livremente, como eu, estava o Dr. Vikare. Bem ali, no meio da sala. Ele tinha um tipo de controle remoto em sua mão esquerda e nada na direita. Nenhuma arma de raios. Nenhum truque. Ele estava desarmado, indefeso, exceto por aquele controle. Não, não pude ver seu rosto. Ele estava vestindo sua máscara de gás, como sempre. E só para você saber, ele não usava aquele troço, o patuá do qual falei. Não me importa se você acredita naquilo ou não. Eu mesmo não acredito, mas certamente levo tudo em consideração quando trato com Vikare.

O que ele disse? Um monte de baboseira. Ele me cumprimentou. Me chamou pelo nome. Como ele sabia? Não me lembro de ter me apresentado, mas tenho certeza que ele viu os jornais. Ele é um gênio do crime, não é? Tenho certeza que ele lê o noticiário. Eu dei voz de prisão. Eu gritei. Eu gritei a voz de prisão. Ele continuou falando e falando, mas eu não conseguia ouvir muita coisa. Eu estava enlouquecido. Estava tão excitado que o tinha ali, bem na minha frente. Eu só conseguia escutar meus próprios pensamentos. Minha mente ficava dizendo atire, atire ou ele vai escapar de novo. Atire antes que ele tente algum truque.

Vi ele mover um dedo. Um quase-movimento. Como os tijolos suspensos no ar. Então atirei. E entre o clique do gatilho e o disparo da arma eu ouvi sua voz. Ele disse: *Vocês não podem me parar. Vocês não vão me parar. Vocês não me pararam. Eu sou um zeitgeist. Sou o fantasma da história, o espirito da revolução. Eu já estive lá e vi tudo, e no fim, nós ganhamos. Mas não posso fazer isso sozinho. Eu não farei isto sozinho. Não estou sozinho. Adeus. Te vejo outra hora.* Então atirei. Acertei. Então seu corpo estourou, como um balão. Quando o tempo normal retornou, eu estava lá, olhando para suas roupas com a arma fumaçando. Havia um buraco em sua jaqueta e uma mancha de sangue espalhada pelo tecido. Mas como te disse, não havia nada lá dentro. Estava vazio.

O que? Se eu acredito nele? Que parte, exatamente? Bem, não importa se eu acredito nele ou não. *Ele* acredita no que disse. Ele acredita firmemente que está vencendo essa briga. E considerando sua cara de preocupação, acho que você acredita nisso também. Então, você vai desligar a porra desse gravador agora e me deixar voltar à caça, ou quer que eu conte essa história de novo?

Como é? Você não pode estar falando sério.

Certo. Lá vamos nós. Cheguei ao armazém de Dr. Vikare por volta de meia-noite...

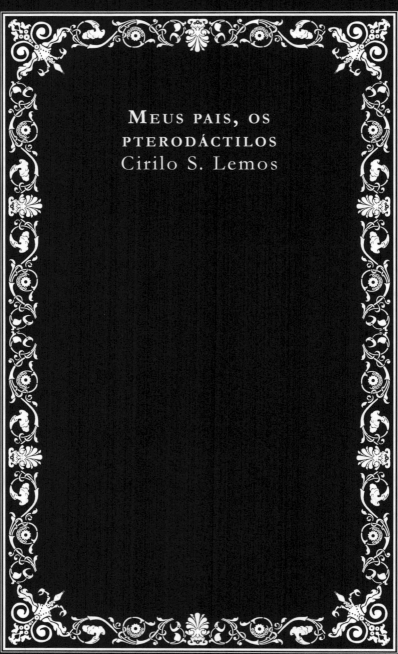

Meus pais, os pterodáctilos

Cirilo S. Lemos

a mente é cinza, como a cidade

Vurap é a cidade onde vivo. Cresci aqui, entre as torres dos relógios. Conheço cada prédio, cada campanário, cada antena e cada chaminé cuspidora de fumaça como se fosse parte de mim. Os tique-taques perfeitamente sincronizados que mantêm as coisas funcionando batem no ritmo do meu coração. Minha rotina é aqui em cima, nos topos dessa coisa viva e pulsante e rangente, que se estende em todas as direções até onde meu olho, e todo tipo de olho de todo tipo de gente, alcança. Eu devoro apenas uma parte dela, a que paira acima dos mastros das flâmulas, dos varais quilométricos cheio de roupas e da nuvem vaporosa das caldeiras, entre o centésimo nível e a rota de migração dos corvos-municípios. Aqui eu sou apenas invisível, batalhando para sobreviver como os milhões de trabalhadores anônimos que formam Vurap Acima e Abaixo.

Exatamente vinte segundos antes do meio dia, o relógio dentro do bolso do casaco vibra. Para me avisar que todos os carrilhões da cidade vão começar suas fanfarras e é hora de colocar os protetores auriculares. E também é hora do almoço. Espremido entre as molas do Relógio Cortazar, protejo os ouvidos. Os sinos tocam por toda a cidade. Lá embaixo as pessoas controlam seus horários. Aqui, seus tímpanos explodem.

Arrumo minhas ferramentas na maleta, pego minha marmita e saio pela portinhola no grande disco branco cheio de algarismo estampado na face leste do edifício, onde o vento é mais fresco e parece sussurrar histórias. Os ponteiros estão parados há cerca de vinte e uma horas. Aqui é um bom lugar para comer, sentado no ponteiro congelado às três horas e quarenta e cinco minutos, no terceiro ponto mais alto de Vurap. Lá embaixo, as nuvens dividem os prédios ao meio.

O almoço: dois sanduíches de presunto e queijo e uma lata cheia de café gelado. Mas eu me alimento também de lembranças. Às vezes doces, outras vezes azedas.

Estou aqui para consertar as molas do relógio. Trabalho como assistente do meu pai, que não pôde estar aqui. Ele é relojoeiro hoje em dia, embora tenha havido um tempo em que, junto com minha mãe, exercesse a função de mensageiro. Sua Companhia de Mensagens chegou a empregar dez funcionários, mas a política econômica dos Engenheiros do Vapor e a chegada de métodos mais ligeiros de se transmitir recados acabaram afundando o negócio. Foram tempos difíceis. Lembro de minha mãe voar para outros ninhos comigo nas costas, chegando convenientemente na casa dos amigos quando estavam à mesa. Todos eram amáveis o suficiente para repartir conosco sua comida, e ainda nos dar alguns mantimentos para a viagem de volta, enquanto meu pai voava por aí tentando conseguir trabalho. Eu observava seus olhos quando ele chegava à noite. Sabia que o que havia ali não era bom, e embora meus pais fossem de espírito forte, ver seu pequeno filhote humano cada dia mais magro os estava matando aos poucos.

Esse é o tipo de lembrança azeda. Não exatamente azeda. Não exatamente uma lembrança. Alguma coisa gravada na mente, algo que se reproduz em daguerreótipos internos e descarrega um sabor estranho pelo corpo. Meio amargo e meio doce. Já me disseram que cada vez mais eu vivo no que vivi. Nunca entendi o que isso quer dizer.

A hora do almoço vai terminando e eu fico de pé no ponteiro dos minutos, com vontade de abrir minhas asas de alumínio e couro e deslizar pelas correntes de ar. Pairar sobre a cidade. Vurap me encara de volta, também quer. Mas é uma terça-feira, e meu emprego nem sempre me deixa aproveitar a mim mesmo. Tanto trabalho a fazer. É bom começar logo. Espantar a preguiça, espantar as memórias fora de hora. Só o que elas fazem é deixar minha mente cinza, como a cidade.

a fábula da água

Meu nome é Gvrilo. Fui batizado assim por meu pai. Um nome incomum em Vurap. Nomes são palavras de poder e exercem um tipo muito particular de controle sobre quem os carrega. Fugi do meu durante boa parte da vida. Tentei transformá-lo em outra coisa. Jogá-lo fora. Mas ele estava tão grudado que sempre voltava feito bumerangue, não importa o quão longe eu o atirasse. Chocava-se contra mim, reduzindo-me a uma miniatura, a uma sombra insegura. Meu nome estranho gerava subnomes que me afogavam e me drenavam. Habitávamos o mesmo corpo, mas em dimensões diferentes.

Meu nome e eu nos odiávamos, e isso parecia ser para sempre. Mas não foi. Um tipo de reconciliação aconteceu aos doze anos, através de uma história contada por meu pai.

Encontrei-o na parte alta do ninho numa noite de lua grande. Ele estava com as asas encolhidas e a cabeça oval espichada para frente, os olhos correndo pelas páginas de um livro encadernado em couro, as espirais dos Quatro Ventos irradiando um brilho pálido. Descansava após um dia de trabalho nos Carrilhões Episcopais.

– Pai – eu disse. Ele se virou. – Por que escolheu um nome tão feio para mim?

– Seu nome não é feio.

– Claro que é. Todo mundo fala.

– Quem é todo mundo?

– Os moleques da Escola do Ar.

– São uns imbecis. Diga isso para eles. Vocês são uns imbecis. Bem assim.

Sentei-me ao seu lado. Ele abriu uma das asas e me abrigou. Era como estar numa tenda de couro.

– Isso não ia funcionar.

– Como você sabe?

– É meio bobo.

– Sim, é meio bobo. Talvez não seja possível escapar do que as pessoas fazem com seu nome. É preciso se acostumar com isso, se fortalecer.

– E como faço isso?

– Para começar, há uma historia por trás da forma como sua mãe e eu chamamos você. Uma história sempre é algo da qual se pode extrair alguma força. Ela começa Lá Embaixo.

Se é nas alturas que reside o espírito de Vurap, na escuridão quente de seus subterrâneos estão seus intestinos. No meio dos motores, pistões e caldeiras esfumaçadas, entre gotas de líquidos invisíveis e o zumbido elétrico de antigas lâmpadas, existiam os Blataria, operários de corpos ovais e achatados que nunca viram a luz do sol. Nada conheciam do mundo além dos parafusos enferrujados e das chaves inglesas que carregavam por entre as máquinas. Para eles, não havia dia ou noite. Apenas turnos. Controlavam o passar do tempo através de sirenes que avisavam do almoço, do café, do sono. Nunca tomaram banho: não há água lá embaixo além da que é permitido beber, água ruim, com o gosto da sujeira superfície. Camadas grossas de graxa e fuligem cobriam seus corpos há muito tempo, como se fossem uma segunda pele. Os macacões eram desbotados, manchados do sal que ficava quando o suor evaporava e desaparecia por entre as gretas das estruturas de metal.

Nenhuma dessas criaturas era triste de fato. Não conheceram outra vida para comparar. Seu mundo era aquele. Também não eram de muita conversa que não tratasse estritamente de assuntos da profissão, porque não havia nada mais que os Blataria soubessem ou se interessassem.

Era o que se dizia. Mas talvez essa não fosse uma informação inteiramente verdadeira. Existia um Blataria no subterrâneo de Vurap que possuía dúvidas e inquietações que o faziam rolar no pequeno catre durante a folga do sono. Seu nome era Gvrilo. Era considerado pelos colegas um Blataria estranho, falador dado a perguntas difíceis e ideias perigosas.

– Não dê confiança ao tagarela – eles cochichavam, batendo as antenas. – Ainda vai trazer problemas para todos nós.

Gvrilo não se importava com o que diziam a seu respeito. Apenas dava de ombros e fazia seu trabalho. Era dentro da sua cabeça que as coisas se revolviam, trazendo à tona lembranças da primeira infância enterradas no porão da memória, coisas que ele não era capaz de saber se eram verdadeiras ou pura fantasia. Como a luz do sol, que certa vez passara uma hora descrevendo em todo o seu esplendor para os colegas, apenas para vê-los rolar pelo chão às gargalhadas enquanto o chamavam de mentiroso. Ele nunca poderia saber como era o sol, diziam, só os habitantes Lá De Cima é que podiam vê-lo. Gvrilo ousou insistir, e alguém o calou com uma traulitada na cabeça, parte por ciúme de sua imaginação, parte por uma pontada no coração que as descrições causavam. Com a cabeça arrebentada, Gvrilo tornou-se taciturno e evitou falar por um tempo das coisas que sabia ser verdade.

À noite, ele sonhava com torrentes de água, uma água diferente da que ele conhecia: transparente. Sem odor ou aroma. Fresca. Falou disso para um colega na fila da água, e este respondeu com um sorriso irônico, mostrando seu próprio copo de latão:

– É morna, amarga, com cor de ferrugem. Alguma vez você viu água diferente? – Gvrilo respondeu que não. – A água é assim em todas as partes do mundo. Pare de sonhar e beba.

Gvrilo bebeu, mas não sem um esgar contido. A língua protestava contra aquela água oleosa e amarga, e isso lhe dava certeza de que provara da verdadeira água um dia. Mas os outros tinham razão: era preciso parar de divagar e voltar ao trabalho. Seu rendimento vinha caindo e isso era algo inaceitável. Apanhou suas ferramentas e pôs-se a trabalhar.

Na superfície de Vurap, os dias se arrastam iguais. No subterrâneo eles são ainda mais iguais, ainda mais arrastados. Um par deles havia se passado quando Gvrilo recebeu, através de um tubo, um passe de segurança e a ordem para apertar uma válvula no setor L. Não era seu turno, mas não protestou. Esfregou os olhos, levantou e subiu por uma escotilha. Precisou andar um bocado, se arrastar por passagens estreitas e se equilibrar por pontes de ferro que pairavam acima dos grandes caldeirões de metal derretido. Sua coluna rangia e ameaça travar, e mesmo assim ele apertou o passo: o rendimento estava caindo, não podia deixar o rendimento cair. Numa pequena câmara, onde rodas dentadas giravam preguiçosas, encontrou a válvula que procurava cravada num cano largo.

Gvrilo balançou a válvula, que bambeava com a pressão do líquido que corria pelo cano, e tentou apertá-la com as mãos. Ela mal se moveu, então ele usou uma chave de grifa grande e muita força. A válvula rangeu, estalou e se rompeu. Um jato forte de água atingiu seu rosto. Ele tentou tapar o buraco com as mãos, mas a água teimava em escapar por entre seus dedos. Gvrilo gritou por ajuda e imediatamente se arrependeu: essa água era diferente demais, quase como a que via em seus sonhos. Gargalhou sozinho, depois se conteve, com medo de atrair algum intrometido.

Era fresca, a água. Fresca e deliciosamente sem gosto, o que sem dúvida a tornava melhor. Era o sabor da pureza, pensou ele, e deixou que o jato atingisse seu rosto e libertasse seus poros sufocados da sujeira. Molhou as mãos, os cabelos, bebeu até a barriga ficar imensa, dançou sobre a poça que se formava. Depois parou, atravessado primeiro pela adorável sensação de estar certo, depois pela indignação de ter sido privado daquilo por toda sua vida. O que mais esconderiam dele? Pensou em juntar os companheiros, começar uma revolta, assumir o controle, instaurar uma ditadura dos trabalhadores que igualaria todos os Blataria. O bom funcionamento de Vurap estava nas mãos de pessoas como ele, e isso era uma grande vantagem.

Mas o espírito revolucionário arrefeceu e ele decidiu que o melhor seria guardar aquilo só para si: alguém por acaso acreditara em seus sonhos? Não. Então não mereciam nada. Gvrilo bebeu mais água, consertou a válvula e foi embora, resolvido a voltar todos os dias.

Deitado no catre, sonhou que a água que encontrara no setor L se transformava em óleo diesel. Acordou assustado e mijado, e por alguma razão interpretou isso como um sinal: a água não era só sua. Tinha de espalhar a descoberta para todo mundo. Água pura existe, e ela é nossa, diria.

Contou primeiro para Tbemsou, um operário largo e atarracado, que riu como um menino quando ele abriu a válvula e a água começou a pingar. Gvrilo pensou se água – água de verdade – causava crise de riso.

– É boa – grunhiu Tbemsou, saboreando cada gole como se fosse um vinho caro.

– E é nossa – respondeu Gvrilo. – Chame os outros.

Os Blataria mal podiam acreditar no que viam. Alguns pulavam, gritavam, se abraçavam e cantavam velhas canções de Blataria, agitando as antenas enquanto a válvula, aberta ao máximo, despejava neles sua água tão doce. Mas outros tiveram medo e se olharam desconfiados. Aquela não era água verdadeira, água que se preza tem gosto. Além do mais, os Supervisores poderiam não gostar daquele desperdício todo e demitir todo mundo, o que era praticamente a morte.

– A água é nossa! Daqui por diante a vida será outra, meus amigos – bradou Gvrilo.

– A água é nossa! – repetiram os Blataria, e a cantoria atravessou a hora do sono. Fizeram planos de libertação proletária, sonharam juntos utopias trabalhistas, se alegraram com a perspectiva de um mundo sem patrões e empregados, um Estado igualitário cuja bandeira seria um martelo e uma chave de fenda.

Mas nunca houve nada disso. Não há revolução que supere a programação lenta e inexorável dos Supervisores. A água foi cortada e os Blataria dispersados com uma nuvem venenosa, sob a ameaça de demissão. Gvrilo foi escoltado por dois homens de guarda-pó e óculos de solda até o Departamento Pessoal. Nunca mais foi visto. E a vida retornou ao que era.

– Dizem que, em Vurap, justiça poética e revolução são coisas que não existem – concluiu meu pai. – Que todo mundo só pensa em suas próprias vidas medíocres, nunca olhando além do próprio umbigo e das coisas que precisam comprar e consumir e exibir. Acho que é verdade. Sempre que me sinto sufocado pela apatia dessa gente toda, e até pela minha própria (principalmente pela minha própria), eu me lembro que não sou obrigado a aceitar o gosto ruim da água.

Ficamos em silêncio um tempo, olhando a galáxia de lampiões da cidade lá embaixo.

Meu pai soltou um longo assovio e se espreguiçou.

– Você leu isso nesse livro de aí e só trocou o nome – eu disse, por fim.

Ele riu outra vez, uma risada tão cristalina e segura que finalmente entendi. Pouco importava se ele era um péssimo contador de histórias: meu pai era forte e, como seu filho, talvez eu não devesse ser menos. Eu aceitaria sua herança. Aceitaria seu nome. Aceitaria meu nome.

os pterodáctilos

Meus pais voam. Eles têm aqueles ossos longos, leves e elegantes, coisa tão bonita de se ver. Você os vê planando nas correntes e sabe que alguma divindade os colocou lá, na mancha cinzenta – às vezes, com sorte, azulada – que é o céu de Vurap. As asas são o resultado da mistura da brutalidade com a delicadeza, e se dobram para trás quando não estão abertas para o voo, feito floretes embainhados. Meu pai se chama Zaio e minha mãe, Zew. O Duplo Z. Os dois têm mais de três metros de altura. Podem ser terríveis ou adoráveis, dependendo do dia e de quanto do salário do mês ainda resta.

Somos dos Quatro Ventos, das plumas alaranjadas. Isso quer dizer que pertencemos a um clã que fica com toda a parte sul de Vurap, onde ganhamos a vida e controlamos certas partes do céu. Bom, os anciões controlam. A gente apenas tenta ganhar a vida, sobreviver nesse mundinho de ressaca eterna. Não é lá muito fácil quando não se tem uma família que se encaixe nos padrões, aquela que o Monodeus inventou. Papai-mamãe-filhotes, todos devidamente pterodáctilos, fiéis ao clã e pagadores do dízimo. E eu sou a droga de um sem-asas. Até os membros dos Quatro Ventos têm aquele olhar enviesado para mim, aquele nariz em pé. Meu pai diz que não, que é impressão, talvez para me poupar, mas acho que não é impressão coisa nenhuma. Sou diferente, todo mundo odeia o que é diferente. Tenho asas de mentira, um monte de ferro e vidro no lugar do olho e um moicano feito de cabelo e tinta que nem de longe lembra as plumas do meu pai. Humano demais para ser pterodáctilo, pterodáctilo demais para ser humano. Nem lá nem cá. Em lugar nenhum.

Ando tentando escrever esse diário para tentar entender as coisas. É um jeito de falar comigo mesmo, já que não há mais ninguém e eu estou sozinho aqui em cima. Escrevo tudo e observo Vurap cheia de fumaça ali embaixo, o caos sonoro levado para longe, como se estivesse do outro lado de um espelho. Vurap exporta Tempo, por isso não pode desperdiçá-lo. Tempo, dinheiro, as pessoas dizem algo sobre isso. Carrego comigo um caderno pequeno, comprei com os trocados que sobraram pelo pagamento do ajuste de um relógio. Arrumei um lápis. Às vezes rabisco umas poesias, mas são idiotas. Sobre meu cabelo, meu olho, essas coisas. Desenhei o Relógio Cortazar na última folha, mas também ficou idiota. Tudo que eu faço é meio idiota, se eu pensar bem.

Nesse exato momento, estou aqui tentando decidir como começar mais uma página do diário. Tenho uma frase pronta: "não nasci de um ovo". Isso é meio idiota, todo mundo pode ver que, sendo humano, não posso ser filho biológico dos meus pais. Não nasci de um ovo.

Nasci de restos.

Minha memória mais antiga é de uma pilha de lixo. Tão vasta e enorme que chamam de Cordilheira, bem no fim de Vurap. É tão velha quanto a cidade. Impérios cresceram e morreram entre os dejetos milenares. Dizem que grandes balões dimensionais vinham de algum lugar acima das rotas dos corvos-municípios, talvez acima das baleias do vácuo, trazendo a sujeira de um milhão de civilizações estranhas. Aprendemos isso na aula de Registro Histórico-Geográfico (quando ainda tínhamos essa disciplina: foi cortada por ser perigosa para a cidadania, disseram os professores). Mas os Engenheiros do Vapor, em algum ponto, decidiram revitalizar Vurap e mudaram o foco econômico de depósito de lixo dos outros para fabricantes e exportadores de Tempo. Mas a Cordilheira ninguém pode remover. Hoje é tombada pelo Patrimônio da Memória, mas continua tão suja e perigosa quanto sempre.

Fui encontrado no topo de um dos morros da Cordilheira, no meio de uma nuvem de fedor esverdeada. Tinha uns quatro ou cinco anos. Talvez seis. As favelas que cresciam ali estavam em guerra pelo domínio do tráfico de sonhos, o Comando Muridae estava massacrando o Comando Cricetidae, arrancando as mulheres e crianças de casa, explodindo cabeças com fuzis e baionetas, estuprando e matando. E eu ali no meio, não sei como. Talvez minha família humana vivesse ali. Meu pais nunca disseram. O fato é que eu lembro de um Muridae de focinho torto, todo sujo de sangue e pedaços rosados de cérebro, me arrancando de um beco escuro e me levando para um platô de fraldas antigas. Lembro dele me chutando o estômago e me fazendo vomitar. Tentando arrancar minha roupa (hoje eu entendo o que ele ia fazer e uma raiva profunda vem na minha garganta). Mas uma sombra caiu de repente sobre nós. Ele olhou para o alto. Dois anjos de asas abertas estavam ali. O Muridae tentou atirar com seu fuzil, mas o anjo arrancou sua cabeça. Eu gritei para sempre.

Eram duas criaturas enormes e poderosas, de olhos profundos e penas alaranjadas brotando do alto da cabeça e se lançando para o alto feito braços eufóricos. Ambos com tatuagens de listras e espirais. A fêmea, de brincos enormes, cuspiu fora a cabeça do Muridae. Não lembro de nada do que foi dito naquele dia, então eu imagino algo meio assim:

Ele: o filhote rosado parece bom.

Ela: não vamos comer ele, pobrezinho. Olha só, ele está tremendo de medo. Não tem dó?

Ele: tenho, mas estou com fome.

Ela: a gente compra alguma coisa no caminho. Alguma coisa vegetariana.

Tudo o que tenho são esses fragmentos de imagem rodando aqui dentro, o medo, a fúria e a surpresa, ou a simulação desses, enquanto escrevo tudo isso. Aqueles dois anjos matadores discutiram. No fim, a fêmea me prendeu entre o bico e saiu voando, o macho atrás dela. O medo que senti. Na boca de monstros, acima da Cordilheira, perdido, confuso. Talvez tenha sido ali o momento do meu parto verdadeiro. Não nasci de útero humano, nem quebrei casca de ovo. Nasci de uma escolha feita por dois pterodáctilos. No fim, ganhei uma família porque minha mãe queria controlar o colesterol do meu pai.

(Isso soou tão idiota).

poema sobre o dia em que caí do ninho, por Gvrilo

1. Você não sabe como é ter sob o pé
as luzes da cidade inteira piscando.
Nunca saberá como é, você que só anda,
olhar o céu e ver os Quatro Ventos voando.

2. Gvrilo tem cinco anos e sabe.
Está na ponta do ninho, empolgado.

Rampa de ferro e madeira, o trampolim
por onde saltam os pais, lado a lado.

3. As asas de couro sob nuvens escuras,
os olhos de Gvrilo, no trampolim, virando estrelas,
fagulha elétrica alimentando asas
que só existiam na imaginação.

4. Correu pela rampa, atirou-se das alturas
os braços abertos, esquecidas as cautelas
cada vez mais perto os telhados das casas,
havia apenas o chão.

5. (Gvrilo despencou,
nos ferros e tijolos bateu,
afundou na fuligem,
por sorte não morreu.)

espreitando

– Ele é um mamífero, Zaio – disse Tapwaw.– Um rato sem asas. Não é um de nós. Devia devolvê-lo à cidade lá embaixo antes que crie problemas para nós.

Lá do quarto senti todo o azedume das palavras. Eu estava deitado na cama de palha, ouvindo um dos conselheiros dos Quatro Ventos dissertar sobre minha completa inadequação ao clã. Meu quarto era um mezanino dentro do ninho. Pelas ripas do teto vazava uma nesga de luar. Havia uma tala na perna que eu arrebentara na queda. O frio das alturas fazia parecer que um prego de gelo estava enfiado no meu fêmur.

– O clã já passa por muitas dificuldades. Uma criança desse tipo entre nós não tornaria nossa vida melhor. Ele é diferente.

– Meu filho – rosnou mamãe. – Diferente ou não.

– Ele não quebrou sua casca, Zew – Tapwaw olhou-a como quem olha para alguém cuja boca é uma metralhadora de estupidez. – Nenhum pterodáctilo pode gerar filhos que não sejam pterodáctilos.

É uma lei da natureza. Os outros se queixam da presença dessa criatura entre nós.

– Os outros? Que outros? Os outros que se danem. Eu o escolhi. É só uma criança. Não me importo com os outros.

– Uma anormalidade no clã. Ficaremos fracos.

– O clã que caia dos céus se não pode aceitar meu menino.

A indignação na voz de minha mãe me fez levantar da cama e mancar até a borda do mezanino, onde havia um buraco no piso que me permitia espiar a parte de baixo do ninho. A primeira coisa que vi foi o toma castanho-alaranjado da penugem de Tapwaw. Ele tentava soar mais moderado diante da fêmea irritada:

– Entenda, Zew. Você o ama. Mas não é seu filho.

– E o que você entende, Tapwaw?

Meu pai tocou seu braço:

– Ele é ancião do clã, Zew.

– E é em nome do clã que ele fala? Vem com a autoridade dos Quatro Ventos? Essa é uma visita oficial?

– Venho como amigo.

– Um amigo que humilha e ofende meu ninho – acrescenta meu pai. Ele não estava satisfeito com as palavras de Tapwaw, mas era mais comedido. Seu profundo respeito ao clã pairava acima dessas coisas. Mas minha mãe estava furiosa. Suas asas esbarravam nas coisas e fazia a estrutura de madeira ranger.

Tapwaw não parecia feliz por estar ali. Com um salto, abandonou o vão coberto e foi para a rampa. Arrastei-me até a janela e espichei os olhos em sua direção. Ele me viu. Abaixei-me rápido, as sombras dos movimentos irritadiços de minha mãe se alongando nas paredes.

E, nossa, como ela estava brava. Meu pai teve alguma dificuldade para levá-la para o quarto, onde escutei alguns palavrões abafados. Ele a deixou lá e foi ao encontro de Tapwaw.

Pareciam dois inimigos prestes a duelar, os arranha-céus de Vurap ao fundo.

– Não vim aqui ofender sua família, Zaio – disse Tapwaw, sem tirar os olhos de meu pai.

– O que veio fazer aqui, então?

– Dar conselhos. Como o amigo que sempre fui.

– Você é um bom amigo. Mas precisa entender: é o filho dela.
– E você, Zaio? Considera o macaco sem asas seu filho?
Quatro segundos de silêncio que me pareceram quatro longos anos.
– Sim. A criança é minha. Meu filho.
– Então não planeja seguir meu conselho e se livrar daquilo, presumo.
– Não.
Mais silêncio.
Tapwaw abriu as asas enormes.
– Não é uma relação natural, segundo os costumes e as tradições. Se os deuses quisessem um mamífero entre o pterodáctilos, nos teria feito com tetas. Os mais velhos vão fazer alguma coisa, cedo ou tarde. O mamífero será excluído, não deixarão que se misture com nossas crianças. A solidão é cruel, Zaio. Ele morrerá sozinho.
– Um bom amigo me diria como evitar isso.
– Consiga asas para ele.
Quando Tapwaw proferiu esta última frase, pouco antes de saltar da rampa, sua intenção era unicamente ser mordaz, como pude perceber pela gargalhada.
Mas isso deu ao meu pai uma ideia.

Suas vértebras são tão bonitinhas

Athirat, antiga Portadora do Ventre, esquecida Senhora das Delícias, não era exatamente humana, apesar da indefectível aparência (braços, pernas, cabeça, tronco) e do gosto particular para a teimosia. Em tempos remotos, havia sido uma deusa. Uma boa época, da qual costumava se recordar com saudade. Era forte, brava, a pele negra que brilhava feito diamante refletindo a luz das luas, os músculos salientes cobertos com o couro de animais abatidos em caçadas. Os deuses viris das cercanias ficavam loucos ao vê-la passar.
As décadas mais recentes, por sua vez, não foram assim tão boas. A acidez que alguns insistiam em chamar de cientificismo havia reduzido muitas deidades menores à categoria de simples mitologia. Aconteceu com Athirat. Com seus adoradores desaparecendo

lentamente ou engrossando as fileiras de deuses de melhor propaganda, ela gradativamente se tornou uma sombra cinzenta do passado. O poder regional sobre o coração e o desejo desapareceu, os músculos murcharam, a magnífica pele negra se tornou fosca. Os deuses viris, os ingratos que antes não davam um minuto de sossego ao seu corpo, agora davam risadinhas porque seu busto não era exuberante o suficiente.

Apesar de tudo, poderia se considerar uma afortunada. Se por um lado perdera quase toda a sua relevância nos Panteão dos Deuses Favoritos dos Mortais, por outro conseguira um ofício que a permitia sustentar as duas crianças: preparava poções do amor e de fertilidade, recebia clientes para massagens e executava mudanças corporais de nível intermediário. Bem melhor que uns e outros, cujos nomes ela preferia não citar, e que hoje não passavam de velhotes empunhando martelos em histórias infantis. Athirat vivia agora no emaranhado de becos, vielas, plataformas, mercados nebulosos e cortiços que formavam Vurap do Meio, A que Não Toca o Chão Nem Arranha o Céu. Não tinha licença para nenhuma de suas atividades, o que fazia seu preço ser bem mais atrativo para os bolsos das classes operárias.

Meu pai a encontrou quando lia os classificados em busca de vagas para mensageiro.

– A solução para o nosso caso – ele disse, batendo no jornal com a ponta da asa.

Eu não entendi muita coisa.

Minha mãe deixou bem claro que ia também, ao ler a palavra *massagista* no anúncio. Meu pai pareceu um tantinho desapontado por alguma razão.

Cruzamos a cidade. Eu ia encaixado numa mochila presa às costas de minha mãe, os olhos bem arregalados para me acostumar com o vento que me arrancava litros de lágrimas. Quando voávamos rápido, era preciso usar um protetor de orelhas para o chiado do ar não me deixar surdo, algo que não me incomodava antes, mas que agora eu encarava como uma evidência de que Tapwaw estava certo: eu era diferente. Não era, até cair do ninho. Não sabia explicar o que havia se quebrado, mas meu cérebro estúpido havia percebido que não era um pterodáctilo e não parava de berrar isso dentro do meu crânio.

Só parei de pensar nisso quando meus pais mergulharam entre dois conjuntos habitacionais e aterrissaram numa ruela de pedra. Tinha muita gente por ali, andando para lá, andando para cá, casais de namorados de mãos dadas, um par de anjos jovens exibindo asas tingidas de azul, de rosa, verde florescente (asas de penas não são boas como as dos pterodáctilos, parecem... parecem... algodão doce), autômatos de cobre tocando cítara. Saltei da mochila direto para uma poça de água que não era água. Lembro de olhar para o trem que passava soltando sua nuvem de vapor trinta andares acima e achar que as centenas de roupas presas nos varais eram bandeiras de festa.

– São calcinhas – minha mãe acabou com a graça. – Calcinhas e cuecas.

Meu pai resmungou alguma coisa e procurou pelo número indicado no anúncio. Dois-oito-oito-meia. Era uma porta pequena, espremida entre a parede do beco e os fundos de um restaurante de comida em caixinha, de onde vinha um cheiro de lula e cebolas fritas. Os pterodáctilos eram maiores que a porta. Meu pai precisou se curvar feito um arco para bater a aldrava em forma de mulher de quadris largos.

Ouvimos um estalo. A porta se entreabriu, presa a uma corrente. Um autômato pequeno apareceu na fenda, o rosto era de plástico azul, e ficou olhando para nós, olhar vazio, como se alguém tivesse tirado tudo de dentro dele. Dava para ouvir suas engrenagens trabalhando e sua caldeira zumbindo. Em seguida, a cabeça careca de uma menina de boca grande, orelhas engraçadas e muitos brincos.

– São clientes – ela perguntou ao autômato.

– Devem ser – ele respondeu.

– São clientes sim. Ou pregadores.

– Mas estão sem paletó e sem o Livro. São clientes.

– Clientes estranhos.

– Mas são clientes. Devem ter dinheiro.

– Vocês sabem que estamos escutando, não sabem? – disse minha mãe.

Não gostei do autômato. Mas a menina me fazia ficar olhando para seu rosto cheio de brincos, nem sei por quê.

– Quem é aí na porta? – uma voz berrou lá dentro.

– Clientes – avisou o autômato.

– Clientes estranhos – completou a menina-careca-com-o-rosto--cheio-de-brincos.

A porta se abriu de vez. As duas crianças deram passagem a uma mulher pequena. Usava um véu sobre o rosto, tinha uma grinalda translúcida que descia pelo pescoço e circundava sua cintura larga e se transformava numa saia que deixava à mostra pedaços das coxas negras e tatuadas, a única pele que se podia ver. Ela enfiou um grampo no coque triplo (lembrou a coroa dos Faraós Extraplanares) e nos esquadrinhou de alto a baixo. Apontou as unhas compridas para mim.

– Pterodáctilos em minha porta. A que devo isso?

Estremeci. A mulher tinha a presença de uma estrela, uma gravidade forte ao redor.

– Viemos pelo anúncio – gaguejou meu pai.

– Qual deles?

– Pode apostar que não foi o da massagem – minha mãe respondeu, ríspida.

– Então...?

– Queremos asas. Para o menino.

Pequenas lâmpadas coloridas brilharam abaixo do véu.

– Entendo – Athirat disse. – Asas para o pequeno pterodáctilo. Pode ficar um pouco caro.

As duas crianças, de pé atrás da mulher, me encaravam com curiosidade. Baixei a cabeça, envergonhado pelo olhar da menina-careca--com-o-rosto-cheio-de-brincos e pela careta do autômato.

– Podemos pagar pelo serviço – meu pai disse.

Com um gesto, Athirat nos convidou a entrar. Meus pais tiveram que se espremer pela porta desajeitadamente, e depois se acomodar com muita dificuldade (e ao custo de um abajur quebrado) em poltronas minúsculas da minúscula sala de estar. Sentei-me num banco de madeira trazido pelo pequeno autômato, que parecia não gostar muito de mim, pela cara amarrada que fazia toda vez que passava perto. Mas eu nem ligava muito, minha atenção era principalmente para menina-careca-com-o-rosto-cheio-de-brincos servindo café em xícaras azuis.

Athirat descobriu o rosto. Não havia olhos: uma placa com

dezesseis lâmpadas ocupava a metade superior da face, de onde um feixe de tubos finos brotava e ia se conectar aos ombros ossudos. Ela pegou um hookah com a figura de um leão alado e sugou profundamente a fumaça adocicada.

– O menino pode tirar a roupa – disse.

– Não!

(Não queria gritar, na realidade, só falar com um pouco mais de veemência. Mas gritei.)

Athirat tirou o hookah da boca e fez um sinal para minha mãe.

– Precisa tirar a roupa, filhote. A moça vai te examinar.

Tirar a roupa na frente do menino de lata, que agora tinha uma expressão zombeteira naquela cara idiota. Pior: tirar a roupa na frente da menina-careca-com-o-rosto-cheio-de-brincos. A possibilidade me aterrorizou. Eu ia dizer que isso não valia as asas, mas o bico de minha mãe já estava me arrancando fora a camisa pela cabeça. Foi então que aconteceu a coisa mais humilhante que poderia ter acontecido: eu desatei a chorar. Eu desatei a chorar e a levar bronca da minha mãe por estar chorando. E quanto mais nervosa ela ficava, mais a camisa se embolava nos meus braços e pescoço e cabelos e mais eu me envergonhava e mais eu chorava, uma bola de neve de vergonha que parecia não ter fim.

Mas teve. Meu pai me arrebatou dessa piscina profunda de constrangimento e suavemente colocou minha camisa no lugar. Limpou a gosma que escorria do meu nariz e fez um gesto quase imperceptível em direção a menina-careca-com-o-rosto-cheio-de-brincos, indicando, com uma piscadela, que entendia a situação.

– Será que as crianças poderiam sair? – ele perguntou.

(Obrigado pai, você é um cara legal.)

As crianças foram expulsas da sala e eu acabei pelado e confuso naquela casa estranha com cheiro de fumaça. Athirat inclinou-me para frente e traçou à caneta uma série de linhas e esquemas em minha espinha. As unhas me causaram arrepios. Ela deu seu preço. Meu pai se assustou e ia abrir a boca para dizer alguma coisa, mas minha mãe se adiantou:

– Pode fazer.

Athirat sorriu, deliciada. Seu preço era o Coração Perolado de um Kaempferi.

Pelas seis horas seguintes, foi apenas eu e ela. Meus pais tiveram que aguardar do lado de fora. Fui levado para uma sala contígua, escura e cheia de fumaça. Bichos assustadores do tamanho da minha mão percorriam as paredes.

– São aranhas! – ameacei voltar.

– São minhas ferramentas, menino. Não se preocupe com isso. São pequenas peças movidas a vapor.

Ela me empurrou porta adentro.

Logo esqueci as aranhas-ferramenta. Dentro da sala, usando máscaras cirúrgicas, estavam o autômato e menina-careca-com-o-rosto-cheio-de-brincos. Minhas mãos cobriram rápido minhas partes da frente. Pedi aos deuses do ar que não me deixassem ficar com a bunda de fora ali. Por favor, por favor, por favor.

A menina-careca-com-o-rosto-cheio-de-brincos me deu uma taça cheia de um líquido azulado e ligeiramente oleoso. Segurei com uma mão só, a cara queimando, e bebi. Fiquei sonolento. Deitaram-me de bruços em algo macio e colocaram uma esfera de vidro cheia de gás na minha cabeça. Sonhei que flores sopravam pólen no meu rosto, depois com uma plantação de patos, depois com a menina-careca-com-o-rosto-cheio-de-brincos me beijando. Foi bom, eu acho. Havia o som grave da ladainha de Athirat para as divindades que já haviam sido suas iguais. Não queria dormir, mas não pude resistir. Já havia mergulhado num sono profundo quando ela fez a primeira intervenção em minha espinha.

Isso, intervenção. Ela colocou minha espinha para fora do corpo como se arrancasse o caroço de um abacate.

Nas horas e dias que se seguiram, vértebras foram desencaixadas e mergulhadas em soluções fortificantes, cachos de nervos delicados foram reconfigurados, o sistema nervoso foi desconstruído e adaptado para receber sistemas elétricos pelas aranhas-ferramenta, conectados a canos de cobre bem finos, que se ligariam a um motor a vapor em miniatura.

Depois, precisei ficar em coma 84 horas.

E aí me acordaram.

Vim de um longo sonho onde só havia escuridão e tudo era feito de aromas. O éter me fez encontrar o caminho de volta. Estava atado a uma estrutura de ferro que sustentava meu corpo e não me deixava forçar nenhum músculo desnecessariamente. Minhas costas estavam geladas como sorvete, mas o que me assustava de verdade eram as minhas pernas parecerem estar a um quilômetro de distância.

Os dezesseis olhos de Athirat fosforesciam na penumbra.

– Você tem asas agora, meu bem – ela disse. Levantou-se de uma cadeira, deu meia volta e desapareceu pelo corredor.

A menina-careca-com-o-rosto-cheio-de-brincos estava ao meu lado, percebi quando ela falou, bem pertinho de mim:

– Suas vértebras são tão bonitinhas.

Minha resposta foi um jorro de vômito verde em seu cardigã.

asas abertas

Era isso, então.

Agora eu tinha asas. Eram feitas de couro e alumínio, conectadas à minha nova coluna vertebral 2.0. Nos primeiros dias, mal conseguia andar. Era como se um gancho enorme de açougueiro estivesse cravado na parte de trás dos meus quadris e ficasse repuxando e repuxando. Doía um bocado. Precisei tomar umas pílulas coloridas, cada uma era produzida em boticários obscuros e tinha 7% de mágica em sua composição. Custavam os olhos da cara.

Eu era um fardo para os velhos e me sentia culpado por isso. Cada recurso da família – poupança, bens, caça – era redirecionado para o caso das minhas asas e consumido por elas. Mas a vergonha não era apenas por isso, devo confessar. O que me fazia sentir péssimo quando olhava no espelho era o pensamento de quê, não importava o quanto lutavam por mim e pela minha integração aos Quatro Ventos, só conseguia pensar que minhas asas podiam ser um pouco melhores.

No fim da primeira semana, já havia me acostumado com a mudança no centro de gravidade do meu corpo. Sorte eu ser criança ainda, Athirat havia dito, adultos demorariam meses. Talvez anos. Mas eu já conseguia andar, saltitar quase como antes; e quando as injeções para impedir a rejeição dos implantes se tornaram desnecessárias, pude finalmente abrir as asas. Lá estava eu, de cueca, na rampa do ninho, uma garoa fina descendo sobre Vurap. As Fábricas de Tempo, os relógios badalando pela cidade inteira, o ar chiando por entre as torres, tudo isso era uma saudação, palavras de incentivo das antenas, arranha-céus, chaminés, outdoors, letreiros luminosos, balões dirigíveis, aerotrens serpenteantes, montanhas de lixo. Tudo para mim, e eu queria cada pedacinho do que era meu.

Ergui os braços. Um tremor na espinha, um estalo reverberando pelos ossos – tlac — e uma série de varetas de alumínio se armou às minhas costas, esticando as tiras de couro, se encaixando perfeitamente nos meus pulsos.

Nossa.

Minhas asas.

Elas estavam abertas e eu podia sentir o vento nelas. Como se fossem... Como se fossem...

Vivas.

Ouvi minha mãe soluçar emocionada num dos poleiros do topo do ninho. O trampolim gemeu sob meus pés impacientes.

– Agora, ao pouquinhos, vamos ensiná-lo a voar como um pterodáctilo de verdade – disse meu pai, cheio de orgulho, em algum lugar acima de mim. – Voo é algo que requer técnica, inteligência e força, qualidades que exigem paciência, mas com o tempo – ei? Que diabos está fazendo?

Já não o ouvia mais. Corria pelo trampolim, o coração aos pulos no peito, as asas abertas recebendo o vento, se agigantando com o vento, se tornando, eu e o vento, uma coisa só. E eu saltei outra vez do ninho, a dor da última queda agora só uma lembrança distante, engolida pela euforia de finalmente tomar o meu lugar no céu. Meu lugar no céu, o céu, o próprio céu.

voar é não ter ponto nem vírgula

... e voar ah deuses dos ares deuses do mar deuses do concreto o que era voar? o vento a se tornar o corpo e o frescor a friagem a delícia tudo a se tornar sentidos não havia ossos nem peso só o flutuar e o deslizar o azul era o coração azul de sangue seráfico e o ninho era só um ponto distante lá atrás uma imagem e uma memória e uma saudade um ponto de partida meu começo meu meio é o ar é a trilha do vento a me conduzir a me apertar e me guiar pelas asas o chiado infinito ao pé do ouvido correndo deuses é tudo tão rápido torres de Tempo sombras o sol ofuscando o canto do olho enquanto desce num alaranjado do tamanho do horizonte e deixa a noite chegar devagarinho com sua lua de queijo tão enorme aqui de cima tão prateada e tão fixa na direção para onde vou o murmurar da cidade ali embaixo um tapete de prédios e humores pulsando vivendo gritos buzinas motores música tantos sons tanta vida espremida a voz natural dela é o ruído amalgamado do mundo inteiro soando de dentro de uma concha e daqui de cima veloz feito um pássaro eu sou tão feliz tão superior porque estou voando oh deuses obrigado estou voando e é tão incrivelmente rápido tão incrivelmente incrível que eita a caixa d'água passou bem perto talvez seja melhor subir um pouquinho basta um leve torcer dos braços e bang um tranco forte me bota pra cima com a graciosidade de um saco de batatas e minha espinha range e parece que vai se desprender mas seguro firme e antes que eu caia rodopiando a duzentos quilômetros por hora sobre os telhados de Vurap estabilizo o voo e grito grito porque estou livre e tenho o pensamento livre também e quero mandar Tapwaw se ferrar olhe pra mim sabichão babaca estou no topo do mundo e quem precisa de opinião? quem precisa de alguém dizendo que você não pode e você não deve e você é errado por ser você e tem que ser o que ele quer? basta inclinar mais um pouquinho e uau estou indo tão alto que meu pai e minha viram pontinhos a me berrar devagar menino ou vai acabar se machucando nem eles voam tão rápido ou manobram tão depressa quanto eu sou um raio o ás o caçador o Pterodáctilo eu sou o Rei do Ar atravessando as nuvens escuras onde moram gigantes de gelo e elas não são de algodão nem dá pra tocar com os dedos tão lá em cima tão tão tão alto que até as rotas das máquinas voadoras se tornam formiguinhas e então as nuvens acabam e a lua é aquela explosão de luz que ocupa tudo e está frio frio demais minha saliva parece gelo mas quem se importa? É o vento que me leva para as alturas e então eu paro: parece durar duas horas mas é um segundo: e então é descer tão veloz oh deuses minha gargalhada se espalha pelo vácuo porque agora eu voo e nada mais será como antes.

ORGANIZADORES & AUTORES

Sr. Fábio Fernandes

Doutor em Comunicação e Semiótica pela PUC-SP e professor dos cursos de Jogos Digitais e Tecnologia e Mídias Digitais dessa universidade. É autor dos livros *Interface com o Vampiro* (2000), *A Construção do Imaginário Cyber* (2006) e *Os Dias da Peste* (2009). Traduziu diversos livros, entre os quais *Fundação* (Isaac Asimov), *Laranja Mecânica* (Anthony Burgess), *Neuromancer* (William Gibson) e *O Homem do Castelo Alto* (Philip K. Dick). Realizou pós-doutorado na ECA-USP sobre o Twitter. É membro do *Steering Group* de Visions of Humanity in Cyberculture, Cyberspace and Science Fiction, da University of Oxford.

É jornalista especializado em divulgação científica e escritor de ficção fantástica com predileção pela Era Vitoriana, da qual Sherlock Holmes é um grande representante. Foi um dos autores brasileiros citados na obra de referência *Steampunk Bible*, organizada por Jeff VanderMeer e S. J. Chambers; é membro de grupos como The Isadora Klein Amateur Mendicant Society e Sociedade Histórica Desterrense; recebeu a maior condecoração concedida pelo Conselho Steampunk nacional: a comenda da Ordem da Caldeira.

Sr. Romeu Martins

Sra. Dana Guedes

É meio escritora, meio designer, meio maluca e apaixonada por inteiro pelo universo fantástico em todas suas vertentes. Ama viajar, conhecer culturas e coletar inspiração. Geminiana de mil atividades, também roteiriza e gerencia games e sonha com o dia em que suas histórias tocarão mais corações.
Facebook /dana.guedes.

Sra. Nikelen Witter

É escritora e historiadora. Autora de livros e artigos na área de História, além de colaboradora em diversas publicações on line, nos últimos anos tem publicado contos em diversas antologias de ficção fantástica. Desde 2012, pertence ao time dos organizadores da Odisseia de Literatura Fantástica de Porto Alegre e seu romance de estreia, a aventura juvenil *Territórios Invisíveis*, foi indicado como um dos finalistas ao Prêmio Argos 2013, concedido pelo Clube de Leitores de Ficção Científica.

Nasceu em 1968, em Cobra Norato, MS. É doutor em Letras pela USP e sempre morou no terceiro planeta do sistema solar. Na infância ouvia vozes misteriosas que lhe contavam histórias secretas. Já publicou diversos livros, entre eles a coletânea de contos *Paraíso líquido*, a coletânea de crônicas *Muitas peles*, os romances juvenis *Sonho, sombras e super-heróis* e *Babel Hotel* e, em parceria com Tereza Yamashita, os infantis *A menina vermelha*, *A última guerra* e *Dias incríveis*. Mantém uma página mensal no jornal Rascunho, de Curitiba, intitulada Ruído Branco. Blog luizbras.wordpress.com

Sr. Luiz Bras

Sr. Sid Castro

Escritor e quadrinista, natural de Catanduva (SP). Colabora com a lendária revista de terror nacional Calafrio e tem contos publicados nos livros *Território V, Contos Imediatos, Portal 2001, Portal Fahrenheit, Dieselpunk, A Batalha dos Deuses, Brinquedos Mortais, SOS – A Maldição do Titanic* e *Terrir: Zumbis (HQ)*.
Twitter @sidemar
Site libernauta.wordpres.com

Escreve ficção estranha direto da mais estranha das cidades: Recife. Seus contos já foram publicados no Brasil, Romênia, Estados Unidos e Inglaterra. Já publicou em revistas de renome como Clarkesworld e Electric Velocipede, além de coletâneas temáticas como *Shine: an anthology of optimistic SF*, *The Apex Book of World SF 2* e *The Immersion Book of Steampunk*. Atualmente ele escreve seu primeiro romance

SR. JACQUES BARCIA

SR. CIRILO S. LEMOS

Nasceu em Nova Iguaçu, Baixada Fluminense, em 1982, nove anos antes do antológico Ten, do Pearl Jam. Foi ajudante de marceneiro, de pedreiro, de sorveteiro, de marmorista, de astronauta. Fritou hambúrgueres, vendeu flores, criou peixes briguentos, estudou História. Desde então se dedica a escrever, dar aulas e preparar os filhos para a inevitável rebelião das máquinas. Gosta de sonhos horríveis, realidades previsíveis, fotos de família e ukuleles. Publicou em *Imaginários v. 3* (2010), *Dieselpunk* (2011), *Sherlock Holmes: Aventuras Secretas (2012)*. É autor do elogiadíssimo romance *O Alienado (2012)*. TWITTER @CiriloSL.

Este livro foi impresso na oficina tipográfica
Printing Solution & Internet S/A em julho de 2014,
sob o consentimento de Suas Majestades El-Rei
de Portugal e o Imperador do Brasil